U0466725

刘先平大自然文学文集典藏

美丽的西沙群岛

刘先平◎著

刘先平大自然文学文集典藏

时代出版传媒股份有限公司
安徽文艺出版社

刘先平
大自然文学
文集典藏

2011年9月，在西沙东岛——童话岛。

刘先平，1938年11月生于安徽省肥东县长临河西边湖村。父母早逝。12岁离家到三河镇当学徒，后在大哥刘先紫的帮助下脱离学徒生活。求学道路坎坷，依靠人民助学金完成学业。1957年毕业于合肥一中。1961年毕业于浙江大学中文系。在合肥师专、合肥六中等校任教师。1972年之后，在安徽省文联任文学刊物编辑、主编。

1957年开始发表作品，先是诗歌、散文，后涉足美学。1963年，因一篇评论再次受到批判，停笔。20世纪70年代中期，跟随野生动物科学考察队野外考察数年。1978年，响应大自然召唤，重新拾起笔来，致力于大自然文学创作与思考……

他被誉为我国"当代大自然文学之父"。

他曾经两次横穿中国，从南北两线走进帕米尔高原。

他曾经三次穿越塔克拉玛干大沙漠，四次探险怒江大峡谷。

他曾经六上青藏高原，多年跋涉在横断山脉。

他曾经两赴西沙群岛，在大自然中凿空探险40多年。

他的代表作有四部描写在野生动物世界探险的长篇小说和几十部大自然探险奇遇故事。

他的作品共荣获国家奖九项（次）。其中有三届中宣部精神文明建设"五个一工程"奖、三届全国优秀儿童文学奖……

2010年，安徽省人民政府建立并授牌"刘先平大自然文学工作室"。

他2010年获国际安徒生奖提名。

他2011年、2012年连续两年被列为林格伦文学奖候选人。

他2018年获首届中国自然好书奖。

他2019年获第三届比安基国际文学奖。

他历任安徽省人民政府参事、安徽省政协常委和人口与资源环境委员会副主任、安徽省作家协会常务副主席、中国野生动物保护协会理事。现为中国作家协会名誉委员。1992年，国务院授予其"突出贡献专家"称号。享受国务院政府津贴。

刘先平大自然文学文集典藏

美丽的西沙群岛

刘先平 ◎ 著

时代出版传媒股份有限公司
安徽文艺出版社

图书在版编目（ＣＩＰ）数据

美丽的西沙群岛/刘先平著．--合肥：安徽文艺出版社，2021.6
（刘先平大自然文学文集典藏）
ISBN 978-7-5396-7155-0

Ⅰ．①美… Ⅱ．①刘… Ⅲ．①纪实文学－中国－当代 Ⅳ．①I25

中国版本图书馆·CIP 数据核字（2021）第 023349 号

出 版 人：段晓静
策　　划：朱寒冬　姚　巍　　统　筹：宋晓津　张妍妍
责任编辑：宋晓津　姚　衍　　装帧设计：张诚鑫

出版发行　时代出版传媒股份有限公司　www.press-mart.com
　　　　　安徽文艺出版社　　www.awpub.com
地　　址　合肥市翡翠路 1118 号　邮政编码：230071
营 销 部　(0551)63533889
印　　制　三河市华东印刷有限公司　(010)61594404

开本：700×1000　1/16　印张：18.75　字数：300 千字
版次：2021 年 6 月第 1 版
印次：2022 年 1 月第 1 次印刷
定价：1200.00（精装，全 15 册）

（如发现印装质量问题，影响阅读，请与出版社联系调换）

版权所有，侵权必究

卷首语

  我在大自然中跋涉四十多年,写了几十部作品,其实只是在做一件事:呼唤生态道德——在面临生态危机的世界,展现大自然和生命的壮美。因为只有生态道德才是维系人与自然血脉相连的纽带。我坚信,只有人们以生态道德修身济国,人与自然和谐之花才会遍地开放。

——刘先平

序

呼唤生态道德

生态道德的缺失,造成了我们生存环境的危机。

感谢大自然!在山野跋涉的三十多年中,大自然给予了我最生动、深刻的生态道德教育,因而无论是我的描写在大熊猫、相思鸟世界探险的长篇小说,还是在野生动植物世界探险的奇遇,都是努力宣扬生态道德的伟大,呼唤生态道德在人们心间生根、发芽。

环境危机重压着世界已是不争的事实,人们都在纷纷追究其原因,并寻找济世的良方。环境危机实际上是生态危机。

建设生态文明,中国为世界树立了榜样,具有划时代的意义。生态文明的建设,必然呼唤生态法律的完善、生态道德的树立,从根本上消解环境危机,保护、营造良好的生态。

法律和道德是一切文明的两大支柱,也是人类文明的标志。几千年来,我们已有了处理人与人之间、人与社会之间关系的行为规范、法律法规、道德准则,却根本没有处理人与自然关系的行为规范。按《辞海》(1979年版)中"道德"的释文:"道德是一定社会调节人们之间以及个人和社会之间的关系的行为规范的总和。"这足以证明:人与自然之间的关系根本未被纳入"道德"的范畴,缺失了生态道德;或者说,生态道德在这之前,根本没有进入我们的观念。这是认识的失误。

"生态"一词的出现,至今不过二百来年的历史,而生态与人、与生存环境的紧密关联,在时间上则是更近的事情。这也从另一个侧面反映了人类在认识自然、认识人与自然、认识人与环境方面的重大失误,更加说明了树立生态道德的紧迫和重要!如果不能在全社会牢固地树立生态道德的观念,就无法建设生态文明和人与自然和谐的社会。

正是生态道德的缺失,成了产生环境危机的重要原因。长期以来,我们在处理人与自然关系方面,根本没有建立系统的行为规范、树立道德,法律也严重滞后;因而对大自然进行了无情的掠夺,无视其他生命的权利,任意倾倒垃圾,没有预后评估、监测地滥用科技,造成了环境污染、资源枯竭、生态失去平衡,以致受到大自然的严厉惩罚,直到危及人类本身的生存,才迫使人类重新审视与自然的关系,规范人与自然关系的法律和生态道德才得以突显。强调生态道德,在于强调、突出它比之于其他道德的鲜明特点——人与自然的关系。我们急需建立对于自然应具有的行为规范,以调节人与自然之间的关系,消解环境危机,建设人与自然的和谐。这是时代向我们提出的重大命题。

比较而言,树立生态道德比制定、完善生态法律,有着更为艰巨的一面。法律是"由立法机关或国家机关制定,国家政权保证执行的行为规则的总和",而道德是公民应具有的修养、品质,带有自觉或自我的约束。当然,对法律的遵守,也是修养和道德的表现。法律可以明令从哪一天开始执行或终止,但同样的方法并不适用于道德。比如某一行为并不违背法律,但违背了道德。这大约也就是媒体纷纷设立"道德法庭"的原因。生态道德在全社会的树立,是个艰难而长期的任务,需要启蒙和培养的过程,对一个人说来甚至是终生的,需要全体公民的参与和努力。

三十多年来在大自然的考察,七十多年的人生经历,使我逐渐深刻地认识到树立生态道德的重要、紧迫。三十多年前我所描写的青山绿水,现在已有不少面目全非。大片原始森林被砍伐了,很多小溪小河都已退化或干涸,有些物种消亡了……

记得1981年第一次到西部去,云南的滇池,四川的岷江、大渡河、若尔盖湿地……美丽而壮阔的景象,使我心潮澎湃。滇池早已污染、水臭。2007年10月,再去川西,所经岷江、大渡河流域,到处在建水电站,层层拦江垒坝。在一个山村水电站工地,村民忧心忡忡地诉说:大坝建成后,村前的小河将干涸,到哪去找吃的水啊?!这种只顾眼前的利益,无序、愚蠢的"改造自然",对整个生态系统的破坏已有显示。我国最大的高寒泥炭沼泽湿地若尔盖,泥炭层最深达9米,它在雨季吸水,干季溢水,1千克干泥炭可吸蓄8—12千克的水。它是黄河上游的蓄水库,蓄水量相当于三个葛洲坝。枯水季节,黄河水的30%(一说40%)是由这里补给的。但在20世纪曾挖沟沥水采掘泥炭。现在湿地已大面积退化为草原,沙化、鼠害严重。最发人深省的是,在这里拍摄红军战士过草地时,竟然无法找到深陷的沼泽,只好人工制造。黄河屡屡断流,当然不足为怪了!

水是生命的源泉。水的污染给整个生物链带来的是灾难性的影响,使人类的健康、生命处于极不安全的状态。中国五大淡水湖是长江中下游湖泊群的代表,是中国人口最为密集地区的生命线,号称"鱼米之乡"。但只经历了短短的二十多年,其中的太湖、巢湖,已是一湖臭水,根本无法饮用。其他的也都面临着湖面缩小、污染等生态恶化。在经济发达的长三角、珠三角,水污染更是触目惊心。

大自然养育了人类,可我们缺失了感恩,缺失了对其他生命的尊重,妄自尊大,胡作非为。当人类对自然缺失了道德时,自然也会还之以十倍的惩罚!

我曾立志要为祖国秀丽的山河谱写壮美的诗篇,但只是短短的二三十年,我所描写的山川河流不少都已是"历史""老照片"。

我曾冒着种种的危险和艰难,在野生动植物世界探险,无论是描写滇金丝猴、梅花鹿、黑叶猴还是红树林、大树杜鹃,都是为了歌颂生命的美丽,但是总也避免不了生命的悲壮——它们在人类的猎杀、砍伐、压迫下苦苦挣扎。即如每年要进行一次宏伟生育大迁徙的藏羚羊，或是给人类带来福祉的麝，或是山野中呼唤爱的黑鹿……都无可避免地遭受着厄运。它们生存的空间，正被人类蚕食、掠夺。

这使我无限忧伤、愤怒，更加努力地呼唤生态道德的树立，也更寄希望于孩子。

正是大自然的生存状态，激起了我决心在一些作品之后写下后记，为过去，为未来，立此存照。

三十多年来，大自然以真挚、纯朴、无比的热情，接纳了我这个跋涉者，倾诉、抚慰……结下了深厚的友谊。

热爱生命，尊重生命，热爱自然，保护自然，保护环境，应是生态道德最基本的范畴。

我们来自自然，与自然有着血肉相联的关系。人类初期对自然是顶礼膜拜的。很多的部落，将动物的形象作为图腾。我们的祖先，对人和自然关系的认识，曾有过很多智慧的表述，如"天人合一"、盘古开天地的创世纪之说等等，至今仍是经典。

从世界教育史考察，对自然的认识，一直是教育的最基本、最经典的内容，讲述天体气象、山川河流、森林、环境和资源等等。以人类生存的环境、人类在自然中的位置作为人生的启蒙，在孩子们幼小的心灵中培植对生命的热爱、对自然的感恩。但这种优良的传统，随着人类社会、经济，尤其是科学技术的发展，逐渐淡化或消失。城市钢筋水泥的建筑，活生生地切断了孩子们与自然的联系。现在城里的孩子不知稻、麦为何物已不是怪事，甚至连看到蚂蚁也发出了惊呼。缺失生态道德的社会，科学技术的发展，不仅使自然失去了自然，更为可怕的是使孩子们失去了自然。

我希望用大自然探险奇遇，还给孩子一个真实的大自然世界，激活人类曾有的记忆,接通与大自然相连的血脉,接受生态道德的洗礼、启蒙,同时,启迪智慧的成长。大自然是人类的母亲,请千万不要忘记,大自然也是知识之源,正是在人类不断探索自然的奥秘中,科学技术才发展到辉煌灿烂。即使到今天,生命起源仍是最艰难的课题。

　　道德是一个人的品质、修养、不朽的精神。道德力量的伟大,犹如日月星辰。我一直坚信,只有人们以生态道德修身济国,人与自然和谐之花才会遍地开放。

2008 年 4 月 2 日

目　　录

卷首语 / 001
序　呼唤生态道德 / 002

引子 / 001
月亮河 / 003
水母,美丽的杀手 / 008
南海有飞鱼 / 022
爱国爱岛,乐守天涯 / 032
历史是面镜子 / 036
司令的朋友 / 041
海博士和西沙海洋博物馆 / 051
变幻的鱼阵 / 065
雨水班 / 075
如此海钓 / 081
神秘岛 / 089
五色土 / 095
财富的故事 / 099
海底寻火 / 113
神钓 / 117

与鱼群共游 / 125

渔村风景 / 131

翻跟头的滨珊瑚 / 136

大海拾贝 / 143

谁在海底狩猎 / 151

珊瑚世界 / 160

长棘海星 / 166

凤尾螺 / 174

海上漂起白带子 / 179

英雄岛 / 186

灵犬 / 195

鹦鹉螺的玄机 / 201

海上丝绸之路考古 / 205

月夜沙蟹 / 212

鸟巢会馆 / 219

寻找野牛 / 231

螃蟹上树 / 238

砗磲现身 / 245

爱生气的鱼 / 250

海底变色龙 / 256

鲣鸟红豆的故事 / 266

海博士王三奇 / 275

附录　刘先平四十多年大自然考察、探险主要经历 / 288

引 子

在那云飞浪卷的南海上,
有一串明珠闪耀着光芒。
绿树银滩,
风光如画,
辽阔的海域,
无尽的宝藏……
西沙,西沙
西沙,西沙
啊!祖国的宝岛,
我可爱的家乡。

《西沙,我可爱的家乡》,以优美的旋律、深情的赞美,激励着中华儿女,已成为经典。

南海的东沙、西沙、中沙、南沙四大群岛,即是先民们描述的"千里长沙""万里石塘",是海上"丝绸之路"的重要组成部分,是祖国南疆的海上长城。

西沙群岛北起北礁,南至嵩焘滩,东到西渡滩,西至中建岛,涵括了已命名的22个岛屿,7个沙洲,5个礁岩,4个暗礁,以及众多尚未命名的沙洲、礁岩……总计有近50座岛屿、洲礁、沙滩。岛屿总面积约10平方千米,海疆却有 30 多万平方千米。

国土是一个国家生存的基础,民族的根基。

谁都知道我国有 960 万平方千米的辽阔国土。

西沙群岛是中国最美的海岛。

但又有多少人知道我国还有 300 万平方千米的海疆？又有多少人知道拥有一个弹丸之地的岛屿,根据《联合国海洋法公约》,就拥有了数万倍面积的海疆？

美丽是西沙群岛的名片——自然的风景。

那里还有另一种至高无上的美——心灵的风景。

每个小岛都被大海环绕,但最缺的就是水——淡水。

每个小岛都是一块陆地,但最缺的是土地——可以种植庄稼、蔬菜的土地。

正是在反差极大的环境中,守卫、建设海疆的战士和渔民,创造了另一种美——我们的精神家园,震撼心灵的美。

西沙群岛是神话、童话、神仙的世界,是想象力无比丰富的人也难以想象的世界,是大自然最慷慨的赐予。

那里的海水是五彩斑斓的,并非只有蔚蓝。

那里的海底也有山峰、沟壑、陡坡,更有森林、草地。

那里有灰鲸、海龟、玳瑁、龙虾、章鱼、旗鱼、鳡鱇……生命色彩五光十色,那里生物的多样与繁盛,应以海量。

那里有珊瑚构建的海底花园,但也有专食珊瑚的长棘海星,更有将长棘海星作美味的法螺。

那里的海底蕴藏着丰富的石油、可以燃烧的冰块。

那里的海底堆积着铁锰结核、钴结核,各种稀有金属的结核……

月 亮 河

　　世界上只有一种河流叫月亮河,她像勤劳的母亲,肩负着月亮女神的重托,黎明时匆匆而去,傍晚又急急而归,为陆地与海洋生命的交流奔波。

　　文昌河就是月亮河,潮落时奔向大海,潮起时又由大海涌向内陆。潮起潮落是大海的呼吸。

　　当我们风风火火赶了几千里路,到达文昌河清澜港时,海风轻轻吹拂,判定不了是潮起还是潮落,但看到正待出航的海轮"琼沙3号",我们心定了。

　　我们向往西沙群岛太久,等待了太久。

　　期待和渴望中的人,焦急中浸透着的幸福,别有滋味。

　　正是6月的酷暑,正在火烧火燎的焦急中的我,一天上午,突然接到了西沙小范的电话,通知3天后有船去西沙群岛,喜悦顿时如潮般向我们两个老顽童涌来……

　　读小学的孙子天初,拍着手叫:"我会造'手舞足蹈'的句子啦!"

　　我和李老师只好为自己的忘形相视而笑。

　　"我学过语文课本上的《富饶的西沙群岛》,爷爷、奶奶回来后,要讲那里的解放军叔叔守卫海岛的故事……对了,还有'半水半鱼'中的大鲨鱼、大鲸鱼、大章鱼、小海贝的故事!"天初说。

　　登上了船,找到了我们的舱房,刚把行李安顿好,李老师就慌里慌张开箱、翻包……

我有些莫名地瞅着她。

"晕船药呢？放哪里了？"

"船还没开呢！从内河出海还有好长的路嘛！"

"你没听老朱、小陈、慕容他们说，在去西沙的海上，吐得翻江倒海，连胆汁也吐出来了？"

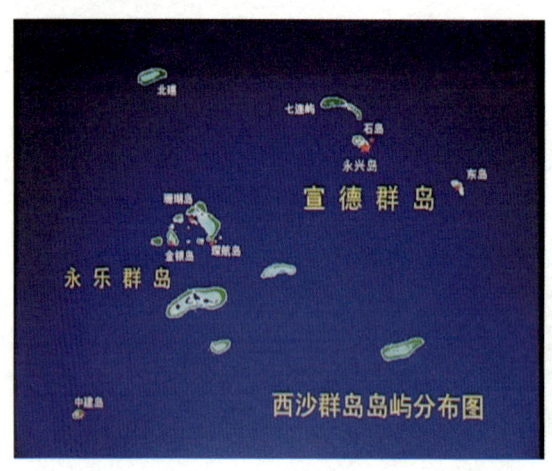

"走，上甲板。不想故地重游？保证你能看到好风景。好多人都说在青藏高原四五千米的高海拔，头痛欲裂，鼻血像喷泉涌出。可我们五上青藏高原不都啥事没有？乘船游海是享受，哪有一心想的是遭罪？煞风景！"

西沙群岛主要岛屿示意图

我不容分说，拖了她就走。晕船也有心理因素。是的，听说我们两个70多岁的老顽童要去西沙，几位走过西沙的海南朋友，都像是过五关斩六将的关云长，口若悬河地述说着晕船时痛不欲生的"光荣历史"，直把李老师说得额头冒冷汗。立竿见影的效果是，她立即去买了整整一大瓶晕船药。

登上宽阔的甲板，我们深深地吸了一口吹来的风——咸咸的、湿湿的。

"真是大海的味道……啊啊，喂！对面不是红树林吗？"李老师惊喜地说。

"确定没看错？"

"哪能呢？对了，这条大河就是文昌河。你忘了？十多年前我们就是在那边……"她指了指下游很远的地方，"乘着那种小小的、窄窄的船，去对面红树林。浪峰一颠，水就涌进了船舱，那个当向导的旅游公司经理就'哇'的一声，黑瘦的船长就威严地'嘿'的一声，一股酸酵味的水就从胖经理的嘴里喷出……"

"你吐了?"

"我吓得紧紧抓住船帮,摄影包在船里滚来滚去都没手去抓住它,还有工夫去呕吐?"

"你不晕船吗?"

"嘿嘿。"她傻笑着。

沉浸在美好的回忆中,那是幸福。

有位诗人说:"往事喊你应不应?"其实,既然听到"往事"喊你了,当然会应,只不过其中况味不同罢了……

"老师,那边就是红树林?不大可能吧?"

我们惊得回头。是一位穿着深蓝色海军服的战士。英俊的小伙子虎背熊腰,亮亮宽宽的额头,拿着望远镜,满脸惊奇又有点局促地望着李老师。

"是红树林,著名的红树林自然保护区。你是……"

"我是北海舰队的,去西沙,姓东方……"

"该不是叫东方不败吧?大侠!"

小伙子笑了:"不是,不是……这里姓东方的人少,我叫东方明……"

"哈哈哈哈!"李老师乐了。她在施展几十年教师生涯积累的内功。

小伙子也笑得很开心,一扫局促,自在了:"那里碧绿一片,怎么可能是红树林呢?我是北方人,北方没红树林。"

"你问他吧。他可是研究红树林的老专家。我国福建、广东、广西、海南的红树林,他都去考察过。你算找对人了!"她用下颏点着我。

我笑了:"她在讥讽我。我也闹过这样望文生义的笑话。你想:蔚蓝的大海上,漂浮着一片红艳艳的森林,那是怎样一种壮美!诱惑得我1983年就来海南拜访它了。

"其实红树林是指以红树科的植物为建群种的森林,不是说红色的树林。

红树林由陆地向大海挺进，因而生出了众多的支柱根，将树冠高高架起，以适应潮起潮落的冲击。

当然，既然叫红树林，也是与红有关系的。这类树含有化学物质丹宁，因而树干里面是红的。也有的果蒂是鲜红的，红榄树就是这样的。"

"啊！啊！蓝色的海水上，这片郁郁葱葱的森林已够美的了！……它们真是胎生的？胎生是哺乳动物的专利，怎么小树苗也要喝奶？"小伙子眺望着那边的红树林，不时地举起望远镜。

"科学家说，生命是由大海走向陆地的，然而红树却由陆地向海洋进军，它就必须适应大海潮间带环境的变化。首先是繁殖新生命的变化——设计孕育新生种子的构造和形态。秋茄就是成功的范例，母树一直要等到种子生出两片绿芽,才会将它'分娩'——种子就掉下了……插入滩涂中,很快扎下根来,抵御风浪的冲击。如果没有插进滩涂,它还能随波漂流,碰到适合的滩涂再扎根。种子外有防水防腐层保护。

"它还生出很多气根,像是搭建了脚手架,将树干高高撑起,抵抗风浪击打,防止海水的侵蚀。

"还有的树根不向下扎,偏偏是向上长的。看到那片'指根'了吧?那是为了冲出淤泥,呼吸空气,乍看还以为是树苗呢!"

半天,东方明才回过神:

"生命是这样神奇!真的,不到南海,怎么也想不到植物世界有如此的千变万化。这就是要走万里路,读万卷书的道理吧!"小伙子沉思了一会儿,"南海海边的植物已经神奇得难以想象,辽阔的大海还不晓得有多么稀奇古怪呢!真得用心去看,用心去读。"

"鱼,好大一条鱼!"甲板上响起惊呼声。

"红鱼!红亮亮的鱼,有五六斤重。"

红树林海湾中驶出了一条小船,渔夫手中的网上挂着一条摇头摆尾的红鱼,接着在前方又有两条小渔船驶出。

"好久都没看到这样大的红鱼了!红树林的功劳真不小。环境好了,它们也回来生儿育女了。"

红树林不仅护卫着海岸,还营造了一个良好的生态区,涵养着丰富的海产。

水母，美丽的杀手

汽笛长鸣三声。甲板上掌声同时爆起。海轮起航了。

直到这时，我们才有意关注起同舟共济的人们。

从服饰和神态上看，多是渔民和他们的家属、建筑工人，还有海军战士……甲板上堆满了桶装纯净水、蔬菜、活的鸡鸭，居然还有塞在篾笼里的肥猪，各色物资。这艘船是西沙的补给船、交通船，基本上是每月往返两次。等船到达西沙群岛的首府永兴岛，那就是节日，港口热闹非凡：迎接亲人，卸下盼望的物资，然后再将这些物资分发到各个小岛……

它没有固定的航班。吨位也只有3000吨。因为这一带海域，夏秋两季台风频频袭击，冬春两季季风盛行，遇到海况不好时，有时一个月也保证不了一个航次……这就是轮船起航时，人们要报以热烈掌声的原因。谁也不知其中有多少人在海南已等了多少天。后来在西沙，我们听到了很多关于等船的故事，幽默，又泛着苦涩、辛酸。

两个多月之前，我们曾得到有船的通知，但等我们赶了几千千米的路于一个深夜到达海口后，第二天一早就看到布告：大风，停航。只得怏怏地再往回赶。

李老师望着西沉的太阳，但迷离的霞光也未能留住她的视线；又抬头仰望天空，直到360°扫描了的湛蓝天空，才说：

"该不会有大风吧？"

"不会吧……难说,天有不测风云。"我犹疑地说。

6月是海南的雨季,西沙是常有台风来袭。她先是担心船不出港,现在又恐海上有风浪,一丝忧虑的阴影浮上她的眉梢……

"我保证近两天肯定是极好的天气!绝不会有大风大浪!"

东方明立在我们左侧的身后。

轮到我们惊奇地望着他了,意思很明白:你拿什么保证?

"以一个海军战士的荣誉保证!不信?老师,看河里——"

啊!河里什么时候漂来了一群"伞兵"?晶亮的"圆伞"下,漂着一根根晶亮的"伞绳",似是有风拂动着——哦,涨潮了,它们随着潮水从大海来到了内河。圆伞一收一张之间,已悠悠地向前漂荡,像无数美丽的幽灵编队。

河流是陆地与大海生命交流的通道。

"水母,水母!"李老师高兴得像个小孩跳了起来。

乘客们蜂拥到船舷,惊呼声从这里那里响起。

水母是个大家族,全世界有250多种,海和淡水的河湖中都有它们的身影。有种桃花水母——桃花的色彩——就生活在长江。合肥附近的一个水库中,曾发现一种胭脂般的、像在天空飘荡的降落伞般的小生物。云贵高原上也有这种小生物。大家争相去看这奇异美丽的不明生命,引得动物学家前去考察,原来就是桃花水母,也有人叫它胭脂水母。只不过它们很小,比指甲盖大不了多少。

可眼前的这些从大海漂来的水母,"圆伞"的直径有五六十厘米!

它们的出现……东方明的神色是等着我们问。然而李老师只是盯着他的眼睛看,就是不问,她的眼睛里竟闪着狡黠的得意——她要试试几十年教师生涯积累的经验,玩着心理游戏,不让他卖关子。

小东方招架不住了:

"大批水母浮上水面,说明最少在15天之内,这一带的海域没有大风、暴雨。而到西沙的航程只有十三四个小时啊！水母自身的构造，能科学地预测天气……"

"他说得对！我们到海上捕鱼，一看到水母往海里沉，就急忙往避风港赶。灵验得很呢！老人们说，这是护佑渔民的妈祖让它们来通风报信呢。"

说话的是位20多岁的青年，一米七左右的身高，面孔清秀、白皙，只是眼睛小了些，惹眼的是裤带上还挂了个小饰物，黑不溜秋的，没型，更不闪光流彩。他自称渔民，但看上去真的不像是位沐风浴浪的渔民。

东方明说：

"暴风豪雨能要它们的命，它们也怕哩！别看它们'圆伞'大……"

"西沙那边有比稻箩还大的，直径最少有八九十厘米，彩色的，闪闪发光，就像这西边的晚霞，非常漂亮。"

东方明接着说："其实它们只有薄薄的三层皮膜，全身97%是水！要不怎么叫水母哩！北海也有水母，我们在海滩上捡到过风浪卷来的。用刀划开一只水母，会看得很清楚，有三层。伞状体下面像降落伞绳的，是它的触手，看到了吧……"

甲板上响起一片惊讶声——

一条大青鱼在水母群中东奔西突。是来猎食水母的？不像，你看它左躲右闪的姿态，显然是在躲闪。水母们却似乎在靠拢、包围。它们能捕获这样一条大鱼？大青鱼头一低，扎到了深水不……

刹那间，这场原本可能精彩的围猎已烟消云散……谁不想一睹这些看不到嘴的小幽灵是怎样狩猎的？任何动物都是以食为天！

"耐住性子才能看到好戏。别被它们美丽、温柔的样子迷惑。阿爸就是这样教我捕鱼的。来了这么多水母，还能没有故事？大海有情有义，很少令人失望……看那只水母——"

"抓住了！抓住了！"

"好家伙!那不是须子,是手!"

甲板像个大剧场,辽阔的文昌河出海口就是大舞台。

真的,原来那像飘拂的伞绳的,竟然是……一只水母已用它们抓住了一条小鱼——它们是触手啊!小鱼越是挣扎,越是有更多的触手伸来。没一会儿,小鱼已被六七只像绳子样的触手捆住了。

小鱼动不了了……

对面驶来一艘进港的船,船头激起清澈的浪花。

水母们在浪中沉浮。

"嗨,那条小鱼跑了。它刚才是装死。"

"怎么可能呢?水母是美丽的杀手。那条小鱼肯定已被温柔地拥抱死了。水母大概已在享用美味了。它的触手上长了刺,刺里装了麻醉剂,很像蛇的毒牙。小鱼中了麻醉剂,还能跑了?只是船开得快,要不然大家都能看到的。"东方说。

"你在邪吹什么?它没嘴,用什么吃?"一个两颊长着密密黑胡楂的中年人说。

东方明说:"你怎么知道它没长嘴呢?"

"嘴长在哪里?你说,说呀!"

"就在它肚子下面……"

旅客们又是惊奇,又是议论,比辩论会还要热闹,纷纷向东方明和黑胡子围来,都想听稀罕。

黑胡子更来劲了:

"谁看到它长了嘴了?有哪位朋友看到了?它是透明的,嘴长在肚子下也能看到呀!对了,还有牙齿,有嘴就有牙齿。牙齿在哪?"

"它没有牙齿,也不用牙齿。它有另外的吃法。"

"是条鱼!没有牙齿怎么吃?"

"吃烘柿子只要用根麦秸管插进去一吸就行了。吃山东肥城的水蜜桃也是这种吃法。没牙的老太太就是这种吃法。"

"牛头不对马嘴嘛!鱼是软软的烘柿子、熟透的水蜜桃？"

"它有本事把鱼变成一包水——肚子下有小肉瘤,能向猎物注射一种酶,将鱼溶解成液体……"

"鱼头呢？鱼刺呢？它还真有硝镪水？真的装了硝镪水,那还不把它肚子都烂掉？"

碰到杠头子了!我很喜欢看别人抬杠,抬杠其实是辩论,既然有辩论,就必然有诡辩,不管哪种都充满了智慧。智慧是种美。李老师也兴趣盎然地听着。

一个是很有主见的战士,说起话来有根有据,但对伶牙俐齿、气势很盛的黑胡子也不能全胜;再说,面对幽灵般的奇异生命,很难拿出实证。于是,辩论逐渐白热化。

我见那位自称渔民的清秀青年只在一旁微笑着,很含蓄,却一言不发……顿时顽皮劲上来,于是心生一计:

"小兄弟,老渔民,你怎么不说话？"

他对我笑了笑,却返身向船舱走去,只留下了满脸的狡黠。

太阳浮在西天的大海上,天上一轮夕阳,海里一个太阳,火红火红的,又圆又大;燃烧的火球,映得海天一片辉煌。

几只渔船正驶进喇叭形出海口。海滩弥漫着夕阳的红晕……

那位清秀小伙子回来了,手中多了一个物件,直向围观抬杠的人群走来。他向辩论的双方瞭了一眼,很含蓄。人群竟然自动让开了一条路,却都将目光聚到了他身上。

只见他站定,瞭了一眼河面上映着红光漂流的水母,然后一抖手——

"嗖"的一声,一根长线飞出。当水面传来"噗"的一声时……

"射中了!射中了。"

"好准!"

"飞镖？身手不凡。"

在一片惊呼声中,他已闪电般地收线。

"那不是钓鱼线吗？"李老师小声说。

我对她眨了眨眼,意思要她看。

"水母!真的是水母!"

小伙子提上来的确确实实是一只水母,肉乎乎的触手还紧紧抱着一条小鱼哩!

小伙子对黑胡子说:

"你有胆量,就去摸摸、按按鱼。"

"这有什么不敢的？"

黑胡子说着,还是伸出手指去沾了一下鱼,大约是感到没什么危险,这才放心地使劲按了按。

"什么感觉？"小伙子问。

黑胡子只是沉默着,表情有些复杂。

水母还在动,尤其是那些长长的触手还在翻转扭动。

小伙子用手拔扯了一只触手,指着触手的端部,又对黑胡子说:

"你可敢用手去摸摸它？"

黑胡子显然有了警觉,只是盯着看那触手……

"他害怕了。"有人小声嘀咕。

"刚才还气壮如牛哩!"

黑胡子脸上泛起了红云,他迅速伸手去摸了摸触手,又迅速缩回,少顷,才又伸手去捉住翻动。猛然间,他像被电击一般,迅速将手弹起,抬起手一看,手上已现出了很多小红点子……

"有感觉?"小伙问。

黑胡子满脸的惊恐,坚守着沉默。

"像蜂子蜇的,又麻又疼又痒吧?那上面长满了刺细胞,这是水母捕食的武器,也是对付敌人的防卫武器——任何一个动物都有防卫和进攻的武器,要不然就活不下去。没关系,涂点醋马上就能缓解。我有次在海里游泳,突然感到背上又疼又痒,辣辣的!回头一看,是只水母,比这还要小。后来军医给治的。"厚道的东方说着就要去给他找醋。

黑胡子犟着脖子说:

"别大惊小怪。没事,没事。给蚊子、蜂子咬两口是常事。我还要看它嘴长在哪里呢。"

那个自称渔民的小伙子熟练地将水母翻开。真的有个口器模样的东西,只因它是透明的,在船上根本看不清楚,更何况还是在航行中。

黑胡子耸了耸肩,有些羞赧地说:

"嘴长在肚子上,嗯,眼见为实。牙齿呢?"

东方明说:"它不用牙齿。看,鱼已软了,你刚才也按过它。军医说,它已给鱼注射了一种酶,将鱼溶解,只要送到嘴边吸就行了。"

"骨头、刺呢?"

东方明说:

"我也和你一样,问过军医,军医说他也不知。"又问那个清秀的渔民,"你知道呢?"

"我也不晓得。那年我刚到西沙,跟阿爸学钓鱼。有一次潜水钓到一条石斑鱼,我刚从水里露出头,就把什么顶在旁边,睁眼一看,吓了一大跳,是个又红又蓝又紫闪着彩霞的家伙,有雨伞撑起来那么大。我想,那可能就是阿爸说的彩霞水母了,我急忙往旁边躲,可它的触手已缠到我身上,慌得我火急用手去拽……"

"那要吃苦头了!"东方明说。

"我疼得头上冒冷汗,这才想起鱼叉。一叉下去,只听'噗'的一声,冒出了一股气。再一看,湛蓝的海水中,到处都闪着霞光,非常美丽,美得像晚霞。我吓得——那真叫抱头鼠窜。我到了珊瑚礁边,心还跳得像兔子蹦,两只手疼得甩,泡在醋里都不行,好在穿了轻便潜水服。阿爸找人讨了草药敷上,可我还是四五天都不能下海。

"阿爸说:'算你小子走运,要是正顶到水母伞下,水母像帽子一样一套头,你不脱层皮才怪呢!这家伙看似漂亮、温顺,其实凶残得很哩!这阵子别去那个礁盘了,它能把那一带的鱼吃得精光。'又要我去海洋站报告,说水母大量出现,很可能是那片海域受到污染或是发生了别的情况!"

渔民的一番话听得大家目瞪口呆,一片惊呼,感叹海洋动物的神奇。

东方明说:

"确实,水母对渔业生产有极大的威胁。它的大量出现,标志着那里的生态遭到了破坏。我是在一本书上读到的。大家看,今天这河水就是混浊的。

"主要是因为乱排污水,营养丰富了,浮游生物多了,水母繁殖爆发,产生了大量的水母。

"刚才我问了这里的老乡,平时文昌河的水是清的,水母也不多见。很多生态学家都在想办法治它哩!"

"它还能没有天敌?"

"有呀!哪有天下无敌的动物?它的克星是海龟。海龟最喜欢吃水母了!海龟藏在铠甲中,不怕它有刺的触手。可是,海龟也有天敌……"

"是哪种动物?说出来我们也长长见识。"

东方明说:

"其实大家都知道。"

讪笑声四起,有人还低下了头。

"照照镜子就真相大白了。"

"对啊,是人类!人类一直滥捕滥杀海龟。过去还把捕海龟作为渔业生产哩!龟肉上了餐桌,龟板拿去泡酒。现在海龟少了,连西沙那边的荒岛上要见到也难。它可是知情知义的好动物。"

黑胡子用小刀想将水母剖开。

东方明说:

"那里装的是一氧化碳,有毒,最好离远点。它会制造一氧化碳。别看就这三层皮,有妙用哩!它想从海底上来,放了水,就浮上来了。放了气,吸进水,就沉到海里了。想沉到哪个深度,就吸多少水。像不像现在靠计算机操作的潜水艇?"

有人饶有兴趣地拨动水母的身体,确实只有三层。又拨弄中间胚层的口器。

东方明说:"水母的口器是进食的地方,又是排泄口,更是生殖口。水母是低等动物。它很古老,化石考古发现6亿多年前就已有了水母,但到现在它们进化也不大,所以还保留着低等动物一器多能的特点。"

黑胡子说:

"老弟,你还没说它对天气的神机妙算呀?"

"怎么?不抬杠啦?"

"不抬杠能懂这么多?学问学问,不问怎么学?"原来他也是个坦荡的汉子。

东方明指了指水母触手上的一个小肉疙瘩:

"这里有个很小的硬块,动物学家叫它'听石'。我们知道,医院里用超声波帮助检查病人,但人听不到这种声波。除此之外,还有次声波,也是我们听不到的,但水母能感觉到。暴风刮起时,在海面上就会产生了次声波……

"科学家做过试验,水母真真切切是能预测15天之内的风暴……我是掉书袋子里了,不过也是那次吃了它的苦头才注意找书看的。我也喜欢抬杠,能学到很多知识。抬杠是智力游戏,玩玩不是很快乐吗?"

东方明的一句话把大家都逗乐了。

水母真的成了一摊水。

小伙子摘下了水母身上的钩子。几个人都拥上去看:

"不就是钓鱼钩吗?比平常的大得多。砣也重……是你在海里钓鱼用的?"

"不错!"

"你怎么投得那么准?"

"靠它为生,生存之道是练出来的。"

"大海钓鱼不用鱼竿?亏了,我还特意买了根海竿。"

"要看在什么地方钓、钓什么鱼。"

"大海还不都一样?"

"西沙群岛的各个小岛,多数都是在珊瑚礁上。在珊瑚礁上钓鱼,用竿子不划算,礁石常把钩子挂住……"

"珊瑚礁?什么样?"黑胡子说。

"你去了就能看到,很难说得清,说了你也不一定信。那里的海,那里各式各样的鱼,不在那里生活的人,是很难想出来的……几十斤重的金枪鱼怎么钓?上千斤的大鲨鱼上了钩咋办?还有大龙虾拿什么钓?……"

"快说说,好兄弟!"

"我就住在永兴岛。你闲时来找我好了。"

黑胡子大掌一拍他的肩头。

"你这个兄弟我认定了。到时候别说没工夫啊!"黑胡子兴奋中用足了力道。小伙子纹丝不动。嘿嘿,这家伙还真是渔民!我在心里开始承认了。

船已驶进了大海。月亮还没等到太阳沉入海底,已早早悬在东边。

海风有些紧了。人们开始往舱房里走去。

李老师碰碰我的手臂。我紧走几步,到了那个清秀渔民的身旁:

"小伙子,请问贵姓?"

"免贵姓郑。大家都叫我阿山。"

"你们在西沙捕鱼,还分行当?"

他停住脚,注视着我:

"你怎么知道的?到过别的海?"

"大西洋、印度洋、地中海、东海、北海、黄海都去过,只是走马观花,没在渔村住过。这次去西沙就是去见识见识。"

他一直微笑着,很睿智:

"西沙很富饶,老人说,西沙是半水半鱼的海。现在鱼虽然少了,比起别的地方还是多。不同的海域、水的深浅,海产都不一样。渔民也就有了专门用钩钓的、用网捕的、潜水捞的。像琼海去的渔民,多是潜水捞海参、鲍鱼、马蹄螺、凤尾螺、大龙虾……我们文昌去的多是钓鱼,各种各样的钓法都有……"

是的,生产方式、工具的多样,总是标志着物产的丰富多样。

"能说说怎么钓鱼吗?"

"大叔,看你是有心人。但是真的,没见过很难说清的。譬如说捕龙虾,既可钓,也能到珊瑚礁的洞中去捉,那还要看季节,看天气。这样吧,我就住在永兴岛海边的渔村,要找我容易。要是能跟我出海,那就看得一清二楚。钓鱼很快乐,很浪漫,很刺激,也很危险……"

"看你手上、臂上这疤……"

"前年在北岛,一条50多斤的大鱼上钩了,还没等我开大马力,它却迎船冲来。它的嘴又尖又长,我怕撞破了船,用手挡了一下,手臂上划了个大口子。这手上的,是那次碰上水母留下的。"

"愿意收我这个徒弟?"

"大叔说笑话了。晚辈只是好奇,你们二老敢来西沙,敢吃苦,一定是有重要的事。"

他说着,就把手机号码输到了我的手机上。

"我们肯定跟你下海钓鱼,听你讲钓鱼的故事。"

他又对李老师说:"放心吧,阿姨,这两天肯定没有大风大雨。你看,这宝贝也是暗暗的,不闪光。你不会晕船的。"

说着就将挂在裤带上的饰物拿起递给我们——黝黑的。我们仔细看,它像是一截细树枝,茬口都在,是自然折断的,没有进行过任何加工。

"什么宝贝?"

"海铁树,海底长的。别看只有这么细,在海里最少也生长了几百年。只要它闪闪发光,肯定有雨。它能预报天气。现在很难在海里见到了。这还是阿爸传给我的。"

大海太神奇了!

我和李老师欢天喜地回到了舱房。

"良好的开头是成功的一半!真没想到刚起航就有这么多的好事!我们在山野里跑了这么多年,还真没碰到这样的开头,后面的故事肯定更精彩!"李老师兴奋地说。

"上一趟甲板,比你找晕船药更有收获吧?还要吃晕船药吗?"我调侃道。

"绝对不。吃得晕晕乎乎的,倒头睡觉,哪能碰到这么精彩的事?也辜负了明月、大海!赶紧吃晚饭。"

是的,要不是认识了阿山,后来哪里会经历那么多大海神钓的惊险?哪里能见识到海洋生物世界的多姿多彩?

幽蓝的天空挂着一轮明月,繁星闪耀;无比辽阔、恢宏的大海,粼粼的波光,比天空的星星更加繁盛。

哲学家说天空象征着理性。可今晚的天空相映着大海,却是生动活泼的。

随着船的行驶,海天成了流动的风景。

海上望明月,已是一种诗境的经典;经典的意境,蕴含着无穷的美。心灵在这种美的意境中,油然而生出无尽的思绪……

突然,我发现月光在大海中跳跃,月光有了波浪,波浪有了色彩,极似群山掀起的细浪,激起了我心灵中对大山的呼唤。

是的,30多年来为了探索生命的神奇,我们一直在崇山峻岭、幽谷深峡中跋涉——

水是生命的源泉,中国的水源在西部。近10多年来,我们先是去青藏高原,朝拜了长江、黄河、澜沧江、怒江、雅鲁藏布江……的源头——雪山冰川的融水,诞生了大江大河。

既然水源在高山,那么山之源又在哪里?于是我们又两年两次从南北两线走进了帕米尔高原——万山之祖,万山之源。

水之源、山之源展示了高原生命的精彩,展示了生命的美丽、悲壮。

江河起步时,只有一个追求——奔向大海,与我们这个星球上的一切河流汇合,相融相拥。

科学家说,生命是由大海诞生走向陆地,陆地的生命之源卷带着高山的生命又奔向大海——这究竟隐含怎样的玄机、生命的奥妙?

这或许就是我们向往大海,奔向西沙,去探索生命神奇的原因……

李老师轻轻一拍,使我沉醉在梦幻中的心灵,又回到了甲板上。是的,我感到在这茫茫的月光中、大海上,船是那样小,我们更渺小。

"想什么?拍了你几次都没反应,还没回过神?"李老师问。

看着这有波有浪的月光,黄河源、虎跳峡、慕士塔格峰都赶来和大海聚会了。每个生命都是一个传奇故事,每个传奇故事都是大自然的诗篇、颂歌,组成了最为宏伟的生命交响曲……

"我能体会到你在想什么。夜深了,为了西沙也得养精蓄锐……"

享受着轻摇慢推的晃悠、细波微浪的低吟,我在床上舒展开身躯,像是回到了婴儿时光,妈妈的摇篮曲在耳边萦绕……我走在靛青的水边,这里不是黄河源的扎陵湖、鄂陵湖吗？转眼之间,沙尘暴在峡谷中腾起,这不是雅鲁藏布江大峡谷吗？突然,帕米尔高原的雪豹狂奔,追击着大群的盘羊,那角又大又盘……大树杜鹃,是的,一片花的草甸,难道可可西里也有这样高大的木本花卉之王？……

南海有飞鱼

人们向往着生机勃勃的日出,那是对生命的热爱。

"睡得好?没晕船?"6点多醒来。

我们在海上已航行了12个多小时。

"嘿嘿嘿,傻人有傻福。刚才还在梦乡哩!猜猜看,在哪里?"李老师有些得意。

"肯定是……"

"青藏高原!"

"哈哈哈!心有灵犀嘛,怎么我俩做的梦都一样?到了大海当然会想到高山!"

"那里已成了我们的故乡嘛!走,观赏海上日出去!"

东天一片轰轰烈烈的绛色云,云层上迸射出万道霞光,将蓝天照耀得光彩耀目,留下了无限的想象空间——红日跃出海面的壮美……

红艳辉映,湛蓝的大海有了另一种色彩、风韵。

它使我想起了青海湖、西藏的纳木错湖,甚至川西的九寨沟、黄龙那里只有几平方米的海子的色彩——都是这样披着红艳艳的湛蓝。

初阳普照,大海犹如鸢尾兰盛开的花海,蔚蓝中闪烁着淡淡的紫艳,焕映着明丽的青翠。

海鸥在船的上空纵横飞掠。乘客们纷纷向空中抛掷食物,大海的精灵们施展起各种飞行技巧,或侧飞,或回旋,或俯冲,总是能灵巧而准确地叼起食物。

乘客们使尽了抛掷的方式,鸟儿们也就施展起各种飞翔本领,引得甲板上爆发出阵阵欢呼声……

"小鸟,小鸟!"

我顺着李老师的指示,看到浪峰上有一个黑点掠过,眨眼之间又消失在海中……

这样辽阔的大海上,怎么可能有小鸟呢? 飞翔需要能量支持,鸟的体重大小和飞行距离有着密切的关系……

"那边,远处,有个小浪花……"

还没等我看清,李老师说的那只鸟儿已无影无踪。将一圈涟漪留下。

难道是水禽?

正在这时,远方四五只小鸟蹿出了海面,刚看到一只海鸥俯冲追逐,它们又全部蹿入了海中……

"什么鸟? 看清了?"李老师问。

"像蚂蚱哩。还记得那年我们从青海的花土沟油田去新疆、翻越阿尔金山山口时,天上老是响起'叽溜'一声,也以为是鸟。最后抓到一只,才看清是黑蚂蚱!"

"说神话了!大海里有蚂蚱? 蚂蚱会游泳?"

左舷的三四十米处,突现涌浪,像沸水,我连忙要李老师注意那边。我是在巢湖边长大的,捕鱼捞虾是童年生活的乐趣。不说从水纹的变化能知有鱼没鱼,但如此的海水涌沸,下面肯定有大鱼。是鲸? 是鲨?

在神不知鬼不觉中,海鸥们已像利箭射来!

一群精灵蹿出了海面,掠着海面直线飞行。有的尾巴还在水中搅动,像摇橹。刹那间,鸥群闪电般地追猎。得手的已仰头爬高。有两只海鸥为争夺同一

飞鱼不断摆动尾巴的这种飞行方式,很像摇橹前进的小船。在海面滑翔是它另一种飞翔方式。(西沙海洋博物馆供稿)

猎物,打得不可开交,羽毛翻飞,双双坠入海中。

小精灵们时而滑翔,时而钻进海中……

我惊喜地大叫一声:

"飞鱼!"

是的,我看到了它们张开的翅膀——细长的身躯两侧张开着翅膀。

"真的?能确认?"

"错不了。南海飞鱼!哈哈,它们来迎接我们呢!"

"真有会飞的鱼。不是亲眼所见,打死我也不信。"

世间万物,形形色色都有绝招儿——为了生存。

"是飞鱼,南海多得是。别急,今天你们还能看到更精彩的!"

阿山已站在我们身后。

"说说,我也听听。"东方明也靠拢过来了。

李老师急了:"不能说。阿山,别剥夺了我们发现快乐的权利!"

阿山笑得很灿烂。

我突然举手一指鸥群,问阿山:"这里有鲣鸟?"

"鲣鸟?就是大名鼎鼎的鲣鸟?鲣鸟不是生活在东岛上的吗?已快到那个神极的童话岛了?"李老师激动得连连追问。

很多朋友介绍过童话般的童话岛,那里有罕见、珍贵的水芫花、不吃草的野牛,还生活着八九万只神奇的鲣鸟。

但到永兴岛不可能经过东岛。以鲣鸟猎食飞行的半径推测,距离东岛还有四五十千米哩!

阿山只是笑而不答,那笑容中藏满了机灵,还有着顽皮。这家伙,玩的什么玄虚?我心里突然想起朋友猎人小张、精瘦的查老头……猎人多有绝招儿,极睿智、机警,也多有怪癖,这是艰难的行猎生活造就的。

"别揣个葫芦不开瓢,说呀!"李老师只好求助于我了。

我指着那群在空中争抢着抛起来的食物的海鸥：

"你没发现,有的鸟根本不去抢食？"

"是呀！还有全身羽毛是褐色的,也有翅膀是褐色的……不会是吃饱了吧？"

"再看它们脸色一样不一样？"

阿山笑得眯起了眼。

"真的不一样哩！有的是蓝脸……有的蓝脸上还有红……"

"我们在黄河源、云南滇西的中甸,西藏的巴松错湖、昆明的翠湖、家乡的巢湖都见过各种各样的鸥鸟,有谁不去抢抛给它们的面包、花生米、玉米？有谁的脸是蓝的呢？"

"鲣鸟只吃鱼？脸是蓝的？鲣鸟这么专一,执着！"

"它终生与大海相伴,食性当然就特殊！"

东方明一边连说"稀罕,稀罕。头一次见到不吃五谷杂粮的鸟哩",一边跟着鸟儿往右舷走去……

突然,响起一片惊呼,乘客们纷纷躲藏、闪让——

天上射出粪雨,鸥鸟们发射出空对地"导弹"后,已翩然而去。

哈哈！哈哈！

有头上中彩的,有衣服上挂花的——"腥死了""这样臭"。

肯定是有人搞了恶作剧。

不错,有人故意做抛食状,逗得鸥鸟们连连上当,屡屡受骗,激起了它们的愤怒。

"叫你别逗它们、骗它们,你就是不听！鸟儿也有尊严,中了大彩吧！还不赶快去洗头！"

尽管有人抱怨,但这场粪便"导弹",还是带给了大家快乐,并在欢乐中警示着作为万物之灵的人,应尊重一切生命。

阿山证实，蓝脸的鸟儿确是鲣鸟，是从我国唯一的鲣鸟栖息地东岛飞来的。它只吃鱼。特别是这种飞鱼。

我对李老师使了个眼色，就都专心致志站到了右舷。她明白是要等待飞鱼，仔细地观察这个生了翅膀的精灵。

生物的进化历程，是部生命奋斗的史诗。

飞鱼的出现，使我们想起了那年在辽宁朝阳考察化石群。中华龙鸟的发现震惊了世界，平息了多少年来关于鸟类起源的争论。

是的，生物学家已证明鸟的祖先是恐龙，那里的化石博物馆中展示了恐龙进化为鸟的各个关键时刻的化石。化石将亿万年前的历史凝固其中。因而人们谈化石时，也就是在读生物进化史。

任何的生物都具有猎食和被掠食——进攻和防卫——的技能，也即生存之道。恐龙消失了，但作为它向空中发展的结果，是繁衍了一个鸟类的王国。能不能这样说：对于一个个体的生命来说，多了一种技能，就多了一条生存之

鲣鸟正在海面巡猎

道,开辟了新的生活空间,得到了发展繁荣的机会,或许这就是生物进化的原动力吧?

"大鱼吃小鱼,小鱼吃虾米。"这句话用食物链朴素地道出了生存之道的深奥。作为小鱼的飞鱼,长出了一对翅膀,当然也就比其他小鱼有了更广阔的猎食新空间。同时,也多了一种防卫的技能。

连李老师也能区分出鲣鸟和海鸥,鲣鸟总是跟着海船上下翻飞。航海的人说,它们是导航鸟,看到它们,离陆地就不远了。因为鲣鸟的栖息地在海岛上,它虽然有蹼,但不在海上夜宿。

你想专门看飞鱼,它却像是害羞,就是不出来。

但时时有鲣鸟俯冲而下,扎进海里。等到它们浮出水面时,只看到它进食时脖子伸缩的姿态,却看不到猎物的形态。

两只蓝脸的鲣鸟争打特别激烈,从海面一直打到了天空也不依不饶,是争食还是争偶?它们都是雪白的羽毛,红红的脚,蓝蓝的脸。眼下,我还无法分清它们的性别,只是看到有的鲣鸟,蓝色的脸膛上似乎泛着红晕。

又是一圈涌浪,像是开锅的粥。

涌浪翻腾得更为激烈。

海鸥、鲣鸟像是听到了集结号,纷纷飞到涌浪的上空,像朵飞旋的云。

啊!海面拱出了一个乌黑油亮的脊背。

"啊!啊!"

"海豚!海豚!好大的一个海豚群!"

"飞鱼!飞鱼群!"

七八只海豚跃出海面,张开大嘴兜捕飞鱼,一躬身,画出一条条流畅的弧线,再扎入海中。

早已集聚在涌浪上的鲣鸟,在嘎嘎的呐喊声中,纵横飞掠,百转千回,追逐捕猎飞鱼。

飞鱼们在浪尖上如一条条银线,射向不同的方向。

刹那间,天空、海面、海底,上演了围猎与逃亡的大博弈。

遭到上下围攻的飞鱼们,个个勇敢地面对仇敌,奋力疾飞,运用群体的协作,迷惑敌人。

一只鲣鸟对一条飞鱼穷追不舍,眼看长喙已触到飞鱼脊背,飞鱼却一头扎进了水里。追击的鲣鸟一扭头,再选目标。然而,海面上已没有了飞鱼的身影……

水里激起更大的涌浪,海豚们堵住了飞鱼们的逃亡之路,它们又纷纷跃出海面飞了起来。

一只鲣鸟瞅准了目标,从后面追击着一条飞鱼。正当飞鱼要钻入水底时,侧面却飞来了那只刚刚狩猎失手的鲣鸟,一口就将它叼住。

两只鲣鸟配合得异常默契、到位。

正当那只得到猎物的鲣鸟,得意扬扬地爬高时,一片乌云从上空扑下——

一只黑色的大鸟,将两米多长的双翅一收,如出膛的炮弹击来。深叉的双尾,像是炮弹的尾翼。

鲣鸟吓得吐出了飞鱼,而那黑色的大鸟只一回转,已在空中叼住了飞鱼。鲣鸟趁机逃掉。

"军舰鸟!"

不知什么时候,六七只军舰鸟,已纷纷向得到鱼的鲣鸟们展开了凌厉的攻势,刮起了阵阵旋风。眼看被盯上的鲣鸟们纷纷丢下猎物逃窜,军舰鸟也就迅速地抢去了它们到口的食物。那空中接物的飞翔姿势,娴熟老到,表明了它们强盗的本性。

军舰鸟是海鸟中的飞行冠军,体格大、强壮,攻击目标时,时速能达到每小时400多千米。它还是续航可达1000多千米的霸王。但因为它几乎没有

军舰鸟总是利用两米多长的翅膀、高速的飞行,抢夺鲣鸟口中的食物,它是名副其实的强盗鸟。(解放军某部新闻中心供稿)

蹼,羽毛也不防水,所以只能猎取水面的鱼类,然而它却发展了另一种本领,专事抢劫,落得"海盗"的名声。

这场令人眼花缭乱的战斗,比夏天的雷暴雨还快,顷刻之间已无影无踪……

"海豚在海里追击飞鱼,飞鱼却跃出水面飞行,没想到正落到守株待兔的鲣鸟嘴里,而鲣鸟们更没想到还有'强盗鸟'在等着。或许是军舰鸟早已等在附近,有意让鲣鸟为它们打猎吧。这叫螳螂捕蝉,黄雀在后啊!太纷繁了,简直像是写小说,一环套一环!尽管有天罗地网,还是有很多飞鱼胜利大逃亡了,这就是弱小动物要营群体生活的道理。看来,最弱小的动物也有生存发展的本领啊!"李老师很兴奋,她已看出了生存竞争中,各自施展生存之道的奥妙。

"哎哎,你什么时候学会做总结报告了?"

"我说错了?"

"看到飞鱼怎么飞的了吧?"

"还真像大蜻蜓哩!翅膀只薄薄的一片,像蝉翼,闪着淡黄色的斑块,贴着海面飞,一次能飞二三十米的距离。有的能飞四五十米哩……对了,它不扇动翅膀,还是翅膀不能扇动呢?好像还不会拐弯,也不能侧飞……眼睛像是蓝色的……"

见我们都只是笑着,东方明像是还未回过神来。

"哎!大侠,你还在神游?"

东方明说:"不可思议。北海没有飞鱼。过去只听说有飞鱼,原以为是形容鱼在水面跳跃,哪里知道它们真的长了一对翅膀?当然,那是由鳍进化来的。竟然能飞翔几十米远。不过,还是太远了。真的还没看到它扇动翅膀,仅仅是滑翔?"

李老师问我看清没有,我摇摇头,说是这精彩的场面太短暂了。

李老师说:"飞鱼,再来一次!"

大约是逃亡的飞鱼们早已远离了这危险地带,我们再也没有见到它们的身影。军舰鸟也已远去,只有鲣鸟们还在盘旋。

阿山安慰李老师:

"你一定能再看到飞鱼。我会领你们去捕飞鱼。保证你们用手都能逮到,捕到不想捕为止,让你们看个够!"

"能钓到?"李老师问。

"飞鱼太小了,我也不钓它。你一定还要问怎么捕?不过,我不想夺去你发现的快乐。再说,捕它太简单,太神奇了……天机不可泄露!"

李老师正要说什么。东方明突然说:

"鲣鸟呢?"

"是呀,刚才还盘绕在船头哩,怎么说话间就无影无踪了?"

爱国爱岛，乐守天涯

古人说：水至清则无鱼，人至察则无徒。意思是水太清了，很难有鱼；一个人太精明了，很难有朋友。然而，西沙的海水是至清、至纯、至净的，素有"半水半鱼"之称。在西沙，水不清则无鱼。

阿山说："快到永兴岛了。鲣鸟已经返航。听阿爸说永兴岛原来也有鲣鸟，可后来岛上的人多了，又是捡鸟蛋又是打鸟，鲣鸟都飞到了东岛……看，那边已现出七连屿。听老辈人说，原叫七仙女，海南话叫白了，才叫'七连屿'。"

"是《天仙配》中的七仙女？"李老师问。

"是呀！"

"那可是我们安徽的黄梅戏啊。见到老乡了。"我高兴地说。

"这是我要带你们去钓金枪鱼、大马鲛的地方。到时候你们别怕得不敢去啊！"

"哪能哩！不至于比青藏高原、帕米尔高原更惊险吧！"李老师说。

左舷处一串小岛成弧形分布，如明珠般在蜃气中忽隐忽现。近了，见到有的小岛为银色的浪花烘托着。转眼之间，右前方一座大岛也现出了。两岛之间七八千米的海面，形成了巨大的海门。

难怪祖先们用"千里长沙""万里石塘"来描绘这绵延不绝的一串岛屿。阿山说："那就是西沙群岛的首府，今天的目的地。"

西沙群岛是由宣德群岛和永乐群岛组成的。永兴岛就在宣德群岛。

宣德、永乐都是明朝两个皇帝的年号。这两个群岛是早于哥伦布的明朝伟大的航海家郑和七下西洋时船队的停留地,是海上丝绸之路的驿站。

永兴岛位于北纬16°50′,东经112°20′,面积约2平方千米,高于水面约5米,最高处8.5米。

远眺永兴岛,沙堤环绕,一片葱茏,高高的椰树,气象站耸立在圆形观测台,给人以宏伟中充满着亲切和温馨的感觉——那是我们的家园。

人是很奇怪的,在陆地上向往着大海,在大海上航行,又盼望着陆地。无论是陆地还是大海,其实都是生命旅程中的目标,又只是一个停歇的站头,既是这一次的终点,又是下一次的起点。

"爱国爱岛,乐守天涯"的巨幅红字竖立在岸边,在朝阳中光芒四射。八个大字,饱含着军人对祖国的忠诚。之后,我们走访西沙的每座小岛时,从每个战士黝黑的脸上、每块油绿的菜地、每个集水池边、每棵小树上,似乎都能看到这八个大字的影子,都能听到它们高亢的呼喊——它们凝聚着西沙人的灵魂,是西沙精神的最好写照。

港口码头上已站满了人,锣鼓喧天,一派浓烈的节日气氛,人们在迎接着航船的到来,在迎接着亲人的到来。

驻岛部队的小赵在码头接到了我们,虽然从未见过面,但彼此感到异常亲切。将行李放到车上后,我们就请小赵领我们步行。

小赵说天太热了。是的,下船之后,我们就感到热气铺天。这儿早已过了北回归线,已是典型的热带,距离赤道也不远了。但我们已在山野中跋涉了30多年,正想体验热带的一切呢。

李老师早已走到码头的左侧,对着"提高军人环保意识,建设一流生态军队""军港环境保护,是强国富民安天下的大事"——战士们竖立的标语牌——频频按动快门。

一丝思绪夹着记忆在心头闪过。

之后的路边,还有"建设美丽的边疆,爱护我们的家园""善待地球,就是善待自己"的标语。

这确实是一支特殊的部队,这些标语——战士的心声,蕴藏着强烈的震撼力。

这支军队,在守卫着祖国海疆的同时,还自觉地守卫着海洋生命、生态。之后,我们才真正地了解到,这些标语中的每个字,都有着感人的故事。

刚走出码头踏上林间的马路,满眼碧绿的树,鲜红的花,葱葱茏茏,欣欣向荣——美得炫目,我们激动得心花怒放!

"真是神仙待的地方。天蓝得滴水,空气清新,弥漫着馨香,没有喧嚣,没有拥挤的人群,一点也不浮躁……难怪人们自古以来要到海上求仙啊!"李老师真是眉飞色舞了。

一踏上宽广的马路,道路边两排高挺的椰羽拂动,雄伟、银白闪亮的建筑物,透着现代的气息。

小赵说,这是北京路,左边的这座宏伟建筑,是西沙、中沙、南沙工委——地方政府。邮局、银行、医院、海洋研究所的实验站、商店……都在这里。

不多远就是住地——一座白色的平房。放下行李,李老师就拿出照相机,在门前拍个不停——

蔚蓝的天幕下,高高的椰林自有一种婆娑的天然风韵,抗风的桐树叶阔大、青翠,榄仁树蓬蓬勃勃……阳光透过树冠,洒在金黄的野菊花上。几棵椰苗精神抖擞,现出无限的生机……林间弥漫着无比奇妙的光彩效应,犹如一幅色彩浓郁的油画!

空气中飘洒着椰花的清香。四周一片宁静,没有城市的喧嚣,没有车水马龙的嘈杂。这超凡脱俗的环境,令人神清气爽,难怪有位大自然文学作家赞颂宁静无价。

是的,人们总是在自然中寻找精神的家园。

如果不是偶尔有身着海军服的战士出现,你绝想不到永兴岛是边防要塞,而只会沉浸在这世外桃源的梦幻中。

李老师拍得兴起,又要到别处。

小赵忙劝阻,说:"已近中午,阳光灼人。下午我再陪你去拍吧。"

"我正想晒晒西沙的太阳哩!这儿的阳光多明净,没有一丝的尘埃,再说,也想烙上西沙黑啊!"李老师指着小赵的脸膛。

我惊奇她的"西沙黑"。这可是守卫西沙战士们的"勋章"——是我在《我是西沙人》中读到的。

小赵笑了,笑得眼泪都出来了。这位清瘦高挑的小伙子,连忙取下眼镜用手帕擦拭着。他刚取下眼镜,我们就全笑了——两个又圆又大又白的眼眶,在黝黑发亮的面孔上特别显眼,特别滑稽,就像是熊猫眼的翻版。

小赵被笑得有些尴尬,看着李老师指着他的脸,或许是想到了自己的形象,也开怀大笑起来。

我也拿出照相机,和李老师一起走出椰林,走向绿茵茵的深处。

历史是面镜子

我们被热带风景牵引着,信马由缰。渔村和部队的营房都掩映在绿树红花中。不知怎么三转两转,我们居然转到了一座旧炮楼前。它与周围环境是那么不协调,很是刺眼。

好在一旁有说明标牌:日军侵占永兴岛建立的炮楼。它记载了中华民族一段屈辱的历史,警示着、激励着人们努力振兴。

史载:

南海诸岛历来是中华民族的领土,上溯到秦汉的史书都有记载。直到19世纪,中国历朝都通畅地管辖着这一辽阔的海疆。但到了20世纪,由于清朝政府的腐朽没落,先是英帝国主义,接着是德国、法国、日本以各种借口侵入南海诸岛。

那是1907年的夏天,一个日本商人为了攫取鸟粪财富,带领一帮人侵占了东沙岛。

李准是当时的广东水师提督,这位以书法著名的海军将领,能够载入历史的却不是他的书法,而是其作为一支海军统帅的军旅生涯。

1909年5月25日,李准率领由三艘军舰组成的舰队,载着近200名官兵和医生、工程师、测绘员,驶向南海巡疆。

南海风云诡谲,但满怀激情的船队劈风斩浪,奋勇前进。

最为困难的,是所带的淡水即将用完,在海上航行,淡水对海军战士是生命之泉。

坚韧不拔的李准命令战士们在岛上掘井。由于那时的岛上多有海鸟的栖息,堆积了厚厚的鸟粪层;岛又多是由珊瑚沙构成,渗水,井中出的水不是又黄又黏的,就是又苦又咸的。人们无法饮用。

正在失望、沮丧之际,传来了好消息——在一个小岛上,掘出了甘甜可口的水。从此,这个岛有了令人向往的名字:甘泉岛。直到今天,它仍然以甘泉岛的名号响彻西沙。

日本人侵占永兴岛时修建的炮楼——历史是一面镜子。

在 22 天的巡疆中,每登上一座小岛,舰队都鸣炮、升旗。李准为 15 个岛屿命了名字,标志着无可争辩的主权。

李准率舰巡疆的壮举为中国人扬眉吐气,就连那时的法国总理兼外交部长白里安也不得不承认:"由于中国政府在 1909 年已确定了自己的主权,我们现在对这些岛屿提出要求是不可能的。"

但帝国主义的侵略野心并没有就此罢休。1933 年,法国又以其是安南

（今越南）宗主国为由，占领了永兴岛。1939年，日本人在侵华战争中，又将魔爪伸向南海。接着，在第二次世界大战中，日本更是驱逐了法国人，独霸南海，扼制了通向印度洋的战略要地，直逼东南亚。还在岛上建了一座炮楼，如今这座炮楼就是日本侵略的罪证。

第二次世界大战结束了。日本落得个宣布无条件投降的可耻下场。

就在离日本炮楼咫尺之地，屹立着一座石碑：正面有"南海屏藩"，背面有红字"海军收复西沙群岛纪念碑"，旁署"中华民国三十五年十一月二十四日张君然立"。此碑的竖立宣告历史翻开了新的一页。

根据《开罗宣言》和《波茨坦公告》，战败国日本必须归还它所侵占的中国领土。

晨雾中的永兴岛港口

1946年，中国海军在林遵上校的带领下，率领由护航驱逐舰太平号、驱潜舰永兴号、坦克登陆舰中建号和中业号组成的舰队，浩浩荡荡地开向南海，执行收复西沙、南沙诸群岛的任务。

1946年11月24日，林遵上校率领的舰队到达了西沙最大的岛屿。在阳光灿烂中，礼炮轰鸣，林遵上校以永兴舰的名字命名该岛为永兴岛，并任命随行的参谋张君然为第一任西沙群岛管理处主任。

张君然提笔，书写了气势磅礴的主权碑。也把自己写进了历史。

张君然后来参加了中国人民解放军海军，他曾回忆：1946年船队到了上海。11月1日晚到达珠江口外的伶仃洋，午夜时抛锚虎门。

> 我在驾驶台上眺望虎门群山，遥想1840年这里硝烟弥漫，英国殖民主义者的炮舰，经过我国南海诸岛来到虎门，用大炮轰开了清王朝的大门，使我国沦为半殖民地半封建社会达一百年之久。今天，我们舰队来到虎门，即将收复南海诸岛，保卫南疆，永远斩断帝国主义侵略的魔爪。抚今思昔，不胜思绪万千……（引自阵俨：《那一颗美丽的"中国心"》）

11月东北季风盛行，惊涛骇浪不断，一直等到23日风浪稍息后，永兴号和中建号才抢先出航。24日黎明时到达西沙最大的岛(永兴岛)。然而海上仍有7级大风。张君然率领一个战斗小组，乘汽艇登岛。经过全岛搜索未发现一人，港口的设备已被破坏殆尽。军备物资全靠涉水肩扛。经过五昼夜的奋斗，才得以完成登岛任务。

29日上午，编队派出仪仗队，随同各方面的广东接收人员代表、部队登陆，举行了纪念碑揭幕仪式。

1949年，中华人民共和国成立，百废待兴。

广东、海南的渔民又能自由航行于南海，来往于西沙、中沙、南沙诸岛，进

天安门国旗班的战士在永兴岛参加升旗仪式。(解放军某部新闻中心供稿)

行渔业生产。

1955年11月，为了开发建设南海诸岛，海口成立了鸟肥公司。这些海岛上栖息着成千上万以鱼为食的海鸟，有的鸟粪堆积如山，足有一米多厚。鸟粪是一种富含磷的高效肥料。鸟肥公司成立后，两百多名职工开赴西沙，进行鸟肥生产。

有一个日子注定要写入南海诸岛的历史：1959年3月1日，永兴岛成立了西沙、中沙、南沙群岛工委和办事处，负责南海诸岛的行政管理和开发建设。

据老人回忆：那时岛上杂树攀扯，满目疮痍。与今天的景象相比，那是天壤之别。

1986年11月，为庆祝收复南沙群岛、西沙群岛40周年，张君然老人应邀重返西沙。当他再次登上西沙时，他激动得热泪盈眶。

> 我从1949年6月离开永兴岛，迄今38年了。现在旧地重游感慨良多……西沙现在已经成为我南海诸岛的政治和经济中心了。也是我们今后开发和建设南海群岛的重要基地。它将真正成为我们的"南海屏藩"。我缅怀半个世纪来为这个事业贡献力量，甚至献出生命的朋友和同志们，谨向他们表示诚挚的敬意！(引自陈俨：《那一颗美丽的"中国心"》)

2003年6月，张君然先生以86岁的高龄逝世于上海。

司令的朋友

椰风海韵,凝练了西沙的风景。

现今,椰树成了岛上令人瞩目的景色,道路的两旁,尽是它们挺拔的身影。羽状的椰树叶风姿绰约,树的顶端挂着累累的果实。

据老人们说,岛上原来并没有椰树,然而椰子大,每个椰果都含有一两斤的汁水。这在严重缺少淡水的海岛上,尤显得珍贵。甘甜的椰汁富有营养,据说在不得已的情况下,还可以用它作为注输液救命。因而它受到了开发海岛的渔民、保卫西沙的战士的喜爱,于是人们纷纷从海南带椰树来西沙安家落户。之后,我们在深航岛、中建岛、金银岛、东岛都见到了椰树的身影。

有一片椰林,别有风韵,它占地五六百平方米,是每位来到岛上的人都情不自禁地驻足、流连的"将军林"。

将军林的由来还要从 1982 年说起。那年 1 月,时任解放军总参谋长的杨得志、副总参谋长杨勇来西沙视察驻守部队。他们了解到岛上淡水奇缺,常受台风、季风袭击,环境也需要美化,虽然岛上原有抗风桐、羊角树、银毛树等热带植物,但仍须植树造林。杨得志将军种下了第一棵椰苗,勉励守岛官兵扎根西沙、爱岛建岛。

自此,凡来西沙的将军,都亲手栽种一棵椰树。每棵椰树上的标牌,都记载了种树人的名字:一系列党和国家领导人以及众多将军的名字均在其中。

由此,"青年林""扎根林""老兵林"……也都兴起,蔚然成林。

西沙将军林——1982年1月，时任解放军总参谋长杨得志将军来西沙视察时种下了第一棵椰树，以勉励守岛官兵扎根西沙、建设西沙，现今已郁郁葱葱。岛上尚有"扎根林""青年林""民族团结林"。

我们略略数了一下，这片将军林已有一千多棵椰树！真是将军林立啊！

猛然一惊：海洋博物馆呢？似乎直到这时，我才想起20多年来时时牵挂的西沙海洋博物馆。它就应该落户在永兴岛上……

是的，我们在行前就拟了个计划。参观西沙海洋博物馆是重要的目标。要说我与西沙的缘分，那还得从20多年前说起。我在报上读到一条消息，并不长的文字，报道了西沙的一位战士，酷爱大海而建成博物馆的事迹。他先是喜爱在海边拾贝壳，待到屋内摆满形形色色、多姿多彩的贝壳、海螺，大到近1米长的砗磲，小到米粒大的袖珍贝，五光十色——他被这里千变万化的生命的色彩、生命的形态震撼了，于是，又将那些钓来的、向渔民要来的各种鱼做成了标本。在他的带动下，很多战友也都参加到收集、制作标本的行列。他绝没有想到，这一切竟然得到部队领导的支持，终于在1990年，这个博物馆正式建成开放。

尤其令人惊叹的是这个建立在南海上的博物馆,居然收藏了珊瑚、贝类、龙虾、海鱼的数千种标本!据我当时的知识,这应是我国第一座南海海洋博物馆。

这位战士的姓名:王三奇。他启蒙了我对西沙的认识,引起了我对西沙的向往。

难怪当李老师频频拍摄"提高军人环保意识,建设一流生态军队"这些标语时,有种记忆和思绪在我心头一闪……

海洋博物馆离我们住地并不远。我们急急忙忙行走时,迎面碰上了陈昌峰司令独自一人。他问我们帽子也不戴去哪里。

我说:"喜欢光头晒,难得享受到热带的阳光。"又问他去哪里。

他笑着说:"去海洋实验站看位朋友。"看我有些不解的神情,继续说,

被陈司令救下、在实验站疗伤的玳瑁。玳瑁为国家保护的珍稀海洋动物。

"你有那么多的山野朋友,我就不能有海洋朋友"?

司令是位苏北大汉,18岁参军,从战士、排长、连长一步一个脚印成长起来。他曾留学德国,参加过1998年抗洪救灾和汶川大地震的抢险工作,有着典型的军人风度,魁梧中透出一股摸爬滚打中锤炼出的坚毅,宽宽的额头,慈眉善目,为人豁达,他知识渊博,言语风趣。我们见面时,大有一见如故的感觉,我便送了两本拙著《我的山野朋友》给他。

听他如此一说,我很敏锐地感到其中肯定有故事,立即说:

"能跟你一道去?"

"既不是约会,更不是军事秘密,欢迎呀!"

他说的海洋实验站,其实是海洋研究所的西沙工作站。我们刚进门,工作站的小陈就迎上来了,热情地和陈司令打招呼:

"陈司令,又来看你的宝贝啦!"

"它的伤口愈合了?"

屋子里摆满了蓝色的塑料大桶。增氧机发出轻微声响,桶里冒出了无数水泡。我们正在张望之际,陈司令已轻车熟路走到一个大桶边:

"啊!海龟好大,有四五十厘米长。"李老师说。

一只闪着黄褐色光的海龟模样的动物,趴在桶边,一动不动。

小陈说:"是玳瑁。国家二级保护动物,属海龟纲的,和海龟是一个大家族。它不算大,最大的玳瑁有一米长哩!它被渔网伤了。陈司令救下了它,送到我们这里疗伤休养,痊愈了再放回大海。你看,它头上右侧有块白斑,是伤口,炎症基本好了。"

玳瑁是稀有珍贵的海洋动物。虽然我国的黄海、东海都有它的身影,但因为它可以作为装饰品,所以遭到了滥捕滥杀,已很难见到。就是在盛产玳瑁的南海,我到海南不下10次,也是第一次这样近距离地看到它。如这样大的尺寸,仅是标本,黑市上的价格也在万元之上。

"小家伙今天没精神嘛!"

"这家伙精哩,你别……等会儿你看吧!"

小陈说着,就从旁边一个小桶里捉了一条小青鱼,有二三两重。那鱼被小陈丢到了水中,"嗵"的一声,立即活蹦乱跳地游了起来。

玳瑁还是一动不动地伏在那里。小青鱼到了大桶,空间比小桶大了几十倍,畅快地游了几圈,可总是和玳瑁保持着一定的距离。

正当它游得惬意时,玳瑁突然窜出,伸出前肢,劈头给了小青鱼一掌。小青鱼瞬间翻过身来,慌里慌张游开去了。

玳瑁只让它在桶那边游了片刻,立即闪电般地冲了过去,又是兜头一掌。小青鱼闪过往旁边游去。

谁知正落到玳瑁张开的嘴中——其实那掌只是虚晃一枪,玳瑁似乎早已算计好了,就等小青鱼中圈套哩!

玳瑁的头尖、嘴有钩,很像鹦鹉嘴。玳瑁狼吞虎咽吃完了小鱼,四脚飞快地划动。

"没想到这个看起来笨头笨脑的家伙,游得这么快。"我有些惊讶地说。

"看到了吧,它的前肢比后肢长。"小陈说。

玳瑁一会儿游出水面,瞪眼望着小陈,一会儿用身子撞着桶,上下翻蹿,似是狂躁不安……

"它怎么了?"

"要吃,吃得不过瘾。今天事情多,忙得没及时喂,你们来时它正郁闷装相哩!"

司令伸手就要到桶里捉鱼。小陈眼疾手快:

"还是我来。我想看看它的真面目。"

他拿了条鱼,只是悬在水面上十多厘米处晃来晃去,一会儿装作要丢下,一会儿又提起,引得玳瑁上蹿下跳……他乐个不止。

突然,玳瑁蹿出水面,四肢拍打,哗啦声骤起,水花溅得小陈满脸……小鱼掉下了,那家伙猛然蹿起,在空中就接住了猎物。没想到它居然有海豚般灵巧的身段……

"哈哈!小伙子,谁叫你骗它。动物也有尊严!一切的生命都有自己的尊严。"陈司令笑得开朗、热烈,有些像个孩子。

"我也是头次看到玳瑁凶猛、暴躁,猎食时会如此灵巧。一般说来,爬行动物的行动总是节奏较慢,不是有《龟兔赛跑》的故事吗?我是搞海洋动物研究的,陈司令给了个好机会。要不,哪能有这样近距离观察它的生态的机会?就说它这嘴为什么会进化成鹦鹉嘴状,带钩?海龟却没有。原来它虽然也吃海藻,但以肉食为主。其实,在海里它最喜欢吃海绵,海绵大多生活在珊瑚礁中,用钩状嘴猎食,才能将海绵从珊瑚礁中钩出来,也有利撕碎猎物。海龟是以素食为主食,但喜欢吃水母,是水母的天敌。这个小东西从昨天才开始有了强烈的食欲。与前几天没精打采的样子比,简直是两个样!"小陈激动地说着。

陈司令说:"食欲好,是好兆头。人也一样,不思饮食,肯定有病!看来,它能很快回到大海,回到自己的家园了。"

李老师说:"要不讲,在海里看到,还真的以为是海龟哩!"

"经过这么多天的观察,我算是把它们的区别闹清了。你们看:它的背壳很有特点,像不像房子上的瓦片,一片覆一片?数数看,是不是13片?所以老乡又叫它'13鳞'。裙边像锯齿一样,海龟的龟板是整块的……"

"我知道了,它性格暴躁、凶狠。海龟很温顺。这点也不同,对吧?"李老师说。

"你真会现烧热卖!"我笑了。

玳瑁很悠闲地在水里游着,一副绅士派头。

"你是表扬我,还是……太漂亮了。水的波纹一映,黄褐背壳、黑斑纹,真像是幅闪闪发光的油画……想起来了,有的眼镜架、眼镜框,就是这色彩。"李老师接着说。

"没错。它的观赏价值高,古人早就用它作装饰品呢。前些年,海南市场上都有整体标本、手镯买。人是最可怕的动物,能吃的,就想方设法抓来吃光为止,能用的,就赶尽杀绝。再不严加保护,后人就很难看到这些美丽的动物了。"我有些感慨地说。

"是呀。我是1985年1月到西沙的,在坦克连。那时生活很艰苦,岛上最缺的淡水、新鲜的蔬菜,全靠从海南运来。一遇大风,给养船一个月都来不了。为了保障战士的健康,不得已也赶海捕鱼。那时的鱼真多,真是半水半鱼。赶海的战士每人一个桶,一根棍,不一会儿就能提着大半桶的鱼呀、虾呀、螺呀回来了。也就是最近20多年的时间,岛上的人多了,鱼也少了,虾也糟蹋了。现实教育,再不保护生态,我们就毁了自己的家园。文明是文化,文化是一个民族的灵魂,提高文化素质,才能自觉保护良好的生态——就像你刘老师说的,必需树立生态道德。"陈司令说得很沉重。

"连我都知道,你们制定了很多保护海洋生态的规章,平时不准随意钓鱼,不赶海,不准捡鸟蛋,还有《爱鸟公约》……救护搁浅的灰鲸,救护迷途的海龟……"小陈很有体会。

是的,在我们几次的交谈中,陈司令还说过:人民军队的职责是保家卫国。保卫家园不受敌人侵略的目的,是使人民安居乐业。即是构建和谐的社会,构建人与自然和谐的社会。作为当代军人,不仅要保卫祖国,还要建设繁荣富强的祖国。繁荣富强、物质丰富只是一方面,还应建设精神家园,提高人民文化素养文化是一个民族的灵魂。新时代的军人就必须具备保护良好生态的意识,提高文化素质修养,从身边做起,树立生态道德,只有这样才算是合格的军人,中华民族才能永远立于不败之地!

在以后走访珊瑚岛、东岛、中建岛等岛屿时,每每听到驻岛官兵保护海洋生命的感人故事,我便想起陈司令的话,想起他的"国门自古是家门"的诗句——他热爱诗歌,也常常有感而作,算得上是位军旅诗人。

"两位老师,这里还有宝贝哩。小陈,大方一点,领着看看。"陈司令说。

没走两个桶的距离,李老师就有了发现:

"喂,快来看这边,桶上趴了个……"

乍看它像个硕大的毛毛虫,趴在桶边,肉乎乎的,褐黄色、透亮,直径有六七厘米,身长在二三十厘米,浑身鼓出一个个肉刺。

"像个老黄瓜哩!你也认不得?"李老师虽然声音很小,我也只是嗫嗫嚅嚅地说:

"梅花参?海参……"

"还能真是海里的毛毛虫?"陈司令打趣说。

"我在大连、山东的长岛,都看到过活的梅花参,可都比这小得多。"

小陈说:"这里是南海,热带的海。动物的特性是热带的个体要比北方的大。其实,这头参只是中等偏大的个头。那次在晋卿岛海底考察,我见到一头大的,最少有五六十厘米长,几次伸手要采,想想还是放弃了。野生的海参已很少,它长了那么大,容易吗?还是让它多留点子孙吧!"

"你们是研究……"李老师问。

小陈说:"从这里按顺序看吧。"

但这个池里的海参,显然不是梅花参。虽然它们也长有肉刺,但皮肤粗糙,不透亮,颜色暗得多,个头也小。小陈说这是糙刺参。它适应性强,是主要培育对象。

有的池里架满了框架,每个框架都是长方形,网纱上布满密密麻麻的小黑点。

另一池中的网纱上,小黑点已在蠕动,但数量显然不多。

小陈说:"那是糙刺参产的卵,它一次能产几千万只卵,只要受了精,很快就能孵出参苗。"

"谁最喜欢吃它？"我问。

"甲壳类的动物,螃蟹,还有海螺。"

"它们没有防卫武器？"

"它们能放出一种毒素麻醉小生物。对大家伙就不起作用了。但它们防卫策略非常高明,是海洋中的变色龙,能根据栖息地的环境改变体色,混淆隐伏。再不行时,还能将自己的内脏从肛门喷射出来,送给敌人。过一阵子,又可长出新的内脏来。这叫丢车保帅。"

"真是每种生物都有奇妙的生存之道……成活率……"我接着问。

"主要是一种病害能使海参的幼体在短时间大批死亡。成活率千分之一都不到。"

"明白了。你们是研究海参繁育的。"李老师说。

小陈说：

"我们这个课题组,属南海海洋研究所,是研究海参的繁殖、放养的。这是西沙特种生物恢复研究中的一个课题。这里是野外工作站。旁边那个大房子,是研究珊瑚的繁殖、放养课题组。这两种生物都是特种生物,珊瑚生态系统是海洋的热带雨林,更是关系到南海的整个生态。海参是重要的经济动物。"

"就像我们在舟山群岛的沈家门看到的,培育出对虾苗,再放到海里去。大海也是牧场,是吗？"李老师说。

"没错,我们已经培育出了10万尾,在西沙放养了几万尾……控制病害的研究也有了进展。其实,还有个课题很有意思,海参还有一种特殊的生存之道……"小陈说。

"啊!是什么？"我迫不及待地问。

小陈从桶里摸出一只海参,用刀将它一切两断。然后一言不发,只看着我们各人的表情。

"你在玩魔术——'大劈活人'。它们还能长到一起？"李老师问。

小陈随手将切断的海参都丢到水里：

"我没玩魔术的本事，过不了几天，它们就长成两只海参了！就像它们能将内脏喷给敌人又能重新长出一样——这种自我修复能力引起了科学家的极大兴趣，特别是在医学上的意义，一个肢体或脏器坏了，能不能也像海参一样，可以再生？"

李老师正要说话，可小陈说：

"不能说了。你们不是还要到东岛、金银岛、珊瑚岛去吗？一定能看到海参传奇的。发现是种快乐、享受……"

"对呀！我要说的就是这个意思。发现的快乐真是任何语言都无法形容的。这是我俩的生活。这是我们30多年来在野外跋涉——像个农夫一样播种——最大的收获。"

"我真的要拜两位做老师了。你们对生活的理解新鲜、透彻。怎么样，再去研究珊瑚的那边看看吧！"陈司令说。

在珊瑚繁育工作站参观时，我们只问了一些我们关心的问题就离开了。因为，我们将去珊瑚岛探访神秘的珊瑚世界。

海博士和西沙海洋博物馆

哲人说"如果有天堂,图书馆就是天堂"。海洋博物馆是生命的图书馆,是文化财富的宝藏,也是精神的天堂。

海洋博物馆是座两层楼的建筑,在永兴岛算是豪华的。1990年1月1日博物馆正式对外开放。它的匾额,是由时任第十四届中央政治局常委、中央军委副主席刘华清题写的。他很早就开始关注战士王三奇对海洋的热爱,关注

西沙海洋博物馆已成为西沙永兴岛上的标志性建筑。它是由一位战士"海博士"王三奇发起,部队领导重视而建成的。1990年1月1日正式开馆展出。是我国第一座南海海洋博物馆。

战士从事自然保护事迹。后来王三奇多次向我们讲到将军对他从事的工作的支持与勉励,虽然已过去了 20 多年,但他谈及此事仍然激动不已。这从一个侧面反映了解放军官兵亲密无间的优良传统。

　　刚进入展厅,我们就被航拍的地图所吸引。由于国家安全部门制定的严格的规定,多年来我一直未能找到一张全景式的西沙群岛地图。

　　现在永兴岛所在的宣德群岛和永乐群岛都具体而生动地呈现在我的面前。原来,它们是南海上的两个环礁,都是珊瑚虫经过千万年的努力的杰出创造。小岛组成了大大的岛链。如果把南海看作是个围棋棋盘,这些小岛就形成了气象万千的阵势。

从高空俯瞰西沙首府永兴岛——南海上璀璨的明珠,多像一艘永不沉没的航母。(解放军某部新闻中心供稿)

那一圈绿茵茵、泛着彩色光辉的海水,犹如硕大无朋的莲叶,每座小岛就是盛放的莲花。还有一两个小岛为银白的浪花所环绕,色彩更加丰富。

小岛浮在海上,飘逸、洒脱。空气中悬浮着淡紫色的蜃气,平添了无尽的神秘,犹如世外仙境。突然间,我似乎有些明白,为何古人要到海外寻仙了。

看着看着,我竟不敢确定簇拥小岛的海水的色彩是否真实,蔚蓝的大海何以有这样迷人的色彩?小岛为何洋溢着如此的灵性?

李老师看我久久伫立在永兴岛航拍照片前,走了过来,也立即被吸引了:

"什么和它很像?"

"你说呢?"

"航空母舰。永不沉没的航母。特别是两千多米长长的飞机跑道。"

"这是上天赐予,以保卫中华民族的!"

解说员是位女战士,透出一股老兵的干练,声音悦耳且富有感染力:

岛分大陆岛和海洋岛。大陆突然断裂,断裂处形成海峡,海峡另一面原属大陆的一部分,就成了大陆岛。大海中火山爆发,冷凝后的岩浆也会形成岛;还有在海洋中由珊瑚骨骼堆积起的珊瑚岛,这两种都称为海洋岛。

地质学家说南海原是一个大大的断陷盆地。在它的中部有一条东北—西南向的断裂带,而这条断裂带不断扩张,形成了一个宽700多千米的深海盆地。盆地并不平坦,且又有火山喷发,因而形成了很多的大陆架、大陆坡高地。热带海域的这些高地就成了珊瑚最优良的繁殖地。也成了蕴藏丰富的各种矿床。

西沙群岛的岛屿,多是由珊瑚创造的。

珊瑚分造礁珊瑚和非造礁珊瑚:造礁珊瑚有骨骼,非造礁珊瑚是软体动物。

造礁珊瑚只生活在水深不超过30米的海域,因为与它们共生互荣的虫黄藻只生活在这样的海域。

小小的珊瑚虫有一种神奇的功能,从体内分泌一种石灰质,形成它的外骨骼,这就是人们平常所说的珊瑚。

珊瑚虫不断死亡、新生,在生命的轮回中,遗骸愈堆愈高,再加上泥沙、贝壳和其他生物的骨骼的积垒,形成了磨子般礁盘。经过几千年、几万年的堆积,这些珊瑚礁有的终于露出了海面。

当然,地质运动也能突然将礁盘抬出海面。

还有,狂暴的大风将泥沙吹到礁盘上,会形成沙洲和沙岛。

生命的力量,大自然的力量,造就了南海的暗滩、暗沙、暗礁、沙洲、沙岛、岩岛。

经讲解员一说,心中顿然明朗:永兴岛、东岛、中建岛、琛航岛等岛屿实际上是坐落在一个大的珊瑚礁的礁盘上。也就是说,它们是珊瑚礁盘露出海面的部分!

仔细看,永乐群岛的琛航、珊瑚、中建、晋卿、甘泉岛以及羚羊礁,都是生长在一个大大的环形珊瑚礁的礁盘上。

再看航拍的小岛图,我豁然醒悟。那绿茵茵的泛着彩色光辉的海水下是尚未出水的礁盘,那银色的浪花正是礁盘的外沿。

我们连连感谢着讲解员,直到她脸红了;因为今天的这堂课,对我们以后的行程太重要了。

一踏进海螺、海贝厅,犹如走进了珍宝库,南海竟然造就了如此繁多的稀世珍奇。

最抢眼的是硕大的砗磲,双壳类,白色,类似蚌壳,渔民又称它为海蚌。只是它的外壳成垄状,如车辙印迹一般,故称之为砗磲。

美丽的西沙群岛

说它硕大，因为它是海洋中最大的贝壳。眼前的这个砗磲就足有八九十厘米长，五六十厘米宽，活体应有六七十千克重。

它最珍贵的是外膜内有种叫玻璃体的物质，洁白如玉，也有人称之为海玉。它与珊瑚、琥珀、珍珠被同列为四大有机宝石。在中国佛教中，它与金、银、琉璃、玛瑙、珍珠、珊瑚同被尊为七宝。

据说，清王朝六品官顶戴上的珠子，就是砗磲；二品官官服上的朝珠，也是它。

砗磲主要生活在印度洋和西太平洋，全世界共有九种，有六种在我国的西沙群岛、南海群岛有分部。

这不，在它旁边还展现着一种有鳞砗磲，双壳的垄上生出了一片片翘起的鳞，比这无鳞砗磲更美，具有特殊的风采。

砗磲，海洋中最大的贝壳动物。可长到1米多长。它外套膜内的玻璃体，洁白如玉，又称海玉，与珊瑚、珍珠、琥珀同列四大有机宝石，也被佛教尊为七宝之一。

我曾听说过一故事：印度洋某岛上酋长的儿子在潜水时，突然发现一只大砗磲正张开壳，壳中闪着奇异的光彩。他便游到近前仔细一看，原来它长了一颗粉红的大珍珠。珍珠一般都是原色的，偶尔发现的黑珍珠已是稀世珍宝，更何况是红珍珠！王子高兴得心花怒放。

无价之宝的发现，使这位年轻的王子忘记了祖先的一切训诫，他迫不及待伸手就去攫取。

他果然抓住了那颗惊世的宝贝，但他的手再也缩不回来了——砗磲已经闭合了它的双壳……

我们很幸运在博物馆里结识了砗磲，才有了之后的那些关于砗磲的故事。其实在昨晚,散步经过渔村时,夜色中我们在路边见到了半边如蚌壳的物件。当时只是惊奇它的大,但绝没有想到它就是砗磲。真有些失之交臂之憾。

展台上的海螺令人心动,都是我们从来没有见过的。

首先是它们的巨大,再就是它们的色彩和图案。

世界公认的四大名螺之一鹦鹉螺——一种海洋软体动物,只生存于太平洋和印度洋,西沙、南沙都有它们的身影。

这个鹦鹉螺有三四十厘米长,乍看像个螺旋体。其实是螺旋形盘曲,外壳呈乳白色,下身是橙红色的火焰纹;上端口部呈黑色,眼部的似为珍珠釉,闪着银色的光芒;嘴为黑色、钩状、粗壮,如鹦鹉嘴。若是将它竖起,活似学舌的鹦鹉。这大约就是它的名字的由来。

一旁是它的切面标本,展示了它的奇妙。在进化过程中,它的外壳由横断的隔板分隔成30多个小隔舱。前面最大的一间,是它居住的地方。这些小的隔舱有着非凡的用处,是它的特殊生存技能之一。

它是古老的生物。化石发现告诉我们,在4.5亿年之前,海洋中已有了它的身影。

在奥陶纪的海洋中,在无脊椎动物昌盛时期,它的身体可长到10多米,庞大的身躯、灵敏的嗅觉、锐利的喙、特殊的运动方式,使其成了三叶虫、海蝎子的克星,也成了海洋中的巨无霸。

它已有4亿多年的生命史,经历了地球的沧桑演变,但形状、习性只有很小的变化。因此,它不仅在研究动物进化上有着特殊的意义,在仿生学上更是意义非凡,世界上第一艘电池潜艇和第一艘核潜艇的名字,就叫"鹦鹉螺号"。

它栖息于100~600米的海洋深处,因而很少有人能见到鹦鹉螺的活体。见到它的概率比中福利彩票大奖的概率还要小,因此,它充满了神秘感。

关于砗磲的生存之道,以及外壳上花纹图案的玄机,以后我在琛航岛有

鹦鹉螺，世界四大名螺之首。螺旋形外壳，有形似鹦鹉的嘴，故名。古老的海洋动物，有活化石之称。在研究生物进化和古生物学方面有重要价值。仿生学上最大的成就是潜水艇。第一艘核潜艇被命名为"鹦鹉螺号"。

凤尾螺，世界四大名螺之一。贝壳动物，色彩华丽，如凤尾，又名大法螺。渔民常用来做号角驱魔。在藏传佛教中被视为重要法器。它是长棘海星的克星、珊瑚的卫士。

了更生动的认识。

凤尾螺又名法螺。我曾在佛教的佛事中,见过佛家弟子吹着海螺,其声浑厚,但烟雾缭绕中看不真切,印象中是比这个要小得多。这只螺最少有30厘米长。螺口的直径也不会少于10厘米。凤尾螺塔高而尖,外表的黑褐色斑纹和新月形斑纹交织形成的复杂图案,闪着釉色的光彩,格外美丽,犹如凤尾,因而得名凤尾螺。

我曾问过很多人,它为什么不仅为渔民所热爱,也为山民所热爱,更受藏传佛教的尊崇,是因为这旨法器吗?答案是各种各样的,归纳起来,大约是因为它的身躯庞大,斑斓美丽的图案蕴含着特殊的玄妙,号声雄浑嘹亮,震撼心灵,因而人们赋之以驱邪灭灾、吉祥如意的意思。古诗曾有"寺观堂前响法螺,驱魔避邪保平安"之句。藏传佛教中也有"吹之则渚灭神欢喜,旦闻之渚灭罪障"之说。

其实,它真正的"法力",我们还是在珊瑚岛的珊瑚世界中才看到的。它是珊瑚虫的卫士,在与长棘海星作战中表现得英勇机智。

唐冠螺像唐朝僧人戴的帽子,橙红的螺口,内唇向外扩张,犹如帽舌,整体闪着金属般的淡金色。虽然螺旋部低矮,但整体有30多厘米高,直径也不小于这个尺寸,有些像个球;奇特之处在它的肩部,长有六七个突起的角。

得到了讲解员的允许,我们拿起了它——好沉,有五六斤重!它的壳很厚。

以后我们在七连屿海滩边还看到过唐冠螺,那也是一场非常有趣的会见。

万宝螺,白色与咖啡色的交织,似是隐藏了无数的密码,绚丽灿烂,雍容华贵。螺塔低,外形犹如一个大大的握起的拳头。指掌相向处就是它的嘴——壳口大,螺唇厚、低,在艳丽的外唇内缘,有20多个齿。它的手感圆润、沉厚,收藏家们喜欢用它做按摩。

唐冠螺,世界四大名螺之一。其形状如唐朝僧人所戴的帽子,故名。

万宝螺,世界四大名螺之一。绚丽灿烂,雍容华贵,外形犹如握起的拳头,收藏家常用其做按摩。

万宝螺主要生存于印度洋和太平洋的热带海域。它不仅观赏价值高,还因其形态和元宝有相似之处,被喜爱收藏的人们赋予了各种吉祥的寓意。如经常将螺口向外摆在前厅,意为招财进宝。

美丽、稀有的四大名螺都是收藏家的钟爱之物,且被赋予各种文化的内涵,反映了人们在自然中寻找精神的家园。

其实,它们都有着奇特的只属于它们的生命史——生命的史诗,生命的传奇。譬如,我看到过很小的砗磲壳,也看到比之百倍、几百倍大的砗磲壳。它们从幼年长到了伟岸的成年,那厚重而美丽的壳肯定随着身体的增长而膨大。那壳的主要成分是碳酸钙。然而,那碳酸钙是如何制造的呢?又是如何量身定做的呢?

一位研究海洋生物的博士曾对我说,所有海螺上的螺旋都是逆时针转的。至今,科学家们还不明白这是为什么。

生命就是如此奇妙!

展厅里各种各样、形形色色的海螺和贝壳,真使我们眼花缭乱,目不暇接,大的还有蜘蛛螺、水字螺、莲花螺、猫眼蝾螺、海兔螺、鼹贝、闪电涡螺、希尔宝贝、百眼宝螺、虎斑贝……总计200多种标本。遗憾的都是壳,未能见到活体。

听朋友说,到西沙有可能看到鹦鹉螺的活体。据说全世界只有大英博物馆和日本的一个博物馆中有它的活体。这使我们对将要去的小岛充满了期待。

总算应了"皇天不负有心人"这句话,后来,我们在英雄岛真的见到了鹦鹉螺。再之后,又见到了活体标本。那真是喜出望外,但我们为此来回跑了几千里的路程。

在海龟、龙虾馆展出的玳瑁,比陈司令救下的那只大得多。说明词上表明,这只海龟是南海发现的大海龟之一。关于它,还有着一个动人的故事:

20多年前,西沙的海龟较多,很多岛屿都是它们每年来产卵的地方。有一天,守岛战士巡逻时,在海滩上发现了一只受了伤、奄奄一息的大海龟,连忙把它抬到营房,并请来了军医。经过大家悉心的照顾,海龟的伤口长好了。

战士们抬着海龟放到了大海,它却回来了。战士们再放,放了又回,直到送到远海才终于成功。

一次大的台风之后,巡逻的战士又发现了这只海龟。它已体无完肤,没有一丝气息。看来是狂暴的风浪将它在礁石上砸来敲去造成的。但它还是拼尽了生命中最后的一丝力量,硬是回到给予它第二次生命的地方,向战士们做最后的告别。

为了让更多的人知道战士与海龟的情谊,战士们找到了王三奇,请他把这只海龟制成标本。据参观的动物学家说,它应有200多岁了。

龙虾标本,是南海盛产的大龙虾,被称为"虾中之王"。它的头既有虾的特征又有龙的风韵,外貌很是威武。难怪人们将它列为龙王的护卫。标本活现了龙虾的美丽,俨然上乘的工艺品。据说王三奇最擅此道,也给战友们留下不少的杰作。

龙虾有很多种,奇的是一种琵琶虾,它的头部活脱脱就是琵琶形。

"啊!莫不是进了海底龙宫的御花园吧!"

四周争奇斗艳的珊瑚,似是热烈响应了李老师的惊呼,闪耀着夺目的异彩。难怪人们称它为海石花!

这里展出的即是我们平常所说的珊瑚。然而,这只是珊瑚的另一种意思或者说是广义的意思——

其实,珊瑚是珊瑚虫死后遗留下的骨骼。这种骨骼,主要是石灰质的,但也有角质或革质的。

狭义的珊瑚是指珊瑚虫,它们很小,生活在亚热带和热带的海域中。那些

红珊瑚，宝石，素有"千年珊瑚，万年红"之说，生长慢、质坚、色艳、产量稀少，制成装饰品身价不菲。

能造礁，即有钙质骨骼的珊瑚虫，被称为造礁珊瑚。它们只生活在浅水地区，而且对水温、洁净度、含盐度、地形都有较高的要求。没有钙质骨骼的珊瑚虫被称为软体珊瑚，又叫非造礁珊瑚，它可生活在深海直到6000米处。

珊瑚虫属腔肠动物，形如圆筒状，聚居在海洋中，造就了热带海洋的特殊生态系统。

珊瑚很美，首先是它们缤纷艳丽的色彩，再就是它们千变万化的形态。

白色的多枝珊瑚，光滑的牡丹珊瑚，犹如玉树琼花。

粉红色的仙人掌珊瑚，犹如仙人掌上开出的红花。

雪青色的微孔珊瑚，鲜艳欲滴。

太阳花珊瑚，红红的犹如花蕊，其叶金黄灿烂。

牡丹梳珊瑚，绿心红边。

莲花珊瑚的枝头一片绛红。

香菇珊瑚,焕发出撩人的紫色。

波纹珊瑚,一片淡绿。

白色的疣状杯形珊瑚,似是盛满了琼浆玉液在迎接宾客。

最为夺目的是红珊瑚。

蓝珊瑚和黑珊瑚稀有。

石芝珊瑚有的造型简直是匪夷所思,有象牙色的,有蘑菇般的,有的甚至大到一个成年人不能环抱。

站在这些珊瑚的面前,谁都会思绪绵绵,遐想无尽。大海何以能孕育出如此神奇的生命?生命的创造力决然是无尽的,或许这就是生命的本质!

正是因为大海的神奇造化,世人将珊瑚珍视为宝石。尤以红珊瑚为贵,可加工成各种饰品,价值可与黄金相比。红珊瑚主要产于地中海和大西洋深处,我国的台湾、西沙、南沙都有分布。它生长缓慢,有"千年珊瑚,万年红"之说。

展厅里的这棵红珊瑚,是诱人的粉红色,高五六十厘米,冠幅很大。据网上资料载,世界上最大的一株红珊瑚,是1980年在台北宜兰龟山岛附近海底采到的。这株桃红色的珊瑚王,高125厘米,分有5枝,重75千克。现被陈列在台北市一家珊瑚公司中,价值500万美元。专家们估计,它的树龄应在2万年左右,不仅是珊瑚王,也是珊瑚中的万年寿星!

海柳与陆地上生长的柳树太相似了,只是树冠是平面的,像把扇子,这大约是为了更好地吸收阳光。火红的,有人称为红树;金色的,渔民称为金柳……

关于珊瑚的精彩故事,还是等待我们到珊瑚世界再说吧。

在海鱼标本室,东方石斑鲷、金枪鱼、小孔沙条鲨、燕子鳐……栩栩如生,跃然在目。

西沙是名副其实的"半水半鱼",鱼类非常丰富。据不完全统计,有鱼类

500多种,仅在珊瑚礁中生活的观赏鱼类就多达100种。贝类有500多种。还有海参20多种。

据说,这座博物馆中,收藏的标本就有20多种属于本馆独有。

有一种黑斑条尾鲨,生有扁平如扇的身躯,长长的尾巴,怪模怪样的头。它的血液是蓝色的,是重要的化学试剂。

海洋博物馆之行,更激起了我们尽快出去探索众多的岛屿,探索海洋神奇生命世界的渴望。

这几千件的展品,都浸透着王三奇和他战友们的心血,都倾注了海军首长对于自然的关爱、对于生命的关爱。

制作标本并非一件易事,首先是采集标本。我曾参加过野生动物考察,深知其中的艰辛。科学是以事实说话的,如要说某地有某种动物生存,最有力的证明即是标本。

其次,制作标本的人需要了解制作的对象、解剖学的常识,才知道从哪里下刀、剥制。之后,即是涂防腐剂。防腐剂不仅有剧毒,且有股难闻的气味,刺激眼睛、稍不注意就能使人中毒。记得在云南时,有位植物学家就是在烘烤植物标本时,引发了气管大出血,幸而抢救及时。

如想在南海的深海中采到如愿的活体,并制作成标本,仅是掌握涉及的知识,那就是庞大的工作量。你不仅要独具慧眼,还要独具匠心。

有个愿望在我心头涌起——拜访海博士王三奇,第一任馆长、老兵王三奇!

变幻的鱼阵

江河、湖泊的水是平面的,你只能看到在水面的景色。但南海的水是立体的,因为它至清、至净,你可以看到几米深处鱼、龟的游动。

清晨,空气中弥漫着椰花的芬芳,淡蓝的天空是那样明净,只有星星眨着眼睛,诉说着绵绵的细语。

我们在椰树下匆匆行走——去石岛看日出。时而有小螺在脚边踽踽独行。石岛原来与永兴岛间隔着三四百米的珊瑚礁,现早已修了一条水泥路相连,免却了涉水的辛苦。

刚走出丛林,走上去石岛的水泥路,右方的天空一片灿烂,霞光喷射,大海无言,似是正等待着庄严的日出。

太阳刚露头就红遍了世界,映得银色海滩上的绿叶无比蓬勃,激得我们飞快地跑起,奔向红日辉映的绿叶。

阔大的绿叶长在树干上,一蓬蓬,一簇簇。朝阳将翠绿的树叶幻化成奇异的色彩,如云,如雾,如霞,光怪陆离,变幻莫测……待到绿叶红得炫目时,我们抬头一看,一轮红日已跃出了大海。

我们回过神来,才细细打量:是根粗树干,只有一米多高,显然是一根树段,树皮是热带雨林中树木典型的灰色。它是抗风桐树。

这里其实是一片守岛战士刚植不久的林子。树苗都是截下的树枝、树干,只不过大多都只有杯口粗,面积总有一个足球场大。全是珊瑚沙的地,看不到一棵草，地也是不久前才填海造成的。在这样荒瘠的地上，只有抗风桐能够生存。

那天，在一棵高大的抗风桐旁，小赵说它的生命力特别强，用渔民的话说，它是"站起一棵树，倒下一片林"。是说它倒下后，只要沾着沙土，就能生出新枝新叶，焕发新的生命。这使我想起在塔克拉玛干大沙漠中人们对胡杨树的赞美："胡杨树三千岁"——生一千年，死后一千年不倒，倒下后一千年不朽。"抗风桐"的名字，已表明了它抵御西沙大风的顽强。这些树苗大约就是被台风从大树上摧折的枝干吧！

生长在西沙海岛上的树，必须禁得住狂风的摧残，才能护卫小岛平安！

到达石岛后，就开始上山了——没有一丝夸张之嫌。石岛是西沙群岛中的岩岛——是由固结成岩的珊瑚沙层和石灰岩所形成的。当然，它们能固结成石是在千万年的地质作用下才完成的。地质学家在10米高处采集的珊瑚砂岩标本，经同位素碳14的测定，是在一万多年前形成的。是否也可以说，在这一万年中，石岛已抬升了10米？

石岛高出海面15.9米，是西沙群岛

屹立在海滩上的抗风桐新苗——抗风桐具有顽强的生命力，被誉为"站起一棵树，倒下一片林"。

中最高的山。面积却只有 0.8 平方千米。

从这里看去,大海视野广阔,是控制红草门的咽喉要地,战略地位重要。

石岛四周尽是褐石断壁,陡峭森严,惊涛连天。山脊尽头,有一巨大褐石伸向了大海,其势如一龙头,想来这就是这里又叫"老龙头"的原因吧。临海的一面绝壁形成多种多样的海湾、空穴、水潭。

迎面凌空的褐石上,"祖国万岁"四个红字耀眼夺目。小赵说,这是一位退伍老兵在离岛之前,用绳悬于绝壁之上刻下的,以示自己虽然离开了日夜守卫的疆土,但心留下了,与后来的战友共同守卫着祖国的疆土。从此,这里成了一道风景。

左侧涛声沉闷,大约是海湾形成的龙潭。我们紧走几步,正欲探头……

"当心,太陡险了!"李老师说。

我却对李老师连连招手。

"啊!鱼群!"她紧紧抓住了我的手臂。

在十多米下的海中,鱼儿都挺着长长的像针一样的头,徐徐地游着,塞满了五六十平方米的海面,少说也有几千条啊!乍一看,还以为是海草在拂动。

"干吗?是去参加游行?队伍这样整齐。"李老师有些好奇。

"忘了在克拉麦里山大戈壁看到的原羚群?注意它们队形的变化。"

我的话刚刚落音,鱼阵突然闪电一般向右拐去。

一条青色的大鱼箭般射来,左侧又有两条大青鱼蹿来。前堵后追,张开大嘴直插鱼群。

"乖乖隆里咚,一口就要吞下七八条小鱼,简直是鱼兜嘛!"她一激动,家乡话中的感叹词脱口而出,"还不赶快冲出去!"

就在这时,潭口向海的一面同时出现五六条大青鱼。狩猎者早就计划好了这个包围圈,也可以说等待的就是这个时刻。这个地方是一个由三面褐壁形成的海湾(从上看俨如深潭)。

鱼阵顷刻旋了起来,成了个青色圆形的大球。鱼球团在强敌袭击中,上下翻旋,鳞光忽闪,肚皮雪亮,银光夺目。

大青鱼连连失手,是被针鱼银亮的团阵耀花了眼?

我想起狼群追逐原羚群的景象。原羚起步跑动时,立即打开臂部,展露出雪白的一片,以至只看到那银白的光团忽上忽下,忽东忽西地跳跃着……狼群追着追着,就渐渐放慢了脚步,失去了信心。

鱼阵忽而如银色旋风柱,忽而成了银色扁鼓形,忽而成了个椭圆形……

被激怒的大青鱼群,狂暴地冲向针鱼银团,银光悠然一炸,射向四面八方。

正在青鱼惊愕之际,突出重围的小鱼已回到辽阔的大海……似乎是一声命令,眨眼间,它们又回到了群体,归到鱼阵中……

青鱼们气得连连甩尾,在海面上击起朵朵浪花……

感谢你,南海纯净明亮的水!否则我们怎么能看到这精彩的一幕?!

李老师还在唏嘘:"真是各有生存之道啊!你认出了鱼王吗?"

"你看到了?"

"这样小的鱼,你攻我防,又闪电般的,怎么能看得清?"

"你以为这是在戈壁滩上,在山坡上,像藏羚羊、岩羊、盘羊那样好认?"

"肯定有鱼王,要不鱼群的行动怎么可能根据战场的形势变化自如?奇妙!是通过什么发布信息的呢?还能像武侠小说中写的用'心语'?就是心灵感应?"

我说不清,沉思了半刻才说:"相思鸟迁徙时,是由女王——老年雌鸟——带领的,和猛禽在天上一样,主要是靠飞行的姿势和鸣叫互相交流的。"

"鸟有自己的语言?不过,针鱼游水的姿态可能是重要的信息。有意思,要是能研究出,在仿生学上一定有意义!"

在大自然中,我们常常看到弱小的动物结成群体,以团队的力量战胜强敌,捍卫自己的生存权利。

我索性拉着李老师往上走了两步,无垠的大海上,闪着一圈浪花;浪花连绵不断,直到永兴岛——浪花深处,大约就是珊瑚礁盘的边缘吧!原来石岛和永兴岛是在一个礁盘上!

我们极目眺望,对面隐约现出了一串岛屿。

"那不就是七连屿吗?就是渔民们说的'七仙女'吧?"

"应该是的。"

传说董永和七仙女被玉皇大帝强行拆散之后,董永挑着儿女寻来,历经千难万苦,终于到了石岛。然而,玉皇大帝又划开一条大海沟,使董永和七仙女只能隔海相望。董永思妻心切,每天站在这里,眺望咫尺之隔的妻子,无限哀伤……

因而,就在我们站立的这些褐石上,有了"断肠石""长相思""抬头远望"这样的象形石。

民间传说往往是人们对于自然的神化,其根本还是人类在自然中寻找理想。

2点钟方向的一片银色沙滩,留住了我的眼光。

"又发现了鱼群?还是海豚、鲸鱼?"李老师的话音带了调侃。

"你看那片沙滩,还有上方褐石的形状,是不是有点面熟?"

"今天第一次来石岛,还能碰到故旧……对,像见过……对……"

"《西沙三章》!"我们乐得同时高呼。

刚到西沙,小赵就送来了4大本沉甸甸的《我是西沙人》和一盘《西沙三章》的光碟。

《我是西沙人》是从每年一度的战士征文中精选的。我们在晚上已读了不少,都是记录战士们的心声,常常感动得我朗读起来。过去,只要我一朗读,李老师总是要嘲笑我的家乡口音,但这次,竟和我一起读了起来。

近几年,守岛部队每年都举办征文活动,制作了《我是西沙人》,书名就是一位战士的文章的题目,响亮、亲切,充满了自豪感。

当我读完了4卷《我是西沙人》,脑海里出现了一个个战士鲜活的形象。

是的,它展示了西沙无与伦比的美丽,更展示了无以言传的心灵美。每一篇文章都是保卫祖国海疆战士的真实生活写照,记录着他们人生的历程、思想的火花、高尚的情操和对祖国的忠诚……

他们是当之无愧的"最可爱的人"。

在以后的行程中,我们将要认识《我是西沙人》的一些作者,倾听他们的故事,与他们结为亲密的朋友。

我有了新的发现,忙招呼李老师,指着4卷书的背面——

"没有定价……当然,这确实是无价的,心灵美是无价的,谁能给精神财富定价!"

放《西沙三章》光碟时,我们竟常常情不自禁地鼓起掌来,甚至眼中闪着泪花。它是2007年西沙"战士演唱组"赴京演出的录像。观众是海军的首长、指战员、战士,方方面面的群众团体代表,以及来自各大媒体的新闻界人士。90分钟的演出中,竟然爆发了61次鼓掌。在这浮躁、私欲膨胀的年代,已很难看到这样的好节目。

这些小演唱和情景剧,表现的都是西沙战士的日常生活:西沙素来高温、高湿、多风、多沙,风景异常美丽,但缺水、缺土、交通不便,曾经通信也不畅——生活条件艰苦,战士们凭着对祖国的忠诚,战胜了种种困难,谱写了一曲曲心灵美的赞歌。

《救护鲸鱼》就是其中的节目之一:

一天,石岛的巡逻战士发现一头鲸鱼搁浅在沙滩上,一动不动地躺在那里。战士们仔细检查一番,发现它还活着,鲸鱼全身没有一个伤口。

奇怪!难道像媒体报道的那样,是自杀,或是……

西沙的阳光灼热,鲸鱼可禁不住这样的曝晒。

几个战士一商量,赶紧派一人回去报告。这头鲸总有一两千千克重啊,就凭现有的几个人是怎么也抬不起来的。

留下的人连忙下海撩水,可距离太远,还是战士小秦急中生智,招呼伙伴们脱下军装,将军装在海水中浸湿,再盖到鲸鱼的身上。可是,它太大了,只好轮流着盖盖这里盖盖那里。

战士们光着脊背任凭酷日烘烤着。

战友们来了。抬头的抬头,抬身子的抬身子,就连鲸鱼的尾巴,也要两人费尽九牛二虎的力气才刚刚能抬起。

连长喊着号子,珊瑚沙上就留下一个个深深的脚印。

刚把鲸鱼放到海里,大家正要松口气时,它却一摆尾巴,又蹿到沙滩上。它一丝情也不领,硬往死里挣。

战士们来不及探究鲸鱼的怪异。时间就是生命啊!

大家再次七手八脚地将它抬起,可刚放到海里,它又想往沙滩上冲;一摆尾,两个战士被打倒在水中。

眼看这头鲸不屈不挠地找死,战士们只好将它抬到更远处。这一次大家又早有防备,排队站在它和海滩之间。

鲸鱼上不了海滩,可就是不往远海游。

战士们就和这头鲸来了一场对抗赛——你要往海滩上冲,我就使劲把你往外海推。战士还不时给鲸鱼做思想工作:"活着多好!干吗这样?是受了委屈,还是失恋了?别想不开,天涯何处无芳草?"

或许是思想工作有了成效,大鲸终于向外海游去。

大海边上响起了热烈的掌声。

"回吧,回到家中多好!你长到这样大容易吗?"

"没有迈不过的坎,抬抬脚就过去了!"

救护搁浅的鲸鱼(解放军某部队新闻中心供稿)

鲸鱼还真的回头看了一眼,才一低头,隐入大海。

战士们可累垮了,但乐极了。有人干脆想往沙滩上一躺,可还未着地,就被连长拎了起来:"你不要皮了?40多度的沙不烤焦你的背才怪呢!"

傍晚,岛上喧哗声、哨声、呼唤声不绝于耳。我们循声走去,篮球赛正进行得热火朝天。有十人制的,也有西沙人称之为 MBA 三人制的,小伙子们龙腾虎跃。

似乎每个连队都有一个篮球场,这些文化广场的篮球场、网球场的规格、质量,绝不亚于都市里的体育场。虽然才来两三天,我们还是认出了在场上奔跑的副参谋长、连指导员和司令等全部的指战员,在激烈的对抗、争球、抢夺中,他们亲密得如同兄弟一般——虽是体育活动,但也是在打造官兵的团结精神。

西沙的军旅文化、蓝色文化在海军中是响当当的,每年都要组织各种体育比赛、演讲比赛、诗会、自编自演的情景剧、沙滩绘画、书法、沙雕比赛。他们还用珊瑚石、贝壳制作标语,装饰花坛。

文化引领时代风气之先。

隔着树林爆发了欢呼、嬉笑声,我们转过去一看,原来是一群战士在打保龄球。其中有好几位女兵,姑娘们的笑声特别甜美,原来是在博物馆为我们讲解的小李刚打了满分。

保龄球场其实只是林间的一块空地,根本没有球道,目标物是竖起的啤酒瓶。球呢?是个圆圆的大椰子。妙在椰子上端天然生成的三个眼,刚好和保龄球一样,它的胚芽苗就是从这里生出的。

用这样的球去打目标物,其难度可想而知。难怪打到满分形同中了大奖一样。

看到战士们欢乐的劲头,我们也跃跃欲试。

用岛上盛产的椰子打保龄球,军旅文化的一大创举。(解放军某部新闻中心供稿)

雨 水 班

正应了李老师说的"月亮毛冬冬,不是雨就是风"。昨晚散步时,月亮带晕。

西沙的雨很有个性,很少有前奏。天刚亮,刚听到雨滴声,就噼里啪啦如注;风也到了,树叶哗哗伴奏。

我们决定冒雨绕永兴岛一周。

我们首先到了港口。惊涛骇浪,爆发出阵阵雷鸣,豪迈之极!当浪涛拍打到港口灯塔时,浪花如雪瀑飞起,又如孔雀开屏。

向南转过渔村、树林,一条笔直平坦的跑道横卧——到飞机场了。暴雨狂风迎面扑来,雨伞忽而左忽而右,一阵回风刮来,伞却倒了过去,雨水倾注到身上。

我向李老师望了一眼,意思是回去还是继续。

她豪迈而潇洒地把伞一收,拉住我的手臂往前走去。

"到哪里找这样的好机会?风雨相伴!"

机场跑道外是高高的沙堤,时而有浪花越过,溅落到我们身上。我示意向沙堤边走。礁盘上一片银白,令我们想起在雪山的跋涉!

远处,一道浪花溅得特别高,像是雪崩时飞溅的雪瀑,银白中泛着绿光。那条浪花线呈弧形,一直圈到烟雨中。想来那该是礁盘的边缘吧。这是我们从未见过的景象。

几只水鸟吸引了我们,它们穿过雨帘,在狂风中时而如箭,时而歪歪趔趔,顽强地飞掠。雨打得我们睁不开眼,只能在抹掉雨水的片刻,才能一瞥;短暂的一瞥,认不清它们的真面目。

"是海燕吧!高尔基的《海燕之歌》中的海燕!"李老师附到我的耳边。

"不能是金丝燕?制造燕窝的金丝燕!金丝燕生活在南海。海南大洲岛就有它的分布……"

"能看到真实的燕窝算走运!"

燕窝是高档滋补品。当前市场上的燕窝,多数是假的。特别是"血燕",红色的,整个燕窝都是红色的,红得那样不真实。

关于"血燕"的成因,曾有这样一种说法:燕窝并不是金丝燕的居家住屋,而只是产卵、育雏的摇篮。当第一窝的燕窝筑成之后,采燕窝的人就来了,他们毁蛋、割窝。

金丝燕在一片愤怒哀鸣中,再抖擞起精神筑巢。采燕窝人又如期而至,毁蛋、割窝。

繁殖季节,是金丝燕的生命之季。过了繁殖期,也就失去了这一年生命的传承。

金丝燕只得强打起精神再奋斗。然而,金属过度劳损也会断裂,何况燕窝是金丝燕用自己的唾液黏结而成的。这时,唾液腺已经破裂,鲜血混合着唾液,这就成了"血燕"。

但贪婪的采燕窝人又来了,他们又惨无人道地割下了最后的燕窝。

我1983年第一次到海南,就非常想去大洲岛探访金丝燕。但发现金丝燕的中山大学郑教授一再警告我:"只能隔海相望,你绝不能写出具体的地点。"所以,我在写《金丝燕,你在哪里?》时,未敢将金丝燕的栖息处写出。原因是,据当时的考察,那里是我国唯一的金丝燕栖息地,正在筹划建立自然保护区。贪婪的人对攫取财富有着特别的心机。要是让他们知道,金丝燕将在我国绝种,那将造成无可挽回的损失!

  金丝燕为了躲避人类,它们多将栖息地选择在南海岛的悬崖峭壁处。这几只海燕在风雨中出现,启发我多了个心眼,或许在即将去的小岛上能看到它们的身影吧,也圆了30年的梦。

  一排大浪袭来,溅起的浪花翻过沙堤,泼了我们全身咸咸的海水和沙子,逼得我们连连后退……

  正退让中,一个趔趄,要不是连连"手舞足蹈",我就摔了个大跟头。

  就在这趔趄中,我瞥见跑道上有人,穿着雨衣骑着自行车骑骑停停。他一会儿下车,在跑道旁掏挖着,提出了一些什么放到车后的包中;一会儿骑上车,又往前,又掏出东西放到车后包中……

  "他在抓什么?是螃蟹、龙虾,还是鲍鱼?"

  李老师的发问让我想起儿时在巢湖边,夏天落大雨时,赶紧披上蓑衣,带上网,或背着笼子,到河边、田头的缺口去捕鱼,享受快乐。

  这样有趣的事能错过?可是他的自行车太快了,我们无法追上。

  笨人自有笨办法,我们学着他在跑道边寻找起来。跑道笔直,看不到头,对面还有一条平行的跑道,中间是草地。循着捕鱼者的方向,平平坦坦,既没有水凼,也无水沟,在飞机场的跑道上能捕到什么呢?

  我们听到了流水的声音,这才发现跑道边有条暗沟,水泥板盖着,有通气口。从这里看去,水流哗哗的,但我们看了半天也没发现一条鱼,连虾也没见。

  记得儿时,我家院内有条阴沟通向前面的小塘,每到大雨,在院内就可提到溯水而上的泥鳅、小鱼。有次还抓了黄鳝,足有半斤多重。

  干脆,到对面的跑道去等他。那里,果然还有一条水沟。

  草丛中噗啦啦响,我们原以为是什么鱼,惊起的却是两只躲雨的白鹭。别看它们飞翔时很优雅,这时也已被大风狂雨击打得跌落下来,只好躲到深草处了。

风似乎弱了点,雨也疏了些。

那位捕鱼者终于回来了,我近前拦住。他两脚撑地,是位小伙子。

"迷路了?这样大的雨,淋湿了容易感冒。"他说。

我还未来得及张嘴,李老师已开口了:"小伙子,逮的什么海货?"说着就直奔车后的衣包架。

小伙子连忙解开雨帽的带子——是一位年轻的战士,湿了的领章显得更鲜艳。

是的,车后衣包架上竖着个大塑料袋,有几根草在袋口探头探脑的。我是早于李老师发现的。

李老师也傻了,伸出去的手僵在半空,结结巴巴地说:"你这是……"

"是来疏通小水渠的。对我们雨水班说,下雨就是过节,大雨就是命令,全班都出动了。我负责的是机场,清理水渠里的杂草、碎石、垃圾。浪费了大自然的恩赐,那不是太不应该了!"

看我们疑疑惑惑的神情,他又说:"看,落在跑道上的雨水,全都到了收集渠,再汇到我们的水库。"

我恍然大悟,怎么忘了,西沙最缺的是淡水呢!常说人分三等,在西沙,水也分三等,一种是岛水——岛上井中出的水,又黄又黏,只能浇灌菜地、草地;高一级的是雨水,经过处理后,就是战士们的洗漱水,这也叫"窖水"——窖得时间长了,水质差,洗澡后身上痒痒的,很不舒服;最高级的是海南运来的淡水、纯净水,是做饭、饮用的。渔民家家都备了几个大塑料桶,接贮屋顶上的雨水。若是碰到大风,补给船不能按期到达,或是遇到了干旱,那可就苦了。在有的岛上,战士们的用水有严格的规定,甚至有"禁水日"。

我很惭愧,差点闹了个大笑话。

"走,我们跟你去雨水班看看,看看大水库,行吗?没有军事秘密吧?昨天我们还对陈司令说了,想去你们那里看看。"李老师的脑子转得就是快,这真是绝好的机会!

"欢迎!你们到那个路口等我。巡查完了这条渠,我就回来。你们还是先回去换身干衣服再来吧,要不我去接你们?"

"没事,你去忙吧。我们就在这等你。"

风雨真的小起来了,东方的高空露出了一片片蓝天,蓝天上飘的云,雪白耀眼,像是被水洗过。

路隐没在银毛树、草海桐灌木林中。蜿蜒几个曲折,一座贮水库立在林中,响着哗哗的流水声。虽光线较差,看不清出水口,但流水声已显示其流量不小哩!

小伙子说:"这就是机场那边流来的。2500米的跑道,双向的就是5000米。多大的一个集雨水场啊!想起用机场跑道收集雨水主意的人,真伟大!真的,能做一件造福于大家的事就伟大。所以,下雨天是我们最忙的时候,比过节都忙。战士们都还没回来呢!"

"永兴岛一天要用多少水?加上地方上的?"

"总在150吨到200吨之间。这个水库能装近2000吨的水。"

"一年要用多少水?"

"乘个365天就是一年的量。经过大家几年的努力,落雨天想尽办法多收集水,现在每年还要补给七八千吨。"这可不是个小数字,战士们要付出多少辛劳。

"这些水还要经过净化的。你们多在机场走走就能看到。战士们从不将垃圾丢在跑道上。有一次,有位首长来岛上检查工作,参观机场时,随手丢下一个纸团,陪同首长的立即捡起。那位首长知道原因后,一直检讨自己。

"战士们严格节约用水。我们也将整个岛划分出几个区,哪个区啥时开,啥时关,都是为了最大限度地节约用水"。

地面上能看的都看了。

走到营房,战士脱下了雨衣。我发现有些面熟,好像在哪里见过:"你是小关吧?雨水班的班长。"

他有些惊诧,只是"嘿嘿"两声,算是回答。

"啊,是的。'十佳天涯哨兵'光荣榜上有你的照片。"李老师很高兴。

小关的个子不高,脸上的"西沙黑"有些泛红了。瘦精精的,一举一动都透出干练。

"十佳天涯哨兵"是守卫西沙的战士们最高的荣誉。部队每年评选一次。驻守西沙的部队和天安门国旗班是共建文明单位。部队每年要组织"十佳天涯哨兵"去北京等地访问,宣讲西沙精神。

临别时,小关告诉我们,为了解决淡水问题,岛上正准备安装海水淡化工厂,以太阳能电池作为能源,充分利用热带的阳光——清洁的能源。

雨停了,风也小了。永兴岛上的雨,常是来去匆匆。尽管眼下正是雨季,战士们仍然需要争分夺秒地收集雨水。

我们都有"西沙黑",我们都是西沙人。(解放军某部新闻中心供稿)

如此海钓

接到阿山的电话,说是因外海风大,他今天将去石岛那边珊瑚礁盘上钓鱼。

真是好消息!

他骑着三轮摩托如约来了:"上来吧!"

车斗中放了个浮箱,筐子里装着剁成泥的饵料,既无渔钩、渔线,更没有钓竿……这是去钓鱼吗?

他看着我们犹犹豫豫的样子说:"没事,阿姨坐车斗,大叔坐我身后。今天钓到的鱼,你们肯定提不动。"

李老师坐在车斗里,像个傻大姐嘻嘻哈哈地笑,东一句西一句乱侃:

"我在吐鲁番坐过驴的,在帕米尔高原骑过马,在青海骑过骡子。哈哈,就是没敢坐过摩的……"

珊瑚礁盘边一条小船也没有。他玩的什么把戏?

李老师刚要发话,我使了个眼色,意思是看他怎么玩吧!

阿山拿出黑色紧身衫,套头穿上,将潜水镜戴上。只在我眼睛一眨时,他手里已拿了一块小木板,木板上绕了并不长的渔线、渔钩。

好家伙,这一装束,特别是潜水镜旁竖起的气管,阿山真像是动漫中的武士,紧身衫一绷,肌肉鼓凸,健壮英武。

阿山搬着浮箱走到海中,水只齐腰深。他又将浮箱的细绳拴到腰上……

渔民阿山如此海钓。

"喂,喂,我的呢?"我有些着急地说。

"这活你吃不消!等会儿你就知道了。我给你根渔线、鱼饵。"说着,他就将渔线、鱼饵抛了上来,"你们沿着石岛海边走,看我钓鱼。算是实习,应该叫见习。"

不等我回应,他已在齐腰深的珊瑚礁盘上走开了。

只见他向前一扑,前半身已半没入海中,又抬起前身,丢出鱼饵,再将前身没入海中……如此反复。

"在游蛙泳,蝶泳?"李老师一脸疑惑。

还真有点似是而非呢!

我们看得很纳闷,未窥到丝毫的名堂。

倒是海水的色彩令人神往。礁盘上的风浪较小,海水绿茵茵的,深浅不一。随着微风轻浪,阿山的一起一伏,立即斑驳陆离,很像色彩厚重的野兽派风格的油画。

我们已转向石岛这边的海滩,开头几步还好走,但礁石的海岸犬牙交错、陡险,再加上密密麻麻的羊角树和小灌木,李老师不得不拉住我的手,才战战兢兢地翻过。

兴奋、好奇的热情正在消退。

前天,我们曾偷偷摸摸地来到这里,带了一根海竿,隐蔽到一处褐石处。可钓了一个多小时,我们也未见到有鱼咬钩。但我自信钓鱼的水平并不差。

如果能有一个现场解说员就好了……正想时,阿山起身了,举起钩子上的鱼,随手取下丢到浮箱中。从鳞片的色彩看,很可能是条小石斑鱼。

接着,他又连连举起两条鱼给我们看。

"神了!原来是离岸远,鱼才多。"李老师说。

"不尽然。既然作为渔民,以钓鱼谋生,肯定有他的钓鱼之道,就像山野里的猎人一样。注意看,绝对有窍门!"

不一会儿,又来了两个渔民。有一人不仅没带潜水镜,连浮箱也没带。他很走运,下海没几步,就钓上一条。随手系在鱼绳上——我们在他前面,看得很清楚。

李老师受到了鼓舞,要我放下渔线钓。我心里想着没那么简单,但还是应了李老师的热情。反正阿山已愈来愈远,近前的两个人也快要只看到背了。他们在海中行进的速度很快。

我在钩上放了鱼饵,将手机、口袋里的其他东西掏出,就准备下海。

李老师一把拉住我:"别冒险,你下过珊瑚礁盘吗?熟悉这里的地形吗?要是掉到礁洞里,谁救你?别看人吃豆腐觉得自己牙齿快。"

"'不入鱼穴,焉得鱼子?'没事,我会游水!"

见我这副跃跃欲试的劲头,她使出了撒手锏:"好!那我俩一道下。你钓到鱼,我帮你拿着!"

我哪敢带她下海?在这茫茫南海的珊瑚礁上!

我只好再站到沙滩上,用手拿着渔线板,将钩丢到海里。

我们等了一会儿,一点动静都没有。这种海钩线上没有浮漂,完全靠手感。于是我只好时时将线提起,可足足有半个小时都没一丝动静。我干脆不管它了,只是盯着阿山那边。

他已成了个黑点,忽隐忽现,已靠近礁盘边缘的浪花,看来他应往回走了。礁盘边缘很陡,下面就是深海,有的还有深深的海沟。

那个黑点向西了,是发现了大鱼?

好像有鱼咬钩了。我急忙提线,糟了,提不动,渔沟显然是挂到珊瑚礁了。

我使劲一拉,嘿,居然有分量,但没有游动的感觉。待到鱼沟"出水"时——哈哈!是个大石头模样的东西……是海螺?

李老师激动得伸手帮着拉线,就在手忙脚乱时,只见那家伙身子一抖,又落入水中。

渔线再也拉不动,李老师于是一用力,线断了……

"咳,你真是帮倒忙!"我埋怨李老师。

"好心干坏事?"

"提竿时,只要手一颤一抖,有的鱼立马脱钩。那年我钓了一只甲鱼,已出水了,总有两斤重,坠得竿子像弓。弟弟跑来帮忙,手刚碰竿子,一颤,它就顺势掉下去了。"

"海里有甲鱼?"

它是一条鱼,还是一块礁石?(西沙海洋博物馆供稿)

"别的鱼就不能长硬腭？上颚硬，钩子吃不进。"

"是鱼吗？我看像石头。"

"钓鱼的人都说跑掉的是大鱼。你倒好，跑掉的是石头！石头长嘴吗？"

"不长嘴渔线怎么断了！"

……

口水战激烈而反复，反正鱼也跑了，线也断了，阿山还没回来，太阳又是这样灼人，打打口水仗，找找乐子也不错。只是我们带来的水早已喝光了。

阿山终于回来了，迎着面，他的一举一动也就看得很清楚。

"今天不行。礁盘边的浪大，那里的鱼多——礁盘上的鱼要到深海找吃的，深海的鱼也要上来找吃的。礁盘是它们上下的关口。"

待到他搬上浮箱，我一看，顺手在他肩上给了一拳：

"你这家伙太贪心了，可别'人心不足蛇吞象'啊！"

"乖乖隆里咚，这才多大一会儿，就钓了这么多的鱼！"

清一色的小石斑鱼，像是一窝里的，都只有二三两重。

石斑鱼黄褐色的横纹，布满了黑点，乍看很像淡水中的鳜鱼。它们肉嫩，味道鲜美，市场上价格高，在海南要四五十元一斤呢。

"只看到你一俯一仰的，像在参加奥运会的游泳比赛，却把我们晾在岸上干着急。有这样见习的吗？还不赶快传经送宝！"李老师埋怨道。

阿山笑得很天真，很得意。天真的笑容使我想到猎人朋友小张——那种笑容中满藏着狡黠。

他正要开口，我拦住了他的话头："我先说，你看我这个学生能不能及格？你先俯身到海里，是侦察，透过潜水镜看看哪里有鱼；看到鱼了，才丢出鱼饵，随即将钩抛出。看来，这种小石斑鱼喜欢藏在珊瑚礁中，否则就不需要投饵引它们出来了。你高明在抛钩抛得很准，必定是把钩抛在饵料旁……"

"大叔，下次不敢再带你来钓鱼。要不然，我的饭碗就给你端去了。"

"对呀！难怪那天在文昌河口，嗖的一声，一镖就击中了水母。真功夫是练出来的。教教我们。"李老师兴高采烈地说。

"我18岁就来西沙跟阿爸学钓鱼了，在几种捕鱼方法中，我最喜欢这种。可阿爸只是要我用石子练抛饵、抛钩，这也是他的绝招。"

"你的绝招之二，是能认出哪样的珊瑚礁中有鱼，对不对？"我说。

"总不能遍地开花吧！"阿山得意地说。

"这倒真是大学问，也就是猎人说的认兽路——掌握猎物的生态特征，了解它们的行踪，是吗？"看来李老师的山野经验并不少。

阿山又只是嘿嘿地笑着，对她提的问题置若罔闻。待李老师又要穷追不舍时，阿山像玩魔术似的，打开浮箱边的一块隔板。

我和李老师不约而同地"啊"了一声，肯定是把眼睛瞪得大大的——

一大坨石头样的家伙，真的，圆圆的，像是个大蝌蚪；因为它有黑褐色、灰色，还似乎有些泛黄，太像一坨珊瑚礁了，只是它还有一条不长的尾巴，最奇怪的是脊背上戳着七八根长刺……

阿山一定是看到我们那副傻相，于是伸出食指，在它头上一拨弄。

嘿，它翻了眼，还挺大，瞪得滴溜溜圆。

"石……"李老师张口欲说。

我瞪了她一眼，有些气急败坏。

"你们见过？"阿山问。

李老师也学着他刚才讳莫如深的模样，我也是。

他又用手指在它眼下方一拨弄。

石头鱼

那家伙一耸身,张开大嘴就咬——原来它有嘴啊!

李老师刚伸出手想去试试,阿山迅即挡开:"它背上的刺有毒,村里有人被戳了,差点把手指给剁掉!"

"这副模样是拟态——伪装成石头?"我问。

"它就叫石头鱼!"

我和李老师相视而笑。

阿山被我们笑得很不自在:"我没说错。我们都叫它石头鱼,你们认得?"

"他刚刚钓到一条。"李老师忍不住说。

"这种鱼很少上钩。它自己就是个钓鱼翁。"

"那你是怎么钓到的?"李老师问。

"是抓到的。就在礁盘边。我刚要转身,突然发现礁缝里露出了一条红红的线,线头有团肉。我心里乐了。那红肉团来回上下晃悠,摆动。我潜在那里一动也不动……一条小鱼终于来了,游了两圈看看平安无事,冲上去唰地一口就咬住了那块红肉,谁知,那块肉猛地一缩,同时张口大嘴,趁势吞下了小鱼……"

"就这一刹那的动静,我看清了它潜伏的身形,伸手按住它的鳃帮。石头鱼会伪装,它选好了潜伏地,就用鳍将沙扒拉到身上,盖住,然后伸出舌头。它的舌头有些像青蛙的,很长,舌尖大。你说它是不是钓鱼翁?

"不看清它的身形,谁也不敢下手。它有可怕的防卫武器。但是它也是聪明反被聪明误,不管发生什么情况,它都坚守伪装隐藏。所以呀,看到它,只要有耐心,肯定一逮一个准。哎,你们钓到的呢?"

李老师把过程如此这般一说,引得三人哈哈大笑。

"别尽钓小的。明天带我们去钓大家伙,金枪鱼、大马鲛、红鲷、乌贼、章鱼……"

"还没到季节呢!渔民捕鱼也像农民种庄稼一样,夏天收小麦,秋天收稻谷;钓章鱼、金枪鱼要到九十月。那时再来吧!"

后来,经过钓章鱼、金枪鱼的惊险,我才体会到这次"见习"有多重要,应算是阿山的精心安排——他也在考查我们呢!

盼了几天的好消息终于来了,明天有船到珊瑚岛、中建岛……

神 秘 岛

荒凉也是种美,它具有野性的旷达、豪放,尤其是浮沉在蔚蓝大海上的荒凉,更是财富。

9月,我们又到西沙,才有了机会去中建岛。海军后勤部要去各岛为边防部队设计采用新科技的蔬菜大棚;科技部门要去各岛安装太阳能电池,为海水淡化提供能源。

猎潜艇驰入茫茫大海没一会儿,就听到了哇哇声,工程技术人员开始呕吐了。

我们刚上船,艇长很客气地请我们回到舱房,说是浪大。

李老师说:"这条海路已走了好几趟。你看,我们都是面不改色心不跳吧!看海是享受。没事。你去照顾他们吧。"

艇长真的在我们脸上瞅了瞅,笑了笑,竖起大拇指离开了。我们在琛航岛住了一晚才又向中建岛驶去。

中建岛又被称为神秘岛。盛产名贵的马蹄螺,渔民们又叫它螺岛。

它在永乐群岛的最西最南处,距离永兴岛最远,是在去南沙群岛的途中,渔民称之为"米路峙"。它是西沙连接南沙岛链中的重要一环。1946年收复该岛时,以舰队中的"中建号"命名。

从卫星照片看,它是一颗硕大的椭圆形的蓝宝石。只有东南方,一小片白花花的珊瑚沙露出海面,四周被绿茵茵的海水围绕着。

航行了几小时,只见靛蓝的大海上,一条长长的银线在闪烁着,在淡淡的霓霞笼罩的海水中浮起。白花般的浪花圈,显示出礁盘的巨大。

这不是沙岛吗?

艇长说,那就是中建岛。显然,它是从礁盘上的沙洲发育起来的,也可说

从高空俯瞰,中建岛只是大礁盘上一块小沙洲。是在台礁上发育成的沙岛,全岛被珊瑚、贝壳沙和白沙覆盖。位于西沙群岛最南边,是去南沙群岛的必经之地,地理位置十分重要。蕴藏丰富的石油资源。(解放军某部新闻中心供稿)

是由沙堤围起的。

艇长说中建岛神着呢,它有时大,有时小,有时高,有时低。一场台风来了,就变了个样,像玩魔术似的。海产特别丰富,尽是高档鱼,海螺很名贵。著名的白尼海参参场就在那里。小岛还充满了灵气,当兵的复员、转业出去后,个个都成了响当当的人物!真是人杰地灵,你说神不神?那里不是看一眼就能明白的,要用心去体会。

艇长说得我心里充满了期待。

我请他说得详细点,他满脸的神秘:"到岛上你就知道了。"

后来,唐指导员说,很多已经复员转业的老兵,至今还牵挂着中建岛,保持着联系,甚至还有老兵带着一家人再返中建岛。其中有一位叫周琦,现在是湖南的一家公司的老总,每年春节都要运来很多食品,意思是要和战友们共度佳节,共同守卫海疆。这就是西沙情结!

有人向我打招呼:"老师,到中建岛了!"

我一看这个魁梧的战士就乐了。他比我个头还要高,胸前挂着照相机,大手、大脚、大眼、大嘴——全是大尺码,但配搭得很匀称。海军服穿在他身上,显得他英气勃勃。

"我们不是从海南乘一条船到永兴岛的吗?"

"那天我穿的是便装。今天归队。我就驻守在中建岛。"

"休假才回来?"李老师问。

"不,我是志愿兵。去北京参加报社摄影比赛才回来。我叫乔憨。"

志愿兵在服役期间是没有休假的。看他的年龄,不太像是志愿兵。哪里不太像,却又说不清楚。

"你也不早说是中建岛的。对了,到了岛上,你领我们去看看好吗?"李老师盯着他的照相机,急着下订单了。

"你给连长说一下。没问题,我还要跟你学摄影呢!"

这可让李老师闹了个大红脸,她连忙说:"我是业余的,你的相机很专业。一定要领我去拍好照片啊!"

说着话儿,舰上铃声响了。这不还在礁盘外吗?只见从岛上港口驶来一条木船。还要摆渡?

可不是嘛,猎潜艇吃水深,进不去。

礁盘大,海水的色彩尤为丰富,在绿的基色中变幻无穷,斑驳陆离。

在黄山行走时,常说"一步一重天"。在这里,只要变换一个角度,或者是一阵微风吹来，海面立即幻化，施展光彩效应。

有几艘小渔船在远处的礁盘上忙碌着，像是浮在水面上，充满了诗情画意。

两船逐渐靠拢。在海上，木船和军舰靠帮、跳帮可不容易，讲究的是互相的默契，还要和海浪配合。

指导员领着七八位战士跳到舰上，再将我们一个个接过去。小乔早已将李老师扶到了船上。

有艘小渔船靠来，搬上两筐大鱼到大木船上。嚄！全是马鲛鱼，都是七八斤重的一条。大家都围着看稀罕，那艘小渔船的主人顾不上说两句话，又将船开走了。船上的舵手说，鱼汛到了——繁忙的捕鱼季节来了。

从这边看，岛上绿荫浓浓，挺立着椰子树、木麻黄、抗风桐，这是中建岛吗？与远处看到的沙岛俨然两重天地。

港口岸边，"爱国爱岛，乐守天涯"八个大字在阳光的映照下鲜红、闪亮。

小岛上突然来了这么多客人，码头上的锣鼓敲得特别热烈。

营区离码头不远，飘扬着五星红旗。

小乔迈开大步，越过我身边，径直走到国旗下，立正、敬礼："战士乔憨向祖国报到！"

我感到眼睛一热，一股热浪在心间涌起，耳边响起了国歌。我们久久地注视着空中飘扬的五星红旗。是的，在这茫茫的大洋大海上，人们才能更深刻地感受她和海边的主权碑具有同等的意义：这是中华人民共和国的国土。

小乔说：每个归队的战士回来后，都要向国旗报到——战士已回到保卫祖国的岗位。新战士上岛的第一课就是向祖国报到。岛上每天早晨，战士们和天安门国旗班同时升旗。国旗与营区门前的一副对联——"赞祖国思祖国情系祖国，祖国在我心中；爱中建守中建美化中建，中建是我家乡"——相互辉映。在这里，爱国主义就是这样具体、实在。

小乔说他还要到班里报到,等会儿再来,让我们先去荣誉室参观。指导员说他来领路。

路边开满了深红的太阳花、金黄的野菊,还栽有小乔称之为紫罗兰的一种植物,和银毛树相映,散发着浓郁的热带气息。

第一展品,是1982年8月11日中央军委授予中建岛的"爱国爱岛,天涯哨兵"荣誉称号。现在,"爱国爱岛,乐守天涯"已凝聚成了西沙精神。

当时岛上的守备队长是魏海宏,他是安徽籍战士,我们的老乡。我们在琛航岛见过他,他不善言谈,但有着淮北汉子的豪爽、侠气。我特意找来了他在全军英模代表大会海军座谈会上的发言稿。读了后,我们不禁对守卫在岛上的官兵肃然起敬。

当我们凝视着题为《从商船下来的战士在巡逻》的照片时,唐指导员说:"中建岛是出名的沙岛、风岛,当年部队刚来驻守时,岛上没有一间房。刚巧有从前触礁搁浅在海边的一艘商船,虽然已很破旧了,也只有用它做营房。

"那时,岛上的条件太艰苦了。西沙是著名的高温、高湿、高盐、高日照、缺水、缺土的地方,但我们这里还多了大风,一年365天,有200天是六级以上的大风。别说土了,连块石头都难找,满眼都是白花花的珊瑚沙,见不到一棵草,一棵树。那时,给养船每月只能来两次,碰到大风,一两个月才能来一次也说不定。

"荒凉到什么样?有位志愿兵两年后探亲,到了永兴岛,抱着抗风桐就哭,哭得惊天动地。过路的战友问他为什么哭,他说:'我看到——绿——了!'

我想象着那位战士终于见到绿色的情景:他泪流满面,用两手在绿叶上来深情抚摸,又凑上去深深地呼吸着,让绿色愉快地在血液中流淌,沉醉在生命的芬芳中。

那是喜悦的泪水,是高兴至极的另一种表现。是呀,试想一下,你长年累月看不到一片绿叶,心中也是荒凉一片啊!人们常说久旱的土地盼雨水,荒凉的心也盼风景啊!

人们在自然的风景中,寻找着心灵的风景。

五 色 土

我要唐指导员领我们去菜园看看。

出了门,我们发现楼前花坛上有五六只大砗磲——完整的,上下壳都有——个头很大,和海洋博物馆的不相上下,只是外表已经发黑、发灰;壳有鳞,大得像瓦片。我们还没见过这样的大家伙。

我快步走去摸着,仔细地看。

"你以为是假的?这里不用造假。大风常常把它们从海底打上来,都只是空壳。活的有一两百斤重,浪打不上来的。"唐指导员介绍说。

"它是整个被打上来的?"

"找到这样完整的不多。一般找到的都是一半,但要找到另一半更要看缘分。"看我们爱不释手,唐指导员接着说,"渔民说,它也长珍珠,颗粒大,从不同的角度看,能映出不同的彩光。这里的海边经常能找到比这更大的,待会儿你们可以去碰碰运气。"

刚转过墙角,我们就听到了猪的哼叫声。

"嗬!养了这么多的肥猪!"我说。

"还有成群的鸡鸭呢!"唐指导员接着说。

菜地不大,绿油油的一片,青菜、辣椒、豆角、茄子、番茄、韭菜……种类繁多。

我在地头田间寻找着,从这头走到那头。

"你是在找地头插的牌子吧?"

我说是的。

陈司令给我说的菜地的故事,一直在我心里挥之不去。

——在中建岛,蔬菜、水果比金子还要金贵。那时,给养船十天半月才能去一次,遇到大风,一月两月才有补给船也不罕见。中建岛是出了名的"南海戈壁"。戈壁上种菜,首先是要有土。

话说有位山东籍战士探亲回部队。列车员就是不让他上车。说是你只要扔掉这个大口袋,我就让你上车。战士说我可以把行李都扔掉,就是不能扔掉这袋土,因为我们驻守的中建岛上没有土,我要带土去种菜。列车员听完了他的话,连忙将沉沉的一袋土搬到了火车上。

这里菜地的土,都是战士们从家乡背来的,每块地上都插着它们故乡的名牌:"山东""湖南""河北""安徽"……这是最有意义的国土。

来自祖国四面八方的土,有红土、黑土、黄土、棕土……

这是别具风采的五色土!神圣、吉祥!

听陈司令说这故事时,我想起那年随中国作家代表团去印度洋上的毛里求斯访问时,主人领我们去一火山口参观,火山下有一片火山灰形成的五色土,以示地球深处的色彩。但它怎么也无法与中建岛上的五色土相比,因为它是战士心底对祖国的赤诚和热爱。

我还想起那年在西部考察时,朋友给我说的一个辛酸的故事:他在山区行路,遇一农民坐在田边大哭,悲痛欲绝。他问农民碰到了什么伤心事,农民说:"我的地被人偷走了,今后一家人靠什么生活?"朋友蒙了,地怎么可能被偷?农民说这里是一片乱石,坑坑洼洼的山坡。山里的土金贵,我是从山下背来一筐筐的土,填在这坑坑洼洼中成了地,一年也能打下一两百斤粮食。现在土被偷完了,只剩下了石头,哪还有地呢?

这也是我们每到一个小岛,脚步总是最先走向菜园的原因。那翠绿的一片,洋溢着生命的光彩,洋溢着勃勃的青春……

唐指导员很精干,虽然说的普通话中有着湖南味,但简练,有节奏,有韵味。

他说用岛水浇菜,没两年土地就板结了。黑土、黄土、红土,还各有脾性。一开始各种土地是分开的。后来,大家说,还是混合到一起好。

真的,菜长得特好。战士们说这叫民族大团结,融合了东西南北中才兴旺发达,统一团结才能振兴中华民族。后来牌子自动消失了。

还有一件奇事。刚种菜时,叶菜很好,但茄子、黄瓜、辣椒、番茄却只长叶子不结果。是水土不服,还是侍候得不周到?

有位战士探亲后带回了一箱蜂,奇迹出现了:茄子、黄瓜都结果了。原来是缺少了媒人传花授粉!植物世界和昆虫世界就是这样的关系,生命奇妙吧!

我想起一件事。永兴岛树木多。那天我们走迷了路,正在林间寻路时,发现树丛中有只耳环在晃动——原来是位大嫂藏在那里。她手里拿着一块板,正瞅着树丫处。李老师小声说:"她在收蜂王。"春天,蜂箱中诞生了新的蜂王,但它要飞出去另立门户。时节也是养蜂人最为繁忙的时候。

她收到蜂王了。我们跟随她到了养蜂场,好几十箱蜂呢!我问她是什么蜜,她说是椰花蜜。岛上椰树多,椰花一年四季都香。岛上无污染,不像在大陆,菜、树都被打农药了。椰花蜜价格高,比大陆的要贵上十几倍。当初也是因岛上蔬菜不结果,才引进蜂的,没想到现在成了一项产业。

在珊瑚沙戈壁滩上种菜、种树,不亚于要石头开花结果。这个神话,是守岛战士经过几十年的努力才创造出来的。

"岛上的每片绿叶,都会告诉你一个神奇的故事。"唐指导员说。

看到正向这边走来的小乔,我低声问唐指导员:"他是学生兵吧?"

唐指导员说:"参军前,他是南方大学艺术系二年级的学生,学的是绘画、摄影,还在法国举行过个人画展,有思想,有个性;家里很富有,父亲是一家公司的老总。"

"他能吃得了这里的苦?"我问。

"可以问问他自己。"唐指导员笑得很含蓄。

财富的故事

小乔带来两顶渔民用的篾帽,一定要我们戴上,但我们谢绝了。他说现在沙滩上的地表温度最少有50摄氏度,鸡蛋都能烤熟。我们还是谢绝了。

刚走出菜地的围墙,我就不禁闭起了眼睛,手也不自觉地在额前搭上了凉棚——沙滩最少有千米之长,珊瑚沙上的阳光刺目。待到稍稍适应,才看到了远处的大海。

我们没走几步路,就像走进了烘干房,白色的沙粒将炽热的阳光反射到身上,每个毛孔都在往外冒汗,可就是见不到汗珠。

我想起了三次横穿塔克拉玛干大沙漠,只不过那沙是金黄的,是一片黄乎乎的世界。

小乔回头看了看我们,意思是说:还往前走吗?

李老师跨起了大步,一直走到百米之外的一个小坑边。这里曾经有过水,但已干涸了,只留下一些晒焦的海草。

"海水能淹到这里?"我问。

"都说中建岛是神秘岛。它露出海面的高度是变化的,高时有三米,低时只有一米。其实是低潮、高潮造就的。面积也是如此一场台风就能吹跑一大块。

"2008年4月5日,台风'浣熊'正面袭击之后,岛上一下矮了80厘米,被刮走了80厘米厚的珊瑚沙,有一个小沙丘被刮得无影无踪——岛上落了很多死鸟,其中有一只鹰还有气,我们给它治了伤,最后它回到了蓝天——玻璃都被吹成了凹凸镜。海水一直淹没到一楼,战友们全都集中到主营房的楼上。"他转过身来,指着一座钢筋水泥的4层楼,"它被吹歪了27度。"

大自然时而会露出暴烈的一面。

"浣熊是可爱的动物。台风的名字有时很美,像什么'珍珠'呀,'梅花'呀的,真无法和它的狂暴、肆虐挂上钩!起名字的人真怪!"

小乔说他也是经历了那次台风才去查找资料的。台风的发源地,在不同的国家,名字也不一样。在美洲,它叫"飓风";在孟加拉国,叫"风暴";在墨西哥,叫"鞭打"。亚洲成立了台风委员会,有14个成员。日本、菲律宾、印尼、泰国……成员们各自挑选10个名字编成名单,然后按顺序使用。但是,如果哪个台风给人类造成了严重灾害。这场台风的名字就会被删除,永世不再录用……

李老师走下沙坑,拿起一个尖尖的东西,扒了扒边上的沙。嘿,她扒出的竟是一个大海螺,圆锥形,上面是赭红色花纹,螺口内面闪着珍珠光。她像得了宝似的。

"这是马蹄螺。你倒放着看,像不像马蹄?螺口是向里旋的。大概是跟着大潮上来后,留在这小坑里的。"小乔说。

"真的是鼎鼎大名的马蹄螺?"

"错不了。是我们中建岛的特产。过去,日本人大量收购马蹄螺螺壳,但出的价格很低。后来我们才知道,这是一种耐高温的好材料。火箭、卫星的涂料都要用到它。礁盘上有很多马蹄螺壳,赶一次海能拾到好几个。"

受到了鼓励,李老师又扒起了沙。但再也没发现马蹄螺,只拾了几个小贝壳,都很漂亮。

小乔看我们全身已经汗透,像从水里捞上来的,就说:"不想去看看在沙漠上是怎样造林的?现在的太阳太毒了,光线太强,拍出来的照片也是白花花的一片。想去远处的海边,早晚有的是时间。"

都说中建岛是风岛，可走在路上一点也感觉不到风，难道都被白沙吸去了？

我问小乔："家庭经济情况好,学业成绩正展示着辉煌前程,怎么突然想到参军？"

他说："海疆意识。谁都知道我国有960万平方千米的国土,但又有多少人知道我国还有300多万平方千米的蓝色国土——海疆？打开近代史,从鸦片战争开始,列强都来瓜分中国,再到日本人大举侵略中国,哪一次不是从海上打来的？哪一次不是通过南沙、西沙的咽喉要地,将炮舰开到中国的？现在,不是还有那些胆大妄为的小国家妄图抢占我国的南沙？我们如果有强大的海军,即使有霸权主义大国为他们撑腰,他们敢吗？

"有个国家为了称霸,不是早就在全世界占领、控制了16个海峡、通道吗？可见制海权的重要性。

"我们爱和平,但在这个世界上仍然有恶霸。我父亲说过恶霸的特点:嫌人穷,恨人富,蛮不讲理,横行霸道。你穷,你弱,他欺负你;你富了,强了,他恨你,说你对他构成了威胁,想方设法要遏制你,围攻你。其实这都是毫无自信,内心空虚的表现。手无寸铁面对恶霸,是不可能有和平的。我就是想以我的行动,引起我们这代人对海疆的关注。参军卫国,是每个年轻人的天职。"

他的话音低沉,没有丝毫的张扬。他仍然一步一个脚印地走着,但你能感到他将艺术家的澎湃激情深藏在字里行间,自有一种深厚、震撼心灵、让人听得心里热乎乎的力量。我看到了祖国的希望,同时想起如我这样在抗日战争中出生的人,那时,连国土面积都无权知道,更别说海疆了。

"所以,在新兵营你就要求来西沙,来西沙最艰苦的中建岛。听说你父亲曾在中建岛当过兵？"我问道。

"是的,那是他的光荣历史。我的历史是要由我自己去写的。但他常说的一句话我记住了:磨难、艰苦是人生最大的财富。'财富'是什么？每个人对财富都有不同的定义。荒凉是不是财富？我说是的。有的人身无分文，但他可能是精神世界的富有者；有人腰缠万贯，但他在精神世界是一贫如洗。在中建岛，我从战友们身上体会到了财富的意义、价值。我们大家都信奉一条：'钱是纸，情是金。'这就是价值观。我也是在蜜罐子里长大的，独生子、小皇帝。想走一条自己的路不容易。"

"像你这样从大学生到成为一名合格的战士，道路不平坦吧？"

"坦白地说，走得艰难，但看你怎么认识了。若不是在中建岛当兵，我拍不出那么多好照片，战友们也不会那么欣赏。再难再苦，挺挺就过来了。"

一走进树林，我们顿时感觉到了另一个世界。建群种是木麻黄，这种树在干热的海南西海岸较多，作为防风林。西沙的战士却叫它马尾松，因为它耐干旱，耐盐碱，具有与松树相似的品格。虽然它们的枝叶、树冠都有相似之处，但实际上木麻黄是阔叶树，而不是针叶林。

林下生长着野草，土壤是黄褐色的，甚至还有几种小昆虫的身影。森林就是有这样神奇的力量，与珊瑚作用相似，为各种生物提供了生活栖息地。

树冠筛下的阳光，在林子里组成了各种斑点，与树冠、树干一起建构了印象派的图案。其实，这片树林，就是在沙滩上长起来的——当年这里没有一棵小草——很难想象一棵小树苗在这样的戈壁上是怎样存活、成长的。

我想起甘肃的一位林业厅长对我说过的话：在干旱地区，种活一棵树，比生个孩子还难！

但为了守岛部队能驻扎下来，就必须让沙漠飘扬起绿色的旗帜。

小乔说刚到岛上时，指导员给新战士讲课。这是最生动的一课：

当年，从海南运来了树苗，不管是椰子、木麻黄，还是抗风桐，它们都是耐干旱、耐贫瘠、耐盐碱、极泼皮的树，但种一棵死一棵。

一年复一年，虽然是屡种屡死，但战友们坚持着屡死屡种。有一年，种了265棵树。奇迹终于出现了，居然成活了两棵。那真是欢欣鼓舞，队长当场就大声向司令部做了报告,电话中传来了司令部热烈的掌声。

守岛官兵就是在这不到1%的成活率中看到了希望。现在,这片森林(小乔特意用了"森林"一词)已有了5000多棵马尾松,5000多棵呀!

现在,岛上还长了250多棵椰子树,1000多棵抗风桐和羊角树,2000平方米的爬藤和海马草,300多棵紫罗兰,还有太阳花、野菊……

新战士上岛要种"扎根树",老兵退伍会种"纪念树",首长来巡视都要种上一棵"励志树"。

小乔如数家珍,列出一大串令人吃惊的数字。是的,这些数字中蕴含着战士们的汗水,蕴含着对祖国的忠诚,蕴含着对生态的重视,洋溢着对生命的热爱。

林子中木麻黄的树干的胸径多在八九十厘米,树高已有20米了!

小乔说,听老兵们讲,过去岛上一起大风,刮起的沙让人睁不开眼,说是沙尘暴也不过分。可现在呢?这"森林"护卫着营区,营区的小气候也有了改变。训练休息时,官兵们都到林子里来,一早一晚这里更是大家散步的首选地……

一群白鹭从林中飞起,雪白的羽毛在绿茵茵的树冠、碧蓝的天空映衬下,是那样优雅、美丽。

森林的深处竟然传来了鸟鸣,婉转、嘹亮,激得我们童心大发。我们跑了起来,想去看看那美丽的鸟儿……

我们直跑得上气不接下气,才坐下休息。带的水在沙滩上基本就喝完了,只剩下李老师留的一瓶,我们只好分而饮之。

李老师问小乔:"刚上岛时,不习惯吧?"

小乔还是以那低沉的声音说:"不习惯。虽然经过了新兵连的锻炼,思想也早有准备,吃的与学生伙食差别不大——现在有菜园,但最不适应的是军事训练。每天要做100个俯卧撑,100个仰卧起坐,100个蹲下起立。有时实在坚

珊瑚礁上练兵(解放军某部新闻中心供稿)

持不了,看到队长、指导员都在做,只能咬咬牙挺住。

"中建岛是国际航道的要冲,战略位置非常重要。守岛部队有一套特殊的训练科目——超强度,超难度,在向生存极限挑战。我们在珊瑚礁上练格斗,没几天,鞋的胶底就被割破了,腿上、脚上尽是伤,被海水一淹,疼得钻心。

"俯卧在五六十度高温的珊瑚沙上练瞄准、打靶,不及格还要重头来。背上皮烤脱了,胸口烫得像是贴在烧红的铁板上,只感到浑身被蒸发得缩成了一团……真感到再卧一会儿灵魂就要出窍……"

"你为什么要当兵?"我们耳边响起了班长威严的喊声。

"为了打仗,打赢!"回答声震耳欲聋。不知哪来的一股劲,战士们浑身充满了力量。我们懂得:只有平时多流汗,战时才能少流血。

我听得心绪翻涌。眼前浮现出他描绘战士和树苗成长的景象。

小乔说:"你们不是想知道我是怎样从一个学生成长为一个战士的吗?我还是说几个故事吧,故事也是班长对我说的。"

故事一

年轻人到时候就得谈恋爱了。但那时岛上交通不便,通信不畅。不像现在有电话、手机、电脑。就说看报纸吧,等到日报到了,常是"月报",寄出去的信也要一两个月才能得到回信。谈恋爱也难呀!队长张有义都快要结婚了,结果还是吹了。他坐在海边,想起花前月下的日子,很郁闷、痛苦。

他坐着坐着,突然感到腿边有动静。原来是只大海龟,正用眼睛看着他。也不知它是何时来陪伴他的,难道它也有……

张队长顺手摸了摸,他感到海龟在颤抖。一检查,发现它的腿上有个伤口。他连忙找来战士把海龟抬回部队。一只海龟有一两百斤重。

经过精心治疗,海龟的伤好了。临送它回到大海时,队长忽有所感,在它背上刻了"张有义"三个字。

　　两年后,张队长复员转业。离岛的前一天,晚上他去海边巡视,站最后一班岗,有只海龟拦住了他的路。那时到岛上产卵的海龟多,但张队长一看海龟背上是自己刻的字,还是觉得很惊奇:是来给我送行的?他拍了拍它的头,又握了握它的爪子:"老兄,你的情义我记住了。"

　　海龟三步一回头,游回大海。

　　一来二去,大海龟和战士们也都混熟了。有一年,它又来了。等到战士们要离开,它却拦住不让走。大家只好停下来。

　　不一会儿,它在沙滩上扒起窝来。待到扒了个坑,它就撅起尾部下起蛋来。那蛋像乒乓球,雪白雪白的。它产一个,战士们就数一个,一直数到182个。它才扒沙将它们掩盖起来;盖好了,双眼盯着大家。

　　有人突然说:"明白了,是要我们帮你守护你的孩子,对吧?放心!我们一定看护好!"海龟这才回到了大海。

　　海龟的卵是靠自然孵化的,孵化期在100天左右。潮涨潮落,人来人往,卵极易遭到破坏。孵出的幼龟也会受到海鸟、大鱼的猎食,成活率只有千分之几。

　　大家真的在海龟产卵的地方做了标记。队长还特意作了布置,指定小李专门负责。

　　海龟有迁徙的习惯,但不管走到哪里,它还是要回到原来的地方产卵——其准确的方位感,引起了科学家浓厚的兴趣。

　　算着日子,小海龟快出壳了。那是个傍晚,小李终于看到沙里有东西在拱。哈哈,一个小海龟出来了,又一个出来了……头上还沾着沙粒,迈着四条腿,往大海爬去。不管是从哪个方向出来的,准着呢,都只向海里爬。看那急不可待的样子,太可爱了!

　　不知怎的,突然飞来了海鸟,愣子都没打一个,就一头扎下来去啄小海龟,慌得小李大喊大叫,摘下帽子甩出去驱赶。眼看着还有海鸟往这边飞,急得他直叫唤战友。它们是从哪里及时得到信息的?傍晚,它们应该是赶往夜息地的。

战友们来了,海鸟虽然有所收敛,但只要有机可乘,还是神速地往下冲,居然还叼走了两只小海龟。

更多的战友们赶来了,他们手里拿着棍子,海鸟这才飞高了,却仍然在空中盘旋。

等到小海龟们都爬到大海里,大家正准备回去时,战友们突然看到大海龟浮出了海面,眼睛中充满了感激之情——原来海龟妈妈一直守候在这里,迎接它的孩子!

神不神?动物也是有感情的,海龟是最讲情义的。信不信?反正我信。

是的,我想起30多年前在皖南考察梅花鹿的经历。由于梅花鹿的茸珍贵,药用价值高,它们总是成为猎人猎杀的对象。平时,它们躲得离人远远的,可有一个异常的情况:母鹿产崽时,总是选取离村寨近的地方,就在房前屋后。经过考察才知道,母鹿产崽是最虚弱的时候,它要借助人的力量躲避食肉动物豺狼的攻击。人和动物原本就是朋友啊!

故事二

三班战士小张,突然收到家里的电报——"母亲病重"。当时战备任务正紧,保护渔民生产任务重,小张把电报揣了起来。不久,又接到家中"母病危"的电报。队长、指导员为他办好了准假手续,可是海上刮起了大风。直到接到"母病逝"的电报,大风也没停。

小张很悲伤。傍晚,他独自来到海边,对着北方的家乡,跪下,一连磕了三个头,大喊一声:"娘——"

海滩上同时响起直冲云霄的——

"娘——""娘——""娘——"

小张回头一看,全队的战友,20多条硬汉,齐刷刷地跪在自己的身后,队长、指导员都跪在那里,泪流满面……

有一年,队长刘杰其连续收到了"父病重住院""父病危""父病逝"的三封加急电报。当时正值老兵复退、迎接新战士的繁忙时刻,他把电报锁进了抽屉,强忍着悲痛坚持工作。

真是祸不单行,他父亲病逝后不久,哥哥又遇车祸身亡,但军人的职责在肩,他还是未能回家。他流着眼泪对前来安慰他的战友说:"对我们中建人来说,国就是家,家就是岛。军人,为国尽忠就是为家尽孝!"

战士的责任是什么?国事、家事孰重孰轻?中建人心里最清楚。

战友们常说,"钱是纸,情是金"。官兵之间的情感犹如兄弟。战士张艳红生病了,不能下岛治疗。队长刘杰其就请妻子专程从三亚赶到海口买药,再托人辗转带到岛上。谁家有困难,大家都会主动伸出手来。

中建岛官兵笔记本的扉页上都写有这样的话:"守着清贫谈富有,远离欢乐不言愁。抛洒青春不吝啬,豪饮孤独当美酒。"

这些故事已深深地印在我的心里,每当我碰到困难,思想上遇到问题时,我就想起这些故事。战友们能做到的,作为同时代的青年,我为什么做不到?

故事三

不怕老师们笑话,坦白地说,来到中建不久,新鲜劲一过,最难耐的就是寂寞。是的,这里的风景很美,有拍不完的镜头,画不完的意境,但还是会产生审美疲劳。小岛上完全是一个青春勃发的男人世界,一年到头就这二三十号男人,说得俗一点,听到屁声,就知道是谁放的。

听老兵说，一位服役两年期满的战士回到三亚，第一件事就是在马路旁坐了一天。别人问他在干吗，他乐呵呵地说："去过瘾呀！看人，看人来人往，看老人、孩子、姑娘。两年了，没看到这么多人啊，过瘾！"

有人把这当笑话讲，可中建人听了却笑不起来，我也笑不起来，心里有股说不清的情绪……

还有个故事也是听来的，是不是山寨版、草根版，我不知道。

有一次，司令带着医疗队到岛上给战士们做体检。临别时，全岛战士在码头列队欢送，司令讲了很多赞扬、勉励的话，最后问战士们："你们最需要的是什么？弟兄们，只要我们能解决的，一定努力办！"

码头上一片寂静。

等了很长时间，还是鸦雀无声。

但他看到战士们的目光，都齐刷刷地注视着医疗队的女兵。

司令心里有些明白了，正在思索时，突然听到一位女兵说："姐妹们，让我们拥抱崇高！"

只见姑娘们笑着跑到了战友面前，啪地敬了一个军礼，然后热烈地拥抱起一个个战友……

大爱无疆！

司令的眼里忍不住闪烁着泪花。

这就是西沙的兄弟情！

我想起了被誉为"提灯女神"的南丁格尔。19世纪50年代，英国、法国、奥斯曼土耳其帝国和俄国发生了克里米亚战争。英国战地医院中，死亡率高达42%。南丁格尔率领38名护士抵达前线，她竭尽全力为伤病员改善生活，悉心护理，从死神手中夺回一条条鲜活的生命。半年之后，伤病员的死亡率就降到32%。她每晚都提着灯穿梭在病床之间，伤员们亲吻着她被烛光映照在墙上的

海礁练兵(解放军某部新闻中心供稿)

身影。

伟大而崇高的人性光辉,照亮了世界!

她被英国人民推崇为民族英雄!

她是近代护理学的奠基人。为纪念这位伟大的女性,人们已将她的生日5月12日定为国际护士节!

小乔的财富故事说完了。是的,这种财富是任何金钱都买不到的,它是驻岛战士心灵的风景,是驻岛战士创造的最美的精神家园!他们无愧于我们这个时代最可爱的人的称呼!

唐指导员果然来领我们去海边。我说,还是去瞭望台上看看吧。到了台顶,我注意到沙滩上有四个大字:祖国万岁。那是翠绿色的,闪耀着生命的光彩。

唐指导员善解人意,解释说:

"这是战士们的杰作。2002年,为了庆祝中央军委授予中建岛守备部队'爱国爱岛,天涯哨兵'荣誉称号20周年,战士们搜集了岛上的礁石,垒起了'祖国万岁',表明心迹。从此这里成了一道风景,战士们巡逻时都会特意绕到这里看看,闲暇时来这里走走。

"去年一场台风,将一些礁石吹走了,大家感到心里少了什么。于是商量着重建。看来用礁石是不行了。商量来,考虑去,决定栽种海马草。海马草生命力强,耐旱、耐盐。

"海马草种下去了。岛上的淡水最金贵,为了这心中的四个大字能蓬蓬勃勃地成长起来,战士们忍着饥渴,用淡水去浇灌,盼望它成活、快长。

"你看,现在长得多好!绿油油的,看一眼心里就高兴。"

在瞭望台上看到东边的沙滩最长,我说就去那边吧。

可是,到了那片海边,我们看到的只是已被风浪打碎的砗磲壳。

唐指导员安慰我们:"不要紧,以后见到了,一定帮你们留着。"

其实，我已很满足。

他告诉我，和珊瑚虫一样，砗磲也是和虫黄藻共生的，虫黄藻赐给砗磲需要的氧气和有机物，砗磲馈赠给它释放出的二氧化碳。二者互利互惠。

我们走着走着，他突然停下说："这里来过中石油的考察船——保卫、保障工作就是守岛部队承担的——结果发现中建岛的海域蕴藏着丰富的石油！"

我说何止是石油，就在这片海域，地质勘查发现了新能源——可燃冰！

已发现的可燃冰储藏量是100多亿吨的油当量。全世界已发现的可燃冰储藏量，是陆地上煤炭、石油的两倍。人们常说水火不容，可这种存在于海底的冰，只要用火一点，就会冒出蓝莹莹的火苗，非常美丽的火苗。

唐指导员说他只听闻过，一定要我讲得详细一点。刚巧，今年3月份，我们还去广州海洋地质调查局采访过。

海底寻火

谁拥有了海洋,谁就拥有了未来世界。

一立方米的可燃冰,能释放出164立方米的天然气!

人类对于大自然的认识,往往非常可笑、愚昧,因为大自然的无穷奥妙,永远超出人类的想象。

20世纪30年代,首先是苏联在向欧洲输送天然气的管道中,经常出现输气不畅、管道被堵塞的现象。堵塞物是酷似冰雪的物质,很是令人头疼。

无独有偶,美国人也发现输送天然气的管道常常被堵塞,堵塞物也是一种白色的像冰雪一样的物质。清除这些堵塞物很麻烦,费工费时——它们成了"捣蛋鬼"。

它们太捣蛋了。捣蛋出了名,也就引起了人们的防范、消灭之心。人们想尽办法,制造出阻化剂,不让它们形成。就在这过程中,人们意外地发现这种堵塞物能够燃烧,而且火力旺盛。"捣蛋鬼"竟然有了价值。

它们的神奇功能引起了科学家的注意。既然输送天然气的管道是高压、低温的,那么,按照这种条件做个试验吧!实验成功了,人们制造出了这种可以燃烧的冰雪!

既然天然气在高压、低温下能够制造出可燃烧的冰雪,那么在冻土带、海底是否也有这种物质的存在呢?

果然,在1968年,苏联在西伯利亚的冻土带发现了可燃冰。1972年,美国人在阿拉斯加冻土带也发现了可燃冰。

最诡秘的是加拿大的渔民,在太平洋捕鱼时,拖网从海底兜上来一网冰和雪。在这两吨的冰雪中,还有两条从未见过的无比丑陋、怪异的鱼,吓得船员赶紧把这些不祥之物全都扔进了海里。海中立即冒出无数的气泡,犹如魔鬼的愤怒,同时,一股臭鸡蛋味笼罩了渔船……

后来经过研究才知道,那两条鱼是靠吃甲烷(天然气)为生的。

新能源的发现震惊了世界!

由于人类对自然的无情攫取,生态危机四伏,资源枯竭,生存环境恶化,能源压力尤为突出。有关机构根据2004年前的资料测算:全球石油只够开采41年,天然气只剩下67年可供开采,煤炭也只够开采192年,铀矿还够开采70年。

可燃冰是洁净的新能源,南极、北极都是冻土带,海洋面积占地球的三分之二,在这些地方都蕴藏着可燃冰。在某种意义上说,谁掌握了可燃冰,谁就掌握了未来的新能源。于是发达国家闻风而动,在大洋上"跑马圈地"。

其时,我国还在闭关自守,沉浸在"文化大革命"中。直到改革开放的春风吹来,我国的地质学家才知道了世界的发展。在可燃冰的研究上,我国比先进的国家落后了整整20年。

1993年之前,我们还是石油输出国,随着经济的高速发展,似乎一夜之间,我们变成了石油进口国,进口石油越来越多,直至成了世界上数一数二的石油进口大国。

能源的压力,落后世界20年的现实,激发起中国地质学家的无穷力量。在20世纪80年代中期,广州海洋地质调查局总工程师金庆焕向国人介绍了可燃冰。毫不夸张地说,他是中国可燃冰研究的启蒙者。

我国在西部和东北有广袤的冻土地区,有300万平方千米的海疆。相对来说,冻土带在陆地上,气候特点很明显,有寻找可燃冰的条件。但在茫茫的大海上,从哪里下手寻找可燃冰呢?

广州海洋地质调查局的高级工程师姚伯初根据可燃冰地质勘查的特点,对以往的勘查资料进行研究,在东沙群岛的南部、西沙群岛南部、西沙海槽北部的海底,发现了可能存在可燃冰的"似海底反射"的地震波。他的功绩是为海洋勘探圈定了方向。他也以自己的聪明才智,为中国地质学家探索出一条勘探可燃冰的路子。那是1998年,他的春节是在办公室里度过的。

南海寻找可燃冰项目从1999年开始。在国土资源部的领导下,由广州海洋地质调查局实施,联合了浙江大学、南京大学、中国地质大学等多家科研单位,经过九年乘风破浪的探索、钻探,历经了种种挫折和奋斗,科学家

地质学家勘探研究取得重大成果,通过海底摄像发现了沿着碳酸岩介壳裂隙分布的甲烷菌席,它标志着这里蕴藏着丰富的天然气水合物(可燃冰)。(广州海洋地质调查局供稿)

们终于在2007年5月1日,从南海1200多米的海底,取得了可燃冰。那一点即燃的蓝莹莹的火苗,犹如庆祝的礼花。

2007年6月5日,国土资源部举行了新闻发布会,总工程师张洪涛宣布了这一重要的消息:

"5月1日凌晨,国土资源部中国地质调查局在我国南海北部成功钻获天然气水合物实物样品。此次采样的成功,验证了我国有关基础地质工作的可靠性,证实了我国南海北部蕴藏有丰富的天然气水合物(可燃冰)资源,也标志着我国天然气水合物调查研究水平一举步入世界先进行列。"

接着由首席科学家张海启做了补充说明:

"通过连续九年的艰苦探索,我们取得了天然气水合物赋存的一系列地球物理、地球化学、地质和生物等有利证据。初步测算,我国南海北部陆坡天然气水合物的远景资源量可达上百亿吨石油当量。"

唐指导员听得心花怒放,说:"你帮我们联系一下,广州海洋地质调查局的考察船再到西沙时,我们一定请专家们来岛上做报告,讲讲南海的富饶。这对我们大家保卫海疆一定是巨大的鼓舞!当兵的不就是要保卫祖国,把祖国建设得更加繁荣富强吗?"

据说,可燃冰这个宝贝也是个烫手的山芋,开采不易,还可能引起环境问题,同时造成海床大滑坡,引起灾害;也有人担心它会释放二氧化碳,增加温室效应。但我相信,科学家是一定能解决这些问题的。

其实在南海海底还蕴藏着丰富的金属结核,就堆集在海底!

之后,我国的地质学家又在青海的冻土带获取了可燃冰。那里也蕴藏着丰富的可燃冰!

神　钓

　　南海神钓的魅力在于你能清楚地看到鱼是怎样上钩的,明白它如何努力要挣脱钩的牵挂——因为海水纯净、清澈。

　　在房间冲完凉,换了衣服,我准备和李老师去海边走走。一起开门,我就惊得"啊"了一声……

　　"阿山!你怎么在这里?"李老师更是惊喜!

　　不是他,还能是谁呢?

　　"我早就看见你们了。听说你们要到中建岛,我还能不来?不然谁领你们去钓马鲛呢?早知你们目中无人,我就不该来。"

　　这家伙,竟装出一副委屈的样子。

　　原来他是跟着大木船到这里赶鱼汛的。这里的渔民常跟随大船到远处的渔场。大船上不了浅水的礁盘,小渔船却能施展身手。

　　我们跟随阿山到港口一看,果然有五六艘小渔船泊在大船的旁边。

　　阿山站在港口的岸上,只是看着大海,不肯上船。海上有风浪。

　　他说:"你们还是去借两件救生衣吧,今天要去远处的沙洲。"我说:"一去借救生衣,还能走得了?小范肯定要向上级报告。"

　　经过我们一番软磨硬泡,阿山终于登船了。

　　海上的确不平静,浪尖上跳花了,显得躁动不安。天上也有一团团飞驰的乌云。我瞅瞅李老师,她状态很好。是的,几十天来,我们对大海虽说相知甚少，但已相识。

阿山将船开到沙洲。沙洲附近的礁坪上，也是白色的沙，很少有珊瑚礁。有白沙衬托，海中的游鱼、虾、螺看得清清楚楚。每个生命形象都成了动漫式的，充满灵气，整个海域犹如巨大的展馆。

李老师一再评说这是童话世界。她突发奇想：在不同部位装上摄像头，进行全天候直播，肯定观众如云。我热烈拥护她的创意，甚至计划两三年内就来实施，由她主播。

阿山突然将船熄火，停了说："看沙滩上。"

银色的沙滩上，一抹平阳如大海铺展的巨幅画布。就在我们的前方，画布上印了一行痕迹，一直到达沙洲顶。

沙洲荒无人烟，连一棵小草也没有，是谁从大海去探索那里的神秘？

"像是有部车子开上去了，两边的印子深。"阿山说。

"还有潜水登陆艇？那也太小了吧？"

"海龟爬上去留下的。"

"快往边上靠靠，看海龟去！"

"它总是晚上到岛上产卵，哪里禁得住太阳晒，产完卵，就回到大海了。"

"没看到它回来的路呀！"

"从另一条路回的。"阿山说着就发动了船。

这小子撩得我们心痒痒的，我们却也只是可望而不可即。

船到了近年新出现的两个沙洲转了一圈，他才说："今天就在这边吧！"他是在选钓场。他说过，马鲛喜欢生活在沙洲的附近。

刚看到他取出的钓钩，我心里不禁一凛——它像是船锚的缩小版，比拳头略小，伸出了六个锋利的钩——今天肯定够刺激的！

他又取出一块鱼皮，将它包裹在小铁锚似的钩子上，再用绳子拴得紧紧的。

"这是什么鱼皮?"我问。

"炮弹鱼的。马鲛的最爱。"

他装另一钩时,端出了一个盒子,里面装了好几条假鱼、假虾,金属制作的,但做工并不精密。他选了个红色的假鱼挂到钩上。

他将装了钩的粗鱼线拴到竿上,再将钓竿插到船的两旁。

"别人的船上不是都挂了五六根钓钩吗?"我有点怀疑地问。

"我只挂两根,足够了。"

忙完了这些,他又拿出一条带子,一头拴到船舷上,并圈住李老师的腰,另一头也拴到船上。

"干吗?"李老师问。

"安全带。别嫌烦,海钓……按你们说法'一切皆有可能'。小心无大错!我再说一遍,鱼上了钩,不管出现什么状况,大叔、阿姨都要听指挥,行吗?要不我们现在就回去!"

见他谨慎地做着一切,我对李老师说:"一切听他的。"

"我说的就是你,大叔!这不是山里,是大海。我就怕你点子太多,瞎帮忙!你也得带个安全带!"

我只得耸了耸肩,表现得特乖。

船发动起来了。阿山驾船匀速前进。

经过他的"战前训话",船上的气氛紧张、凝重。我回头看了看,嘿,奇了,用炮弹鱼鱼皮包的钩子毫无生气地拖着,那假鱼却活灵活现地游着。

渔船围着沙洲转。海上的风景时时变幻,海面成了调色板;天上的风景时时变幻,云在浓淡中错综。我们像是坐在旋转木马上。

我们转着转着,眼睛瞅酸了,变得恍惚起来。在塔克拉玛干大沙漠的景象不时浮现在眼前,由苍茫壮阔的金色世界,渐渐成了空寂、荒凉……

阿山哼起的小曲,将我从魔幻中唤回现实的世界。他用海南话唱的,虽然我们听不懂,但旋律很优美,似是五指山一带黎族的民歌。

李老师也小声地唱起了黄梅戏。

是的,渔船已航行了一个多小时,只见鱼在船头、船尾快乐地游动,可连一条小鱼也没咬钩。大概是它们的嘴太小了,钩子却很大。我们焦急煎熬着,期待着。想到阿山常年独自在海上讨生活,需要怎样的坚强、勇敢,才能耐得住这种寂寞啊!

"大叔,说个笑话吧!"

"不会惊了鱼?"

"钓鱼不像打猎。你要是能逗得鱼也笑,它一高兴,说不定就上钩了。"

"有位老兄上集买鱼,看到一种像带子样的银亮亮的鱼。他住在远离大海的地方,认不得这鱼。卖鱼人对他讲:'这是带鱼,是海里长的。海里的鱼特鲜——你家烧菜不放盐行吗?百味之王就是盐。盐就是海水熬出来的。鲜水养出的鱼,还能不是鲜上加鲜?'买鱼的老兄说:'我不会烧这鱼呀。'卖鱼的说:'红烧、油煎、清蒸,放上葱花、姜末……'买鱼的说:'我记性不好,你把做法写在纸上吧,我回去照办好了。'卖鱼的只好将做法写得很详细。

"买鱼的老兄欢天喜地往回走,心想今天一定要让老婆尝尝这鲜水里养出的鲜鱼的鲜。突然蹿来一只猫,向鱼抓去。买鱼的一闪身,还好,鱼还在手上,但一看鱼身上少了样东西,急得坐到地上号啕大哭。路人问:'哭啥?猫不是没抢走鱼吗?'买鱼的说:'我情愿它叼走鱼,可这个混帐东西硬是叼走了贴在鱼身上的纸条。'路人说:'那又怎样?'买鱼的说:'这鱼没法吃啦!'"

哈哈大笑中,我们突然感到船一顿。

三人回头一看:鱼咬钩了!

左舷的那只穿着假鱼的鱼钩!

好家伙!靛青色,看样子有七八十斤重;尖头,两腹雪白银亮,闪着彩虹的光芒;圆滚滚鱼雷般的身子,张着吓人的大嘴,尾一摆,已像出膛的炮弹冲来。

阿山加大了油门,猛地飞驰:"坐稳,都别动!"

话未落音,那鱼已冲到船后,阿山一打舵,向左猛拐,那鱼圆锥样的头,几乎是擦着船尾冲到了前面。那月牙形的尾巴却刺啦一声,刮到了船,船边留下一道深痕。渔船差点倾翻,白花花的海水直往船里灌。

天哪!若是让它撞上小船,不翻也得撞出大洞!

这不像受伤的熊找人拼命吗?

我惊出了一身汗。李老师脸色煞白。

"金枪,蓝金枪!"阿山大声说。

啊!它就是赫赫有名的金枪鱼!难怪它长得这副模样。蓝金枪鱼是金枪鱼中最著名的角儿。

就在这时,怪事发生了。我们的船被拖着跑了起来,钓竿弯得像弓,似乎还有吱吱声,我们真担心它随时会折断。

蓝金枪这么一拖,船立即横了过来,慌得阿山急忙转舵。

它凶猛,游速快,起动快,时速瞬间可达160千米。渔船根本达不到这样的时速。

真是又惊又险!

蓝金枪鱼已冲到小船的前面。阿山谨慎地驾着小船,待到鱼线又拉直了,感到船有了自主性,他又转舵。眨眼之间,金枪鱼又冲到船尾,吓得李老师歪到了另一边。好在她有安全带。我却一下失去了平衡,慌乱中一把抓住了阿山的肩头。船像发疯似的摇晃了起来。

我也酷爱钓鱼。钓鱼者不为了吃鱼,其实有不少人不爱吃鱼却爱钓鱼。钓鱼者是为了享受悠悠的鱼竿上传来的心灵的颤动,以及凭着一根渔线和大鱼博弈的快感。

但这是海上神钓,是要凭着渔船传来的感觉和鱼较量。

凭经验,阿山觉得碰到了对手,这倒不仅是因为它大,而在于它的特殊。

121

平时,大鱼上钩后,总是拼命挣扎脱钩,你可以放线,尽管让它消耗体力;待到它不动了,你再收线让它动起来……

可蓝金枪鱼的游速太快,爆发力特强,如你猛力一拉,鱼线就有绷断的可能。但当你刚将线拉紧,它又顺势撞船。

阿山回头看鱼的动态,不断改变着船向,一会儿加油,一会儿刹车;船就像任凭飞浪颠簸的树叶——本来今天的风浪就不小。

蓝金枪鱼发威了,它收紧侧鳍,像出膛的炮弹一样冲来。一条鱼被它击起,在空中翻了翻肚皮,就吧嗒一声,落到船上,惊得阿山一愣。就这一瞬间的愣神,蓝金枪鱼撞到了渔竿上,鱼竿颤颤抖抖,幸好它有弹性,但这也吓得阿山不轻。他对我说:"你来开船!"

"不行,我不会!"我连忙说。

我哪有胆量把三条人命都捏在手上。

"拿鱼叉。"

李老师一句话提醒,我解开安全带的一端,拴到左手腕上,右手举叉,尽量站稳,一副英勇无畏的样子。鱼叉不长,只有七八十厘米。

阿山改变策略了,有意让蓝金枪鱼冲过来。它刚擦着船尾而去,我就探身给了它一叉,但我也随之失去了平衡……

"松手,快松手!"李老师大喊。

我这才开窍,将手松开,蓝金枪鱼带着鱼叉一闪而过。要不是安全带,我肯定成了金枪鱼的"乘客"。

真得感谢李老师的提醒,我怎么傻到忘了鱼叉有倒钩刺,很难拔得回来呢!

经过几个回合的搏斗,两根鱼叉都已戳在蓝金枪鱼的身上,它的身后是一条血带……

它终于失去了冲刺的劲头,只能听凭渔船拉动。

阿山终于收线了。他将船开到了沙洲的浅水处。

阿山下到海中,我正要下去时,阿山说:"别急。你先将那块布递给我。"

"干什么?"

"它的尾巴上有两块骨头锋利无比,碰上了能拉开大口子,有人差点送了命。我要把它尾巴包好。"

当他拔出鱼叉时,鲜血映红了海水。它的肉也是红色的,和三文鱼一样。看着蓝金枪鱼身上涌出的鲜血,我突然想起了海明威的名著《老人与海》里,鲨鱼追踪鲜血的情景。

但我只是催促着将鱼搬到船上去。

正在帮忙搬鱼的李老师突然说:"喂,它的身子还热哩!"

我吓得连忙缩回了手,生怕它又活过来,差点把抱着鱼头的阿山压到海里。鱼都是冷血动物啊!

"吓我一跳,没事。大叔可以再摸摸,只有金枪鱼的血是热的。热血沸腾的鱼也让你们碰上了。"

我催他赶快开船,离开这充满血腥的地方。

直到渔船开动了,我们悬着的一颗心才落下。不久,我们看到小船刚才的停泊处,掀起巨浪,水花四溅。虽然没看到鲨鱼的脊鳍,还是有些后怕。

我问阿山:"你钓过金枪鱼?"

他说:"钓到过,但从未钓到过这样大的,更没钓到过蓝金枪鱼。在西沙这鱼不多。"

我对它在海里的游速太惊奇了——能超过渔船,还拽着渔船跑。

阿山说:"金枪鱼是大海中的游泳冠军,是唯一需要不停地游动的家伙。你看到它总是大张着嘴吧?那是为了得到氧气。它只有大量吞进海水,才能得到维持生存的氧气;若是停下来一会儿不游动,就能因缺氧憋死。如此大的运动量,使它需要不断补充能量;所以它特别凶猛,是海中最机灵、勇敢的猎手!"

海洋生物世界是如此神奇、多样!

北方有片雨云正在追来,风大了,渔船在浪尖上跳跃着,海上的风景就像我们心灵的风景!

如果这时海上风平浪静,如一面冰,我们肯定没有这样愉快,我肯定要把船晃得东倒西歪。

临别时,阿山说:"大叔、阿姨是福星高照啊!章鱼、蓝金枪都是我平生钓得最大的!大叔、阿姨明天还跟我去海钓吗?"

与鱼群共游

中秋节的早晨就开始下雨,一天之中大风吹来了好几场雨。西沙部队的蓝色文化丰富多彩。中秋节是团圆节,这对远离故乡的官兵来说,具有特殊的意义。前两天就看到后勤部在分发月饼、水果。中秋节的"明月心、军旅情、西沙魂"诗会,是他们的传统保留节目。

小范来邀我们参加通信连的中秋晚会。我们去几个连队转了一下,都在忙着晚会节目的排练、聚餐。一片欢乐的景象。

通信连是永兴岛上除了医院,第二个有女兵的单位。大家都称女兵班的宿舍为"公主楼",她们却说自己是"铿锵玫瑰"。

我们和安参谋长一道来到营房。营房大院张灯结彩。老天识趣,雨停了。炭火正红,烤肉、烤海鲜的香味扑鼻。舞台背景屏幕上,滚动着一幅幅动画作品——都是他们日常生活的艺术,逗得大家不时发出笑声。作者显然就在现场。

主持人一出场,李老师就说:"这不是那天在海洋博物馆为我们讲解的小孙吗?"小范说:"她可是岛上的大明星、名主持,身兼数职,也是大学生兵,西沙情结特别重。今年刚从西安的大学毕业,本来可以选择去别的地方,可她又回到了西沙。"

小范意犹未尽,停了片刻,又说:"女兵班可是人才荟萃的地方!曾出了一个神枪手,手持两把短枪能左右开弓,复员转业时,武汉市公安局一眼就看中了她,免试,直接进了特警队。"

小孙说着一口字正腔圆的普通话,刚一开口就博得了满堂喝彩——幽默而生动。节目有对口词、情景剧、诗朗诵……都是战士们自己的创作,军旅生活的艺术,生动活泼,时而还有自告奋勇上台表演的。

我和李老师惊叹于他们的才艺,有吹萨克斯的,拉二胡的,还有吹长笛的……

小范吹的是埙。从这个古老的陶制乐器中飞出的音乐浑厚沧桑,博得了一阵阵的掌声。小范只好一曲又一曲地吹着,最后还应大家的要求,介绍了埙的历史和吹奏方法,当场就收了两三位徒弟。

安参谋长也放歌一曲,他的男高音将晚会带到了高潮……

中秋又大又圆的月亮从云层中露了出来,照耀着一张张笑脸。

夜里又下了雨,直到早晨还在淅淅沥沥下着。担心着担心着,坏消息还是来了。

小范来电话说,今天去不成七连屿了。

早饭时,陈司令说:"我清早就查了天气预报,没大雨,今天还是去七连屿。以后几天的海况都不好。"真是柳暗花明!

幸好雨也小了,我们急急忙忙地赶到港口。可一看那船,我们就傻眼了!

船小,目测五米长都不到,宽也只两米多,这不就是阿山他们在珊瑚礁盘上钓鱼的小船吗?

加上船长,我们一共五人;虽然只是越过红草门,路程并不长,但那毕竟是大海啊!

除了船长,我们四人你看我,我看你,就是没有一个人上船。

船长是位瘦高个子的中年渔民,善解人意:"没事。也就一个钟头的海路。有时一天我要跑几个来回呢!"

我想起那年在文昌河去红树林的情景,那次加上船长也是五个人,船虽不比这船大,但那毕竟是在内河……我咬了咬牙:"上!"

首先是将李老师安排到船尾,那里刚好有张低矮的塑料椅,我试了试还算牢固,于是让她坐到那里,又叮嘱了几句。我坐到船长的身边,小范和小吉只能坐到船的甲板上,等到各就各位,船长发动了柴油机。直到船出了港,小范才将军用背包打开,取出了橙色的救生衣。

我气得真想一把将他推到海里:既然带了救生衣,为啥早不说?是要考验考验我们的胆量?

这小子净出奇招。就说昨晚吧,我问他怎么会吹起坝,他不吱声。我说你是怕比不过他们的才艺,在姑娘们面前丢脸,才来了这早有预谋的一手吧?他嘿嘿地笑着,显然很得意。我正要刺激他一下,他却说:"你不是说艺术的精髓是独创性吗?"

可也怪我忘了他俩是海军战士,早已经习惯了海上的风浪。

这小子聪明过人,但平时净装憨;个子虽不高,却长得很帅。李老师说他像奶油小生。他说他也为脸太白晒太阳,可就是怎么晒也晒不黑。太阳对他就像漂白粉,他反而越晒越白,就是印不上"西沙黑"。他比我们的小儿子还小了十多岁。李老师特别喜欢他。

不过,他倒是解了我们几次难。

小船一出港,雨大了,迎头风也大了起来。李老师紧张得紧紧抓住了船帮。

小范说:"你这样很累,看到好风景也拍不成照片。穿了救生衣还怕什么?你看我的手机都用塑料袋包好了。出了事,体验体验大海漂流也很惬意。最多十分钟,救生艇就到了。我给你说个笑话?还是做个鬼脸?"

他把眼镜推到了额头上,鼻子和嘴堆到了一起,下巴却拉得长长的……

李老师扑哧笑出了声,笑得前仰后合,直到船长警告:"船晃得太厉害了!"

七连屿在永兴岛北。出港不远，就看到一串小岛在大海上画了一道优美的弧线。从卫星照片上看，七星联珠，五彩不一；绿茵茵的礁盘上，银沙闪耀。依次数来，有赵述岛、北岛、中岛、南岛、北沙洲、中沙洲、南沙洲，即渔民所说的"七仙女"。近年的台风，又刮来了西新沙洲和东新沙洲，合并称为七连屿。

赵述岛方向，一方雨云垂落。只一会儿，雨说到就到。小范、小吉急忙取出雨伞，但刚撑开，船长就说看不清方向。他们只好任凭风吹雨打。

从高空俯瞰，七连屿如七珠联星。它位于永兴岛的北边，由赵述岛所在的西沙洲、北岛、中岛、三峙仔、南岛、北沙洲、中沙洲、南沙洲等一系列岛屿组成。（解放军某部新闻中心供稿）

云遮雾罩,大海一会儿变得很小,一会儿辽阔无际,苍苍茫茫。

一个横浪涌来,小船突然斜斜地跌进浪谷,海水直往船里涌。小吉、小范手舞足蹈,才没跌到海里。我在歪向一边时,硬是一手抓住船长,又用一手去照顾李老师。还算她有经验,紧紧地抓住了两边的船帮。

船长眼里闪电,大喝一声:

"别动!"只见他将舵轮一打,顺着横浪向前。可那浪却推着小船穿行如箭。

"鱼群!"小范喊道。

我这才看见,原来是一群大鱼,正蜂拥向前。南海水清澈,连鱼头上的红斑、黑黑的脊背、雪白的肚子都看得见,更听到它们擦着船底的惊心动魄的哧哧声……

它们一会儿将船顶起,一会儿船又落下。若不是船长老到,我们大约都在海里与鱼共舞了。

小范、小吉眼睛在船上扫视着,大概是想找个家伙,顺手教训教训这些狂妄的家伙……

一船人又急、又惊、又乐,眼睁睁地看着自己被鱼群任意摆弄,可又无可奈何。

只见船长猛一打舵,小船才挣脱了浩浩荡荡的鱼群。

"鱼群走了!"船长的语气中充满了欣喜。他擦了擦额头上的水珠——不知是雨水还是沁出的汗星。

"嗨,怎么没想到带个家伙,也抓它一两条呢!"

"喂,有没有腾云驾雾的感觉?"

"船老大,你经历过在鱼群身上开船吗?"

……

惊险刚过,大家你一言我一语就讨论起了这场奇遇。

我问船长:"你这样的小船,敢捕这样的大鱼?"

"不用网。钓它!"这突然使我想起阿山。对呀,我们还要跟他去钓马鲛!

渔村风景

经这么有惊无险一折腾,雨小了,云也走了,雨已跑到永兴岛上。赵述岛上的灯塔已矗立在眼前,鲜艳的五星红旗在飘扬。

赵述岛是七连屿第三大岛,是为纪念明朝赵述奉命出使三佛齐而命名的。港湾很小,是真正的港池——西沙人常称小岛的港口为"港池"。其实,它只是礁盘上的一个豁口,而全岛面积也只有0.2平方千米。

刚下船时,我差点摔了一跤——一脚踩到一个大贝壳上,淡淡的柠檬色,层层的鳞片。我翻开一看,洁白如玉——砗磲,有鳞砗磲!完整的,双壳都在,比足球小不了多少!在西沙这么多天,我还是第一次看到这种颜色的砗磲。

我和李老师异常高兴,小范和小吉也争相来看。

"这里砗磲多。喏,这里还有一个。"

船长顺手抛了过来,李老师忙去接,那个只有拳头大。

船长又扔来一句话:"四五年前看到这样小的都没人拾,真的要保护,再这样下去,不要几年,这样小的都没了!"

显然,这些砗磲都是被刮了肉之后扔掉的。

他的一句话,拉近了我们之间的距离。

刚走到沙滩上,螺壳堆成小山,是红头螺;再放眼看去,几乎家家门后都堆着螺山。

"这里盛产海螺。村主任家就在红旗的下面,你们自个儿去,我还要给那边送信去。"船长说完就自顾自地走了。

可是,李老师走不动了。她眼尖,看到螺壳旁的宝贝了,喜滋滋地捡起,拿在手中把玩着。我们走过去一看——

大海螺,足有十五六厘米长,七八厘米宽,淡黄色的壳上缀满了褐色的斑点和花纹,似乎藏满了玄机;壳口狭长,闪着橘红色的光亮,外唇弧形卷起,形成非常流畅的抛物线。最奇妙的是它的边缘长了七八只角……

李老师把它往地上一放:"像不像个蜘蛛?"

大家连说:"像,真像!"

我说:"还是先到村主任家吧。要不,到晚上也走不到。"其实,村主任家离码头只有几十米。就这样,李老师还是顺手捡了两只螺,一个红顶,一个矮胖大口。

赵述岛是西沙典型的渔村,住有四五十户人家,多是较为简易的房子。前几年成立了村委会,选举了新村主任。

刚跨进门,前门就有人提了一条七八斤的鱼进来。

村主任笑了:

"阿林,你怎么晓得我家来了客人?"

来人是位二十来岁的小伙子,姓谭。他笑着说:"能掐会算嘛!大叔,这是我刚钓上来的黑马鲛。看样子,马鲛汛到了。"

小吉连忙将海上的奇遇说了一番。

"嗯,看来今年提前了。把这消息发短信给回海南过中秋节的吧!"

"我这就去。你家来了客人,这鱼就给你待客了!"

小范对村主任说:"你正有事,我们先去村里看看。"村主任说:"待会回来吃鱼。"

村里的房子沿海边排成一溜,每家门前都有一两个蓝色的塑料大桶,房檐下装了水管,这是收集雨水用的。赵述岛鸟粪层厚,没有淡水。日常洗涮用水,全靠老天爷恩赐,饮用水由永兴岛西、中、南沙工委从海南运来。

房子建得简陋,但很舒适。户户门前的椰子树下都搭了凉棚。今天下雨,没有下海的人,一家围着八仙桌看着大海,吹着海风喝茶或玩牌——一派悠闲的渔村椰风海韵的生活景象。

刚到家门前,里面走出背了一袋海货的船长,主人热情地请我们喝茶。船长说还要把几家的海产带回永兴岛,就赶紧忙活去了。

进了凉棚,我们才发现还有里间。

小吉刚向那边伸头,立即惊呼:"哎呀,这么多白海参,大丰收呀!"

可不是嘛,竹床上晾满了名贵的白海参,一个个都像小茄子。白海参营养价值高,具有抗癌、防癌作用,市场上价值千元一斤。

"现在少多了。过去,两趟海,就能捕到这么多。现在积攒了半个月,才这么一点点。"主人说。

"这少说也有十斤呀!"小吉说。

主人笑得很开心。

我看过一张永兴岛的老照片:在一个篮球场大的晒场上,渔民用耙子在翻晒着海产,就像南方农民在打谷场上翻晒稻谷。那是20世纪50年代的作品,晒的什么看不清,说明文字告诉了大家,大家都惊奇异常——原来晒的是梅花参!

小范问他在哪里捕到的。主人说:"在那边的珊瑚礁盘上。要潜水好几米。"白参生活在沙质的海床上,藏身在珊瑚礁的石缝、洞穴中。只要能找到,伸手拾过来就行了,很简单,不费事,就是难找。有时明明看到了,手却伸不进去。

小吉还问他较准确的地点。主人说他也讲不明白。捕海参的渔民和山里猎人一样,保守行猎的经验是本能。不过,他倒是说了很多潜水捕海参、龙虾的有趣的故事。

窗台上放了个唐冠螺螺壳，虽然不大，但螺口的橙红色花纹釉亮。主人说，那天在海底见到了一只大的梅花参，正要去拾，却看到唐冠螺也向它爬去。想看稀奇，他就未下手。待到螺的触手抓到梅花参时，梅花参突然从肛门喷出一团肉来，唐冠螺正得意轻而易举就得到了猎物，梅花参趁机逃走。他这才将它捉住，顺手也将唐冠螺捡了回来。梅花参喷出的是自己的内脏，还能重新长出来。丢车保帅是逃难的一种策略。

船长又来搬了两趟干鱼，我们也就随他一同出来了。看到几乎每家的凉棚里间都晾着咸鱼、海鳗、螺肉。

突然，我们看到一位渔民正在雕刻，就走了进去。

他戴着副眼镜，正在一节木头上雕一欢喜佛，已基本成形，只是在修饰它的笑容。他感到我们都在聚精会神地看着，这才抬起头来："落雨，下不了海。闲着也是闲着，雕几刀也很开心。刚好，前两天从海滩上捡来了根木头，木质好，不知是从哪个国家漂来的。"

他很清瘦，还不到50岁。

小范说："你的刀法很老到，想来这兴趣也不是一天两天了。欢喜佛雕得栩栩如生，可以送去展览了。"

他说："只是兴趣，展览干吗？谁爱送给谁，他高兴，我高兴，这不就很好！"

渔民雕刻家

小吉说:"高人!"

他看到李老师手里拿了几个螺壳,顺手从板凳下拿了一只海螺:"看你也有爱好,这个送你了。"说着又埋头沉浸在他的艺术世界里。

我不愿再打扰他,忙转身走出。

李老师忙着欣赏雕刻家送的礼物:很像蜘蛛螺,只是小了些,秀气得多,螺口也是长裂形,但橙红的壳上鼓凸出了很多瘤角,使整体形成了特殊的图案。最奇特的是壳外也长出五六个长角来。

李老师在手中一摆弄:"像不像'水'字?"

大家都说:那就叫它水字螺吧!

我们又碰到了在运货的船长,我问了那位雕刻家的情况。船长说他是奇人,喜欢雕刻,琼剧唱得也很好。最奇的是下一趟海要歇好几天,别人问他,他说够吃够用就行了,要那么多钱干吗!人要活,也得让鱼活。

小范说:"他境界高。两位老师,别看这里渔民的房舍简易,他们在海南都盖了漂亮的小楼。"

翻跟头的滨珊瑚

村主任姓吴,个子不高,满脸沧桑,黝黑。看他说话,总感到他的嘴角或是鼻子处有点不自然,似是受过伤。问到今年的收成,他说他已很少下海,主要是帮助儿子。

原以为他是因为年龄大了,小范在采访中点子多,三问两问,问出了村主任只有40多岁。由此引出了他的故事。

吴村主任家是渔民世家,一直在南沙群岛闯荡。南沙的渔产丰富,金枪鱼一条就有几十斤重,特别是那种黄尾的,比西沙多得多,卖价又高。一个航次总能捕到十几吨海鲜,日子过得富足。但好景不长,他们海上作业捕鱼时,经常受到别国武装渔船、海警的干扰,不是大船来撞你,就是割断你的网绳。

有次,他连船带人都被抢走了,被关进了监牢。他们也不审问,就是不准你和外面联系,吃的是猪狗食,过的是非人的生活。最后,好不容易才死里逃生,落得一身的伤病。

村主任说:"渔民还是要到海上讨生活,西沙有你们海军保护,我才带着孩子到这边来了。我就想不明白,南沙自古就是我们国家的,我们祖祖辈辈每年都到那里打鱼,现在怎么就变成他们的了?我们还侵犯了他们的领土?是我们的海军不够强大,还是因为什么?"

两位海军战士愤然而起,我和李老师也坐不住了。

我说:"我到西沙听到的最多的一句话就是,一个民族的振兴,需要有强大的军队做后盾。是的,我们热爱和平,没有侵占别国的一寸土地。可人家侵略了我们怎么办?历史已有血的教训。"

"刘老师,我们的小学课本出了问题,我记得老师只讲中国的国土面积是960万平方千米,好的老师才说还有300万平方千米的海疆,差的老师就将它一笔抹杀了。你是位作家,我们都希望你告诉国人,特别是孩子,我国有国土面积960万平方千米,还有300万平方千米的海疆——蓝色的国土!别再误导了我们的孩子!

"说实话,我就是因为老师没讲还有300万平方千米的蓝色国土才参军的,才要求到西沙的!这就是爱国主义教育!"小吉说。

小吉的话,使我想起他写的《西沙的美丽与哀愁》,哀愁的是同辈来信,电话中居然有不少人不知西沙在何处,甚至还有人说西沙在沙漠——这是对蓝色国土的无知。接着他写道:

"这与有的国家的国民具有强烈的海洋意识形成了巨大的反差。有个岛国国土面积只有几十万平方千米,可上至元首下至黎民,无不认为他们的国土面积为几百万平方千米,其中就包括了几百万平方千米的海洋国土。这种强烈的海疆意识,使它从一个小国走向了强国。这难道对我们没有启示吗?"

我还想起他说过的一个故事:某国斥巨资,在西太平洋上的一个小礁岛——小到连地图都无法标示——修筑工事。这是为什么?一位美国人一针见血地指出:"这个只有特号床大小的岩礁,可以使该国获得比其本土还要大的国土面积,可以保卫其1000海里的生命线,成为其经巴士海峡出入南海,通往东南亚的一个永久性交通据点和战备要冲。"

小范说国土是一个民族生存的根本,蓝色国土很可能是比陆地更富有的资源,是民族振兴的根本!

吴村主任从里屋取来了一瓶酒:"有你们这样的战士,我高兴,有希望。为这,我要请你们喝一杯!"

阿林端来了一盆螺，瞅了一眼桌上的酒杯，说："不尝海螺，不算到赵述岛。大叔，我来的不算晚吧！"

"就你精，我正愁着少了一样主菜哩！"

鱼是按渔民传统的办法做的，白水炖白鱼，不加葱、蒜、姜、辣椒，只放盐。刚端到桌上，满屋飘香。

"先喝汤，再吃鱼，后吃螺。要不，难显出鱼鲜、螺香。放开量吃，让你们以后走到哪，都难忘我这最南渔村的海鲜。海鲜，海鲜，只有活的才鲜！"吴村主任说。

我想起瓜果飘香的8月，在新疆，好客的主人总是让你先吃西瓜，再吃香瓜（哈密瓜），后吃葡萄。若是乱了顺序，那就失却了自然的本意，瓜果也就串味了。

鱼汤雪白，如乳，黏稠，像法国浓汤；入口还未来得及品味，已滑溜溜地进了胃肠，在全身游荡；连呼吸都弥漫着大海的气息，鲜得眉毛都打战……

吴村主任好酒量，连干了三杯；面对李老师、小范、小吉的豪饮，我也早把不胜酒力忘到九霄云外，连干了三杯。

七八斤重的马鲛肉，从外表看显得有些粗。我在巢湖边长大，对吃鱼也颇挑剔：一般说来，只吃半斤至一斤重的鱼。鱼大了，肥腻，肉粗；鱼小了，刺多。然而，马鲛肉虽不是到嘴即化，却非常嫩滑，难怪海南人对它情有独钟，是春节年饭上必备的菜肴，也是送亲戚、好友的必备礼品。

阿林从里间炉子上端来了热气腾腾的海螺，一看，红头螺的螺盖都掉了。

小范说："这螺盖归我了。"

我说："你是要把它当围棋子？"

小范说："还是刘老师最了解我。"

认得出的还有牛鼻螺、大口螺、贻贝，还有种带有雪青色的蛤。

阿林要我们吃螺，可我没看到牙签。阿林从里屋拿来一把钓鱼钩子，只见他捉住长长的钩柄,用钩尖钩住螺头,一提,肥硕的螺肉就出来了,比起用牙签挑方便得多。

螺肉有股韧劲,越嚼越香,那香味直沁骨髓。

牛鼻螺的螺裂几乎与身等长,原以为应是从螺裂钩出螺肉,谁知也是从螺口的前端取出。

蛤和贻贝都好办,只要稍用点力,壳就掰开了。

这一顿海鲜直吃得我们大汗淋漓,脸红耳热。

阿林说:"你们先喝喝茶,等一会儿我来领你们去看一块奇石。"

这里有奇石?

赵述岛是沙岛,在沙岛想找块石头都难!阿林留下了诱人的悬念。

阿林如约而至,领我们到了海边,然后向东海岸走去。

云稀了,礁盘上绿茵茵的海水泛着青翠淡蓝,星星点点的浪花如丁香一般柔美……

银色的沙滩,陡然出现一段黑褐的礁岩,有四五十米长。只见一块巨大的礁石兀立在礁岩上,很像梵净山的千页岩——上小下大;下面为不规则的四方形,像个大桌面;上面细小,如擎天独柱。从另一面看,它又似黄山的飞来石。

真的,在西沙这么多天,走的岛屿也不算少,还从未见过这样巨大的奇石。就连石岛的老龙头,也没有这样的地质奇观。

赵述岛是一沙洲,沙洲上的岩石是从哪里来的?真有飞来石?

小吉正要开口,小范连忙阻止说:"别剥夺了两位老师发现的快乐!"

阿林只是笑着站在一旁,一副欣赏的派头,既不说这就是奇石,也不说它不是奇石。

我和李老师走到近前去看,显然这是珊瑚礁,其组织结构很明显。但从细节上看似乎与我见过的珊瑚礁都不一样,它有着自己独特的个性。

赵述岛上会翻跟头的滨珊瑚——第一次台风将它打到海边时,它是大头朝上,小头朝下。又过了若干年,台风再次将它翻了个跟头。(吉贵群 摄)

我问小吉:"这是哪种珊瑚留下的?"

这小子来劲了:"不犯忌讳?没有抢走你发现的快乐?"

李老师气得举手就要给他一巴掌,他就势缩头闪躲,装出一副害怕的样子。

小吉说:"还是请阿林说吧,我也只是听说的。"

"是滨珊瑚。"阿林又指了指礁盘的远处,"那边现在还有活的滨珊瑚。"

啊!原来它就是大名鼎鼎的滨珊瑚!

造礁珊瑚虫生活在水温高于20摄氏度,水深不过30米的海域。它的生长受到海水温度等条件的限制,具有明显的季节性:存在生长较快的和生长较慢的季节,它遗留的骨骼的密度有大有小,因而就形成了和树木相似的"年轮"。

别看滨珊瑚没有鲜艳的色彩,可它的化石忠实地将它生活的气象环境凝固了,能帮助地质学家、地球物理学家了解古气候的变化。

可这样巨大的滨珊瑚怎么来到这里的呢?

当然不是飞来的,只有可能是大地震、海啸、巨大的台风搬运来的。

我问阿林:"你们是什么时候发现的?"

"年数不长。"

来西沙前,我查阅了一些资料,没看到近百年南海有大地震的报道,于是说:"是台风刮来的?"

阿林笑得很开心,说:"你只说对了一半。"

"还有另一半呢?"

"你没看出来?"

我只好老老实实地点了点头,他说:"它原来是小头朝下。"

我非常惊奇,梵净山的蘑菇石、黄山的飞来石,据地质学家说,在远古时代那里都是海洋,地壳隆起,海水退却才留下这些奇迹。可这只是当代的事,最多也就几十年吧,怎么现在是大头朝下、小头朝上了呢?是谁有这样巨大的能量,像变魔术一样让几吨重的它翻了个跟头,还能稳稳地立在这里?

"难道又是台风使它玩了个倒立?"

阿林带头鼓起掌来。说:"那次台风特大,特凶。大家都躲在屋里避台风,水都快涌到房子了。等到台风过后,这块滨珊瑚就变成这样了。奇吧?台风威力太吓人了!"

回程时,我很想去北岛看看。北岛距离很近,只有两三千米。它是七连屿中最大的岛,面积约0.4平方千米。但它很特殊,一是岛上羊角树茂密,是海鸟的乐园;二是冬季强劲的季风,使迎风的礁盘含氧量高,珊瑚礁发育得很好,海产也特别丰富。尤其是岛的西北、西南、南岸都有海龟进入岛上的通道,是西沙海龟的重要栖息地。岛上现有三四户渔民常年居住。

到了近处,已看到绿茵茵的羊角树、起落的海鸟、渔民的房舍,可船长说:"退潮了,你看,水道已失了一节,船进不去;勉强进去了,也出不来。"

只能留下"可望而不可即"的遗憾了。

大 海 拾 贝

古人说:"我注六经,六经注我。"要认识大海,应让大海先认识你。

从金银岛到珊瑚岛,只有二三十分钟的海程。珊瑚岛在永乐环礁的西南边,天气好的时候,还能遥遥相望。

珊瑚岛是西沙珊瑚自然保护区的中心区域,是我最为向往、充满期待的地方。

清晨,海上弥漫着轻雾,尤显神秘。

炮艇出港不久,我就发现左前方11点钟方向有船只,但没观察到船上应飘扬的旗帜。舰艇向那边驶去。作为海防战舰,舰上顿时有了紧张的气氛。战士们都已各就各位,但并没有要我们进舱。

是某国又来骚扰或掠夺海产的船只?

一艘大木船似是停在淡蓝色的海面上——看来,那里是浅水礁盘区,浮着五六艘小艇。

那大船、小艇倒是很自在。

每艘小艇上只有一人。他们都戴了顶大篾帽,我们看不清他们的面孔。他们倒是繁忙得很,不断从海中捞起一个个长长的白色圆筒,只摇了摇,就丢到小艇上。

我们舰艇上的高音喇叭响了,向他们喊话。

大木船上有人钻出了船舱,他光着脊梁,穿着短裤,将一面旗子挂到了桅杆上——

啊,是广东雷州的渔船。大家都松了口气。舰艇也转头向珊瑚岛驶去。

我想找人问他们在捕什么,就转身拍了拍刚从我身边走过的水手长的后背。待到他转身,我乐得顺手擂了他一拳:"嘿!你这家伙是从哪里冒出来的?"

"哈哈!这就是见面礼?我早就看到你们上船了,正想营造戏剧性的场面,没想到却挨了一拳!是昨晚才来换班的。可值班时哪敢乱说乱动?"

"你这个东方明,已调到西沙的,可那天在船上,半点口风都未露,干吗?"

"我怕西沙不收我。还想制造一个惊喜。"

我问他,小艇上的渔民在捕什么。

"海鳗,收海鳗。"

"没见到网呀?"

"你见过张黄鳝的笼子吗?在农村生活过?"

我忽有所悟。我儿时掏过黄鳝、钓过黄鳝,也张过黄鳝。张黄鳝的笼子是篾编的,头粗尾细,口用篾做了倒刺,尾部用草塞住,只要鳝鱼进去就出不来了。傍晚,将蚯蚓放进笼里,到水塘边、河边去放,第二天清早去收。有时一个笼子里能张到两三条。

"看那筒子,又粗又长。"我说。

"海鳗大。我有一次钓到一条一米多长的,有碗口粗,四五千克重呢!海鳗很有趣,生活在大海,要回到淡水江河中去产卵……"

是的,那还是20世纪50年代。我在杭州大学读书的时候双抢割稻时节在萧山劳动。有一天晚上,我在山沟里还抓到一条大鳗鱼。

"你们那里长江入海口,就是捕海鳗苗的好地方。每年秋季都有人去捞鳗苗。它的经济价值高,福建、广东都有人工饲养的。像这样野生的海鳗,没有

100多元买不了500克。"

我突然想起六七年前在可可西里考察时,就曾听说雪域高原的盐湖生态遭到了破坏——有人去捞卤虫。盐湖并不是死湖,那里生长着嗜盐生物,才成了鸥鸟、野鸭、天鹅繁殖的天堂。水中还有种卤虫,是水鸟最爱吃的高蛋白食物。卤虫是饲养海鳗苗的最佳饵料。1000千克值一二十万元。

"生物世界真是奇妙,生长在陆地的要往海里发展,可又还忘不了故乡,仍然不远千里回去生儿育女。是种记忆呢,还是怀念?记忆和怀念也应该属于情感吧?人,如果没有了情感,那会成为什么呢?他们和人同属生命体,推而广之,每个生命是不是都应具有情感,无论是微生物还是植物?病毒不都在变异吗?"

他说得很专业,我有些吃惊了:"你是学……"

"学生物的,没毕业,大二就参军了。"

"怎么放下学业,参军了?"

"你呢?五上青藏高原,两进帕米尔高原——不好意思,那天的接触,让我对你产生了兴趣,昨天晚上登录了你的大自然文学工作室网站。你在山野里走了30多年,出版了那么多的书,这么大的年纪,还和李老师到大海上来颠簸?"

"呼唤生态道德。首先是对生物世界的认识。20多年前,西沙的海军就建立了我国第一座南海海洋博物馆,可以说开始了对大众的启蒙——对海洋生物世界的认识,世界上还能找到多少具有这种素质的军队?它吸引了我。这在人们对自然的认识有了提高的今天,依然具有很重要的意义。我想看看这里的战士是怎样把保卫祖国海疆和保卫海洋生态融合在一起的。当然,我首先是要认识海洋生物世界……"

他一拍我的肩膀——这家伙,下手这么重——高兴地说:"一样,咱俩的目的一样,都是来了解海洋生物世界的。我是由一本书引起的——《海权对历史的影响》。这本书是19世纪末，美国海军学院院长马汉写的。他的主要观点是争夺海上主导权对于主宰国家，乃至称霸世界是非常重要的。这种观点得到时任美国总统西奥多·罗斯福的赏识，也被霸权主义者奉若《圣经》，他们一直就是这样做的。但它启发了我，我国有300多万平方千米的海疆，放得下欧洲几个小国家。可我们有几所海洋大学？有多少学校设立了海洋生物系？太少了！都说21世纪是海洋世纪，在当前生态危机、粮食危机、能源危机等大形势下，海洋呢？大牧场，新的药物的基因库，深海更有很多尚未被发现的新的生物……生物学家达尔文不也是乘船考察，才写出了《进化论》吗？刚巧，部队接收大学生……"

前甲板上有人呼叫"水手长"，东方明快步走去。

铃声响了。舰艇已快进入码头。

珊瑚岛不大，只有900多米长，450多米宽，面积0.3平方千米，却是永乐群

航拍珊瑚岛。永乐群岛中最高的岛屿，最高处9.1米。位于甘泉岛之北。岛上各处均有清代瓷器的发现。岛上建有气象站，鸟粪层磷肥贮藏丰富。(解放军某部新闻中心供稿)

岛中最高的岛屿——9.1米。

礁盘很大,岛只占了西南一角,从卫星图片看,很像个大大的足球场。据说鸟粪层很厚,但今天已很难看到鸟了,只是偶尔能见到一两只白鹭和秧鸡,很可能是迁徙途中遇到特殊情况而留下来的。

奇妙的是,在岛中央部位的林子旁有口水井。我打起一桶,水清,不像别的"岛水"又黄又黏的。我闻了闻,没有异味,也就喝了两口。

我想,这可能是井旁的树林净化了地下水的缘故。这也是岛上战士珍爱树木的原因。

岛上森林覆盖率很高,只有营房区有一些空地。

小安领着我们环绕小岛。他是个淮北大汉,满脸憨厚,已在岛上服役10多年了。

他先领我们去了东边。密密的树林后就是大海,海边有艘沉船的骨架。他说那是1974年1月19日,西沙自卫反击战中击沉的西贡当局的炮艇,现留在这里时时激励军人的战斗意识。

不远处林中有一座小庙,里面供奉着一座女神。

渔民们每年都来朝拜——故事说有两兄弟在海上遇到了大风,大浪翻江倒海,渔船倾覆了。两兄弟正在水中苦苦挣扎,眼看就要没命时,突然感到身子轻了。原来他们是被大海龟驮起,来到了小岛。

那两兄弟是琼海潭门镇的。他们后来从海南运来了砖石,请来了工匠,建起了小庙。直到现在,他们的后人每年还来修庙。关于海龟与守岛战士的情谊,中建岛那边有更为动人的故事。

现在是潮起的时候,浪不大,阳光却很灼人。

在银色的沙滩上没走几步,李老师就拾到了两三个贝壳。有种长长的螺,10多厘米长,前端粗壮,后端细,外表呈塔状。螺层多,一圈一圈的,肉红色,点缀着黑色的、淡青色的花纹,光亮泛彩,很像三四月的竹笋。

小安说:"它就叫竹笋螺。"

我拾到一种灰头土脸的大螺,形状很像我们家的田螺,只是比较大,比我的拳头还要大一半。

小安说:"这好像是蛙口螺。"

我们到西沙的第一天,就到海边去拾贝。"大海拾贝"听起来就很浪漫、诱人——它带来了大海深处的信息。不管是什么贝壳,我们看到完整的就拾,尽管有的已被风浪、沙子打磨得失去了光彩,但有淘宝的感觉,很美好。可现在,连李老师也开始挑挑拣拣了。

海边有一个大螺,红褐色的,黑斑点,很漂亮。我伸长了手去拾……

"当心!"

一个浪涌来,我的鞋子全湿了。回头一看,竟是东方水手长来了。

大家也都吓了一跳。

"安全第一啊!别看它们小,螺呀,贝呀,这些生命都有进攻和自卫的武器。巴西海滩就生活着一种叫鸡心螺的,和芋螺是一家子。它们长着红色的花纹,图案很美,可长了根毒针。当它感觉受到威胁时,就刺你一下,能疼得你直跳,火烧火燎的。若不及时治疗,那就有性命之忧。这样的事,在旅游区每年都会发生。西沙也有芋螺。"

他说得我们一愣一愣的,我还真是被它们美丽的花纹、多姿的形态所诱惑了。

"难道也像采蘑菇,碰到艳丽的得特别当心是不是毒菇?"

"先看看是死的还是活的。这很容易辨别。只拿外壳,掂量掂量,再摇摇。分量轻的,一般说来,是空壳,没问题。再就是拿回去放到水里泡泡,观察一两天。"

李老师连忙将拾到的笋螺、蛙口螺都如法试了试。还好,都是死的。但笋螺之后还是给我们找了不少麻烦。我们先是发现它很臭,结果倒出黑黑的黏稠物,再放水泡。想扔了吧,它又确实漂亮。直到我们回到家中,泡了两三个月后才稍好一些。

听了鸡心螺的故事,我想起了很多在山野间采蘑菇的故事。

我正走着,突然被绊了一下,差点跌了一跤;再看,原来有半块贝壳戳在沙滩上。我使劲一拽:"砗磲!"不算大,也不算小,总有20多厘米长。虽只有一片壳,但内面雪白,油亮亮的。厚实的外壳很完整,是这么多天里我们发现的最好的一个。

水手长将它拿了过去,对着太阳看了看:"说它是有机宝石,不算过分。看这绞合处,又厚又亮,像不像玉?"

李老师也如法炮制,喜得眉梢都跳了起来。每到一处,她最喜欢拾拾拣拣的,在黄河源,从扎陵湖中捡了几块石头;在准噶尔盆地,她捡了两块玛瑙、一块硅化木……最奇的是在喜马拉雅山,她捡了块青石板,巴掌大。刚巧碰到一位在河滩上寻宝的老人,他说是块化石。谁都不信。老人用锤子从侧面一敲,青石分成了两半,像是对开的书页——里面躺着的竟是一个完整的海洋动物,连它的触手都清晰可见。这块青石至今还收藏在我的书橱中。

闲暇时,我们常常将从各地拾来的宝贝拿出来,一件件地看,共同回忆着当年的发现、经历……享受着探险生活的快乐,享受着生命的精彩。

我们的这一发现带来了一连串的收获,好像是大海付给我们的酬劳。不是在近海,就是在海滩上,躺着一片片砗磲壳,大小都和最先的那块差不多。有的外壳上还寄生有小螺,更有那天在金银岛上发现的珊瑚留下的红斑点……

"回家后,我要办个展览,让人们认识南海,让孩子们倾听大海的声音,激发他们探索大海的热情。"李老师激动地说。

她在中学教书30多年,总是忘不了她那些可爱的学生。每年过节,家里也是挤满了她和我曾经教过的学生。我也教过10年书。

小安说:"是你感动了海龙王吧?今天奇了,我在岛上十几年,海浪打来这么多砗磲也不多见。好机会,赶快拣。"

我有点惊奇地看着他,一路没听到小安说几句话,他多是用肢体语言和表情传达他的意思。

看到我紧紧盯着他,他说:

"西沙群岛都是立在珊瑚礁盘上的。"他指着高高的沙堤,"你们看到的琛航岛、金银岛,还有永兴岛,它们四周都是被沙堤围起来的——四周高,中间低洼,还有小潟湖。不过这些小潟湖现在多被填平了。只要一场台风刮来,岛就变形,不是少了一块,就是多了一块。"

他转回身来指着我们刚走过的地方:"去年,这里就被刮走一大块。原来是伸出去的,现在没了。看到那上面的沙堤了吧,前年还在海里呢!"

大海也变幻无常。

"今天看到的沙洲,说不定明天就没了。今天看到的一个沙洲在东边,说不定明天就跑到了南边,成了两个沙洲!"小安补充道。

儿时读故事,说是某人在海上遇难,漂到一个荒岛上。岛上遍地是黑珍珠、红宝石、蓝珍珠,一个个都有鸽蛋大,夜里闪闪发光。他将地理位置记得很清楚。后来他被救了,于是选了一艘大船,要去把那些宝贝载回来。他在海上寻了几个月,明明早已到了那座荒岛的位置,可就是找不到它的影子。

是大海的神秘、富有和离奇……才引得历朝历代的人来此寻宝、求仙的吧!

真得感谢小安!两个月后,我们再次来到了珊瑚岛。旧地重游时,阳光还是那么炽烈,海况还是那样好,可我们一片砗磲也没有见到。只是最后在沙堤旁发现了一块,但外壳已晒得漆黑,还豁了一个大口。

临分手时,水手长拍了拍小安的肩膀,对着我们丢下一句话:"今天海况难得地好啊!"这句没头没脑的话,让我揣摩了半天,直到有人来通知吃饭。

谁在海底狩猎

下午3点,水手长来了:"下午有安排?"

看他"西沙黑"中掩不住的神秘兮兮,我没有答话。但我转而一想,肯定有故事,不如以攻为守:"你不是已经安排好了吗?"

李老师也很知趣:"是呀!正等你来领我们去呢!"

"是谁告密的?我策划得很周密啊!还是班主任最厉害!不过,方案中没李老师。"

"小心眼,就因为我揭穿了你的把戏?"

"冤枉人了。那里'女生不宜'。我们保证把完完整整的刘老师交回你手里!"

"我们的儿子比你还大。珠穆朗玛峰我爬过,在明永冰川上发生了冰崩都没吓倒我,怒江大峡谷闯过三趟,在帕米尔高原骑马上山……你说,还有什么地方我去不了?我教书30多年,就当了班主任30多年,你那点小算盘还瞒得了我?"

一见李老师真的急了,他连忙说:"带把伞,你当观众好了,绝不能下海。下海就添乱了。"

李老师也不搭理他,提了几瓶水就走。水手长赶快找了一把伞。

我们走在灌木丛中,就像进了蒸笼,阳光炽烈,一会儿衣服就都湿透了。西沙的作息时间表是下午4点才上班。我们心里揣了一个闷葫芦,不知他导演的是哪出戏?

小安已等在海边。地点选得很好:两棵高高的椰子树,遮起了一片阴凉,但树都断了头,是台风吹的。

"快换装备吧!"小安已从树丛中提出了一只桶。

一看桶里,我就乐了:这不是阿山下海的行头吗?

我血脉贲张,只是愣怔地站在那里。

"没事。这次行动完全是合理合法的,是经过领导批准的。我沾了大作家的光。"

"是的,正式报告过。要不,领导也不会派我来。"还是小安厚道。

这时,我已脱了短袖衫,正往头上套潜水衣。我的身坯大,又激动得手都发抖,衣服穿得艰难。李老师连忙帮我整理。她心理已得到了平衡,不再说三道四的了。

小安指了指树丛中的几个椰子,对李老师说:"你就跟着树荫转吧。椰子已切好,都插了吸管,渴了就喝。"

戴上潜水镜,我就往海里跑。

"喂喂,把裤兜里的手机和杂七杂八的东西都留下。乐疯了!"李老师连喊带叹气。

我只有傻笑的份儿。

"李老师,现在正退潮,等会你肯定忍不住想下去看看。但一定不要超过30米;脚踏上去感到有颤动,就千万别走了!礁盘有硬有软,软礁盘下面常有空洞,掉下去很危险。"小安又转头对我和水手长说,"下海一切都得听我的。要不,现在就回头。"

"当然,当然!你是这里的土地老爷嘛!"水手长嬉皮笑脸的。看来,他也是头一次。

说真的,直到这时我才发现正值退潮,一片礁盘已露了出来。礁盘上不好走,总是磕磕绊绊的,需要找落脚点。好在南海的水很纯净、透明度高;好在我们穿的都是胶底鞋。突然一个黑黑黄黄的斑斑点点的贝壳映入我的眼帘。从花纹看,显然是虎斑贝。这可是小型贝壳中的上品。我弯腰就要拾。

"是活的。"小安说。

我缩回了手,脸上有些红。

"路上看到什么宝贝也别捡,只能看。虎斑贝有死的。再说,捡了也没地方放。今天不是来赶海的。时间不充裕,别捡了芝麻丢了西瓜。"小安说得很严肃,带着军人的口气。

"今天的目的是……"好像直到这时,我才想起问。

水手长就没小安那么厚道了:

"你到珊瑚岛,想看的是什么?"

"海底热带雨林,蓝色戈壁中的绿洲呀!"

"完全正确!安老兄,应该给刘老师加十分!"

气氛轻松起来。但我还是很感谢小安,否则,以我爱冲动、常常胆大妄为的脾气,不知还要出怎样的事故。

我看到一个大蛤,雪青色的壳上,缀着一条条黑纹,漂亮极了;又有一个小贝壳,像元宝似的。小安说,那就是鼎鼎大名的鲍鱼。听他这一说,我还是忍不住拾起看了又看,才放回去。

一块礁盘缝里,露出了一个黑脑袋,滴溜着眼睛。水手长正想伸手,又缩了回来,讪讪地说:"是海鳗。"

我很纳闷,怎么这些珊瑚都是黑褐色,毫无生气的样子?

小安说:"那上面的珊瑚虫都死了,只剩下骨骼。"

水手长说:"珊瑚是濒危物种。近些年来,全世界的珊瑚已有70%正在遭受人类的破坏。"

水渐渐深了。我指给小安看,有一根珊瑚枝头亮晶晶的。他说,能看到更好的。

青色的、红色的、橙色的鱼，不断地在腿边蹭来蹭去，大的小的都有。还有一些奇形怪状的，分不清是鱼还是什么动物，也都来凑热闹。

小安对水手长下命令道："你负责保护刘老师，紧跟着我往这边走。注意，前面有个陡坡。"

长着长棘的黑色海胆，在海里组成了美丽的图案。

我立即紧张起来。突然，我感到裤子被什么擦了一下，水手长已将我拉向一边。

是一团黑黑的、圆圆的家伙，背上戳着一根根长刺——总有七八厘米长。

"海胆？"我问。

"是海胆。刺上有毒，别被戳着。你看到它身子的形状了吧！"

我想起来了，在烟台时餐桌上有过这道菜。揭开盖子，像是卧了个鸡蛋。原来，它还长有这样的长刺。

再看,有七八只围在一起的,也有三两只相互守着的,总有四五十只一大片的。透过绿茵茵的海水,构成了很美的图案。

我还没看够,就听小安喊了声:"到了!只能站在这边上看!"

我简直被眼前的景象惊得透不过气来。

四五米的下方,很像是平原上突然凹下的一片平地,不,更像山里的盆地——长满异草、小树,盛满了五颜六色、绚丽多姿怒放的鲜花。

——好美的珊瑚森林世界,美轮美奂的海底花园!

绵绵不绝的海草、珊瑚、海藻、不知名的植物,在海底铺展成无垠的草原、森林。

蝴蝶鱼、神仙鱼……红的身上绣满了黑色的花纹,绿的身上缀着金黄的斑点,红红的头配着白白的身子、紫色的尾巴……

热带鱼在各色珊瑚的琼枝玉叶中游动着。珊瑚个个都枝头饱满圆润,闪

珊瑚中的热带鱼(西沙海洋博物馆供稿)

耀着生命的光华,顶端映出的色彩无论是白色还是绿色的,都闪烁着莹莹的晶亮。

"那是红鸡冠珊瑚。右边的是太阳花珊瑚。"水手长一边指着一边说。

"靠左边,9点钟方向的,是鹿角珊瑚?"我问。

"好认,像鹿角,那像茸毛样的应该是珊瑚虫分泌出的。"

两条蓝色的大鱼——翠得像宝石,急匆匆地追来,前面的红白相间的小鱼惊慌逃窜,在珊瑚中左拐右转地兜圈子——它在利用灵巧的身子呢! 蓝色大鱼只是穷追不舍。

红白相间的小鱼正绕过珊瑚逃逸时,却一头撞上了早有打算的大鱼,眼看就要成为大鱼的美食,它却一滑溜钻进了珊瑚礁洞中。蓝鱼若不是向上一蹿,肯定要撞个头破血流……

小安招呼我们向他身边靠。待我走到他身边,他指了指潜水镜。

我学着阿山那样,俯下上身,透过潜水镜,果然看真切了许多。

"喂!那个……"

我刚一张口,又咸又苦的海水涌进嘴里、鼻里,呛得我又是鼻涕又是泪,逗得他们哈哈大笑。

"忘了在水里不能说话?"水手长不地道地说。

小安说:"怪我没说清,第一次用不习惯,是吧?没事,一会儿就适应了。这是渔民在浅水用的轻便装备,憋不住时,可通过这个嘴子吸气。"

"你是看到了一只伸出的大钳,在那个长得像大白菜的珊瑚边上?"水手长问道。

我说:"对,想问的就是它。是龙虾吗?"

水手长说:"不是,还应该再往深水里一点,才能看到龙虾。这好像是琵琶虾。它藏在珊瑚洞中,看不清。等一会儿它会出来的。"

"它就是琵琶虾?海洋博物馆有标本。"我又将上身俯到海里。

它悄悄地爬出来了。嘿,是一只横行的大螃蟹,正借助海草、珊瑚的掩护,悄悄地探视、前进。是在猎食?它走走停停,眼睛骨碌碌地上下左右转动着——谁让它惦记上了?

右前方的一丛海草飘飘拂拂,根部偶尔露出一个动物,但我看不到它的头,也看不到它的尾,只有发亮的身子——肉乎乎,肥肥的,嫩嫩的,似乎还有些透明……

难道是它?

大概是的,大螃蟹正慢慢向它爬去。由于它是横行的,那移动的方向和它骨碌碌的眼睛配合得非常自如,显得滑稽可笑,也给我的判断增加了难度——因为它鼓凸的眼睛是转动的,很少静止,所以我难以看清它的目标是谁。

那肉乎乎的身子似乎动了一下,但仍然是神龙般不见首尾。

难道它也在狩猎?螃蟹也是它的美味?

要不然它就是个大傻瓜,连敌人靠近也没察觉,还是那副懒洋洋、毫不在乎的模样。

大螃蟹借助珊瑚的掩蔽,终于到达了那团肉的身边。大螃蟹在调整身子的同时,猛然伸出了两把大钳,左右包抄,发起了突然攻击……

眨眼之间,那个又白又嫩的动物不见了,隐隐约约的有水纹连连漾起。

是被吃了?

不,就在它突然消失时,大螃蟹惊得落荒而逃……

瞬间,在那个动物消失的海草根下,闪电般地跳起了一只海螺——难怪那肉看起来又白又嫩,原来是软体动物——闪着橙红的斑点。

怎么,它会跳?海螺会跳?

石头会自己蹦起吗?

我不相信,也难以相信!

但这次我看得清清楚楚——它直起身子,螺口接地,螺盖一弹,它就跳了起来,又高又远,紧追大螃蟹。

大螃蟹只顾爬,圆眼睛骨碌碌的,又看海螺又选逃跑路线,真是惊慌失措。

大螃蟹怕海螺?

就在大螃蟹抱头鼠窜中,海螺只几个弹跳就追上去了;再一个弹跳,就落到螃蟹背上……

大螃蟹是受到了重重的一击,还是万分恐怖?只见它浑身一颤,但还是钻进了一个洞口,显然是想利用珊瑚将海螺从它身上刮下。

就在洞顶快要碰到直立的螺壳时,螺壳自动放了下来,但头和触手还紧紧地粘在蟹壳上。大螃蟹忘了海螺是软体动物。

大螃蟹跑不动了。

橙红色的海螺趴在大螃蟹身上,看它肌肉的动态、姿势,应该正在享用美餐呢。

我急忙将头抬起,告诉他们我的发现。

水手长说:"怎么可能?你眼花了吧?水会折射,很容易产生错觉。书上说过海螺只会用触手慢慢爬行。再说它的身体构造也不适宜跳跃。让一个背着又重又高的房子的人——就算是戴帽子吧——去跳高,可能吗?绝对不可能!"

"我明明看到了,真真切切。"

"幻影。你太想看海底世界了,作家又富于想象……"

我气得一巴掌打了过去。他一闪身,巴掌是躲过了,但要不是小安及时抓住他,他肯定要摔倒在水里。

"打也不行,老师不能对学生施暴。海螺能跳,鱼还会飞……"

"是呀!你没看到过飞鱼?生命的进化本身就是匪夷所思的,都让你想到了,或理解了,那还要探索、研究?"

水手长说:"我们再去看看吧!"

可我领着他们到了那边,却怎么也找不到橙红色的海螺和大螃蟹了,连蟹壳也没找到。

这下,水手长更是理直气壮,不相信了。

我问小安:"信不信?"

小安说:"我没看到过。我当了这么多年的巡护员,隔三岔五就要来看看,也没看到过海螺跳。"

这场争论没有结果。直到几个月后,我找到了海博士王三奇,才将谜团解开。

珊瑚世界

"巡护员？你是什么巡护员？你们部队还有巡护员？"我疑惑不解地问小安。

"是珊瑚自然保护区的巡护员呀！"

"怎么……"

我原想问，你不是当兵的吗？

"近些年，这里的珊瑚也开始死亡。我们刚下去的那片海，原来都有活珊瑚。但不断有渔民来采珊瑚，用铁棍撬，用大锤打，带到海南卖。新战士出于好奇，也来采……据来考察的老师们说，再不保护，这边的生态将会遭到严重的破坏。珊瑚是海洋中重要的生态系统，它一遭到破坏，鱼呀、虾呀，就全都失去了生存的地方。我自告奋勇要当珊瑚保护区的巡护员，领导很高兴，批准了。"小安说。

很多事都明白了。

"你看到了白千手佛珊瑚、菊珊瑚、圆管星珊瑚了吧？就在那边。"

在我眼里，那不是玉树，就是金花、银花。那些珊瑚的形状，是文字无法描述得清楚的；它们的色彩，大概连最好的苏绣、湘绣的技师也是无法一一指明的。绣花技师对色彩的分析，比画家要理智得多，一种红色能分成大红、淡红、桃红、绯红、石榴红……多达几十种。

我看着看着，终于有了印象。尽管珊瑚形状多样，大约也就是块状、分枝

美丽的西沙群岛

紫珊瑚

状、球状、叶片状、结状的……我看到了一处白色的珊瑚,有的像长花瓶,有的像方口花瓶,还有的像长脚酒杯。

我大声宣布了这一发现,还问这种珊瑚叫什么名字。

水手长说:"刘老师,我也有过同样的想法,总想记住它们的名字。可后来才发现,还是先看重要。南海珊瑚有50多个属,300多种,怎么能在短时间内记得清呢?我有个笨办法,先记最吸引我的,回去后再慢慢查书。"

他说得对,我的思路似乎也理顺了。别误了看!

再看珊瑚时,我有了新的认识。你看,枝状珊瑚分叉多,每个枝杈上都有一些小的生物栖居在上面。块状珊瑚总是有很多孔隙,为一些喜欢遮遮躲躲的生物提供避难所。刚才那条红白相间的小鱼就是躲到了那里……这使我想到热带雨林中的树干上,总是攀附着过山龙、龟背竹那些藤本植物,寄生、附生着鸟巢蕨、兰花等植物。

这条鱼很漂亮,高高隆起的头是绿色的,嘴是黑的,正在珊瑚上啃来啃去,牙齿似乎很锐利。难道是在……

我指给水手长看。他抬起上身,我也跟着出了水。

"鹦鹉鱼!在海南要卖到100多元一斤。这家伙喜欢吃珊瑚虫。"

我又俯下上身。在潜水镜中,它还真像是鹦鹉头呢!

我感到有人在拉我。是小安,他指了指右边4点钟方向。

那片草丛里面好像躲了什么,我看不真切,就转了一个方向——

啊!是一条鱼呀!整个面孔基调是红色的,头尖尖的,红脸长长的,额头渐变为淡红,眼睛长在额下的两边;下巴很长,尖尖的;一张阔嘴在偏上的中央部位,还翘着厚厚的下嘴唇——天哪,若是隐去那扇红艳的宽大的鱼鳍,这不是人面是什么?

"小丑鱼!"

隐藏在珊瑚中的小丑鱼

我和小安两人几乎同时出水,同声喊起,慌得水手长连忙走到我们这里。

我指给他看小丑鱼,这家伙还在那里,似乎还在舞台上表演呢。它置身的海草——不,不是海草,是肉红色的东西——我看到它是管状的,管口很清晰。它们随着海流漂动着,既像舞台的帷幕,又似哗哗舞动着的手掌。

"那是海葵,是小丑鱼的保护伞。"小安说。

灵长类的猴子、猩猩的面孔,最像人面了。那是亲缘关系的遗留。

难道海洋中很像人面的小丑鱼,和人类也有亲缘关系的遗留?

难道童话中的美人鱼说的就是它?不对吧?童话毕竟是人们的想象、创造。

我们在哥本哈根的海边见过美人鱼的雕像——长着鱼尾巴的美女,是根据安徒生作品而创作的,与小丑鱼有着天壤之别。当然,在文学作品中,"丑"也是一种美。

海洋生物中只有一种被俗称为美人鱼的,那就是儒艮,又叫海牛。广西有其栖息地。那年我们特意去拜访时,没见到海湾中的儒艮,只见到陈列室中它的玉照,其面孔虽然有鼻子,有眼,有嘴,但与人面丝毫没有相同之处。我一再追问保护区的人,才说它在给幼兽喂奶时,很有韵味。它是哺乳动物。

多年的大自然探险生活,使我领悟到只有生物的多样性,才能构成繁荣的生物世界。我感叹来到海洋世界太晚了。

水手长在我脸上瞄了几次,才说:"科学家对珊瑚礁的生态系统有极高的评价,它是由石珊瑚群体形成的、支持的特殊生态系统。有较复杂的生物多样性和初级生产力,为众多的生物提供了生活的场所。它和热带雨林一样,已达到了生态系统的上限。在这工业化进程加快、城市化发展趋急,造成资源短缺、环境恶化的今天,我们应该把视野转向海洋,不说石油等矿产资源,就是生物资源,也有着巨大的潜力……

"首先是要保护。再不保护,珊瑚完了,生活在珊瑚礁中的4000多种鱼也就失去了家园。它们占地球鱼类的四分之一。来考察的老师留下的资料说,以南海为例，鱼类的品种占了全国的67%，虾蟹类占了80%，软体动物占了75%，棘皮动物占了76%。"

我有一种奇怪的感觉，小安今天下午好像不是当兵的——他很少做这样的长篇大论。

小安被我看得有些不好意思，抬头望了望西去的太阳，说："再到那边看看吧！"礁盘外缘的浪花已很显眼了，海水绿茵如翠，小浪拍打在身上，也别有韵味。

我回头一看，好家伙，海滩已露出一大片。我怎么一点也没退潮的感觉呢？

我们已向海中走了一大截。李老师头上什么也没戴，她在露出的珊瑚礁中向我招手。我连忙举手示意，伸出大拇指——棒极了！

水手长指着枝状珊瑚，让我仔细看看："这上面有一个筒状的孔。珊瑚虫只有小米粒大。这个筒状的孔，是它的外骨骼。也就是说，它分泌出碳酸钙把

生长在同一海域的造礁珊瑚和软珊瑚(非造礁珊瑚)

自己包围起来。新生的珊瑚成长了,原来的珊瑚虫死了,但把骨骼留下了。无数的珊瑚虫不断新陈代谢,生命轮回,愈积愈多。再加上贝壳的碎屑、泥沙,年复一年,就形成了珊瑚礁。据说珊瑚礁的生长并不快,二三十年才长两三厘米。"

是的,珊瑚虫属于腔肠动物。别看它小,四周却长满了触手,从捕获的浮游生物为食;触手上长有特化带刺的细胞,用它麻痹捕到的小生物,和水母捕食的手段很相似。

一幅奇异的景象把我吸引了——

海底盛开着几朵大花,深绿的、紫的、褐黄的;花冠犹如塑料泡泡,饱满;花盘直径达到了五六十厘米,色泽很鲜艳,随着海流漂荡,如有微风拂动。

大海有这样瑰丽的花朵?它也是珊瑚?

"好像是海葵,我也说不准……如果是珊瑚,那也是软珊瑚,不能造礁,又叫非造礁珊瑚。"水手长说。

"对,没看到它的骨骼,都像是气泡,真是太漂亮了!"我感叹道。

"海葵和珊瑚也是近亲。色彩甚至更绚丽。它有另一种美,就像眼前的,动感,温柔,富有灵性。它也是个大家族,以后还能看得到。安老兄在等我们呢!"

小安愣愣地站在那里,眼睛瞪得大大的。

他有了重大发现?

长棘海星

我们赶到他的身边,他还是一句话也没有,只是用手指着——

奇怪!这里的珊瑚怎么布满了一块块白斑,发灰,没有一丝光泽,病歪歪,毫无生气,就像贴在珊瑚丛中的牛皮癣。成片的白珊瑚——大块的有一两百平方米,小块的也有几十平方米——与那些生气勃勃的珊瑚相比,反差极大。

"这么快!才多长时间没来?"

听了小安的喃喃自语,我一头雾水。

"白化,死珊瑚,珊瑚虫都死了。"小安说。

"是海水受到污染,还是被吃掉的?"我问。

珊瑚虫筒状的外骨骼,就是它为自己构建的堡垒。谁又能轻易地将成片的珊瑚虫吃掉?似乎只能是污染造成的,但污染不会是这样间隔着。我的脑海中浮起鹦鹉鱼在珊瑚礁上啃食珊瑚的画面……

水手长说:"鹦鹉鱼没这样的本领。还是看看再说吧!"

小安紧锁眉头,只顾在前面走着。

气氛有些沉闷、紧张。

小安站住了,盯着海底——

嗨,红红的海星,背上长满了长刺,那刺有五六厘米长。各色珊瑚丛在绿茵茵的海水的映照下,犹如红花盛开的草甸,很容易令人想起云贵高原——开满红杜鹃的高山草甸!简直是一幅浓墨重彩的油画。它们在聚会?怎么这

美丽的西沙群岛

正在掠食珊瑚的长棘海星(西沙海洋博物馆供稿)

么多?

"太美了!"我说。

小安睨了我一眼,那目光刺得我心里一惊。再看水手长,早已收起顽皮相,一脸的严肃。怎么?我说错了话,还是打扰了他们的好兴致?

我找到了近处的海星,潜到了海里,竭力想观察得仔细。

这种红色的海星身坯大,直径肯定有20多厘米,比不久前我看到的黑海胆大得多。它们用腕足趴着,腕足多到十几个,长了刺,乍看,它们简直像是趴在地上的大刺猬。

多年的考察经验,使我选定了观察对象。它正往一块活珊瑚爬去。珊瑚是块状的,褐绿色,泛着荧荧的生命光彩。等到爬了上去,红色海星才慢慢将整个身子摊开,还稍稍调整了一下姿势——更舒服一些吧。

等到一切妥当,它就不再走动了。是在等待猎物的到来?

我没发现有可能是它食物的小鱼、小虾,但它的背部有着轻微的动作,似是在呼吸……

再看其他红海星,模样也都差不多,或缓缓爬行,或像母鸡趴窝,伏在珊瑚上不动。

难道它们也像猫科动物一样,喜欢潜伏偷袭?猫科动物,如狮子、老虎、豹子在狩猎时总是不乏耐心潜伏的。

我已经出水换了几次气——仍然不太习惯在海水中用气管呼吸——那个红海星还是趴在珊瑚上。水手长和小安倒是很有耐心,只出水了一次。大约是长时间用这种半潜的姿势,我感到腰酸背疼。

等到我再次潜入海中,那个红海星终于挪动了身子。它慢慢地爬开了,珊瑚也渐渐露出了……

珊瑚没有了颜色,那绿莹莹的生命之光突然熄灭了,只剩下灰白的光秃……

水手长一把揪住我,将我拉起:"长棘海星!"

看他满脸的惊诧,而且脸涨得通红,我有了种莫名的恐怖感:"什么?你说什么?"

"长棘海星!"

"长棘海星又怎样?"

"珊瑚虫的大克星!"

"它吃珊瑚虫?珊瑚虫藏在城堡里,躲得严严实实,它能轻易吃到?"

"一切的生命都是以食为天。在生存竞争中,捕食的技巧千奇百怪,奥妙无穷,不然怎么说第一个吃螃蟹的人是勇敢的?就是稻子、麦子,没人教你,你也不知道怎样做成米饭、做成馒头……"

"你别扯远了,还是说它是怎样吃掉珊瑚虫的吧!"小安很实在,他已走到这里。

"过去只从书上看到过,还疑惑。现在看了我才明白,它趴到珊瑚上,展开身子,摊开一大片,然后将胃翻开,分泌出消化液——珊瑚不是有外骨骼保护吗,但它怎么能挡住消化液呢?绝妙的技巧——将珊瑚虫液化、吸收……"

"你在说故事?"我半信半疑。

"不信?再下去看看,那块变白了的珊瑚是不是和它身子一样大!这好印证。"

我们都潜入海中——

天哪!那珊瑚上灰白的印迹,在活珊瑚莹莹的亮光映衬下,还真的是那红海星——长棘海星身体的模样呢。就像是盖了个图章!

如此美丽的生灵,竟然这样凶残,是吃人不吐骨头的杀手!一会儿就吃掉了一大片!少说也有几千几万的珊瑚虫呀!

"我想起来了。前两年来考察的老师说过,有种海星会对珊瑚造成破坏。在靠甘泉岛的方向,他们发现过白化的珊瑚。珊瑚岛这边也有发现。原想跟他们去看看,不巧那时正在进行战备演习,我在岗位上离不开。"小安说。

"这家伙一吃一大片,会造成极大的破坏!最先是在印度尼西亚哈马黑拉海发现的。那里的珊瑚种类占全世界的一半,它是珊瑚'基因源头'的腹地。科学家发现,已被长棘海星吃掉的珊瑚的海域,长度有9000多米。好几个地方已被掠夺一空,四分之三的珊瑚都死了!珊瑚遭破坏的速度非常快,可大洋又是那么大,保护人员、科学家才多少?等你发现了,它们已将那里的珊瑚吃光了,又去吃别处的了。"

可是,我还是有些不明白:"怎么能证明珊瑚确是被长棘海星吃掉而成为死珊瑚的呢?"

小安说:"它们的颜色不一样。你看,活着的珊瑚都有光泽,那块多枝珊瑚,对,就是那个,身上虽然附生了海藻……"他拉着我的手,摸着身边的珊瑚,"黏糊糊的吧?但枝头有荧光,晶晶亮。这就是活珊瑚。再看被长棘海星吃掉的,枝头还在,但没有了光彩,死气沉沉的。"

"活着的珊瑚会发亮?它本来就是晶体?"我的问题显然是难为了他。

水手长接过了话题:"你问到珊瑚虫最奇妙之处了,其中隐藏了生命的奥秘。科学家一直想不通:造礁珊瑚只生活在浅海,可海洋中的这个海域基本上是贫瘠的。也就是说,仅仅靠这个海域的营养,根本满足不了珊瑚虫的生存需要——特别是它还要分泌那么多的钙质,建造外骨骼——更不可能形成'热带雨林'似的顶级生态系统……我这是在掉书袋、假装圣人了。"

我和小安都说:"别卖关子了。书本是知识的载体,没有书本,也就没有了人类文化的记载、传承。只不过别抱着它死啃,还要活学活用嘛。"

"那我就活学活用一次吧,谁叫我学的是生物学呢!话说它的生命奥秘,吸引了大批的科学家。那还是20世纪40年代,有位日本生物学家,在珊瑚虫的内胚层中发现了很多褐黄色的小球。这种小球是植物。多到什么程度呢?在一个立方厘米的珊瑚虫中,居然有3万多个。

"观察的结果发现,它具有植物的特性之一——能进行光合作用。也就是说它能制造自己成长的营养;还有一个发现,它自身能进行分裂繁殖。当时,它被定名为'虫黄藻'。"

小安连忙潜入海中,过了好一会儿才露出海面:"看来看去,我都没看到珊瑚中有虫黄藻,小球球。"

"你要是看到了,显微镜厂就得关门倒闭了。当时有的生物学家也提出了质疑。科学就是在解释质疑中接近真理的。直到大概十年之后吧,有些生物学家相继从珊瑚虫内提取出了虫黄藻。再经过研究,终于揭示了珊瑚虫和虫黄藻共生的奥秘。

"说得简单一点,造礁珊瑚虫要迅速生长,就需要大量的氧气,虽然它们能从海水中得到一部分,但那远远不够。正巧,虫黄藻在进行光合作用时产生了大量的氧气,但它需要二氧化碳,还有氮和磷的营养。太巧了,珊瑚虫吸收了氧气之后,加速了骨骼的生长。生命体正是在吐故纳新中成长起来的。珊瑚虫把废物排泄出来——排泄物就是二氧化碳和磷、氮。大自然在冥冥之中,已将这一切都安排好了。说句实话,这叫优势互补。不,不,叫什么好呢?你要的,我给——正是我不要的;我要的你给——正是你不要的。它们就是这样互利互惠,共同创造了生命的奇迹。有生物学家做过实验,将珊瑚虫体内的虫黄藻提取出来,珊瑚虫不会马上就死去,但它也不再成长了!"

这是一首美丽的、共存共荣的生命之歌!

这首美丽的生命之歌,将给哲学家、社会科学家、人类学家等带来无尽的思考、研究的命题。

小安终于从沉思中走出:"人也是生命体,人与人、人与社会、人与自然都应该是互惠互利,共同繁荣的。当然,这当中肯定有牺牲,但牺牲是值得的——为了自己的群体——这是一种团队精神。

"动植物世界的互惠互利的结合太多了。天麻和密环菌的共生,高原地区鸟鼠同穴——平时,鼠是要吃鸟的,猛禽也要将鼠类作为美味猎取,但在特殊的环境中,小鸟为鼠放哨,鼠为小鸟提供避风避雪的场所。"

我们听得思绪绵绵……

我突然感到脚下有些虚,脚还未提起,整个身子就一下坠了下去,然后是水的沉闷的咕咚声。

好在我还识水性,本能的反应是赶快蹿出水面。我感到身体下面像开了锅,条状的动物四散游去。

小安在踉踉跄跄中还是一把揪住了我。待我眼睛的余光瞄到炸了窝、四处逃窜的家伙时,竟有一条擦着了我的裤腿。

我正在惶恐之际,只听水手长大喊一声:"海蛇!"所有的海蛇都是毒蛇,且有剧毒,至今还没有抢救用的血清……

小安又将我猛地一推,我刚感到一股强大水流冲来,就已跌到了海里。海水呛得我胸闷、眼冒金星。我努力站了几次未成,还是水手长把我捞起。

好家伙!几条大鱼正追着海蛇,每条都像鱼雷……

不好,它们又回头来兜捕海蛇。天哪,都挺着又长又尖的喙向我刺来……说实话,当时我一定是吓得心慌意乱。在森林中碰到野猪、黑熊,我还可以围着树兜圈子。可这儿,是毫无遮掩的海水!

说时迟,那时快,只见水手长已将一个雪亮的玩意儿对准正在逼近我的大鱼甩出。那鱼一甩尾巴,溅起的水花像暴雨般落下……

待到我们抹掉脸上的水,几条大鱼全都潜进了珊瑚礁中。

三人惊魂稍定。我和小安最为狼狈,但似乎都还完好无损;可那个不厚道的水手长突然仰天长笑:"哈哈哈哈!"他是被什么咬了,中了迷魂毒?

他笑够了,才说:"刘老师会武功?你使出了什么绝招,能将这些海蛇驱出来?我还是第一次看到海蛇哩!海蛇就海蛇呢,又招来了这些大鱼。这种怪模怪样的鱼,我也是第一次见到。谢谢你,刘——老——师——!"他还真的鞠一躬。

小安正在查看我的身体是否受了伤。"说什么怪话?他是踩到软礁盘上了,下面是个大窟洞。"

"谁知那里藏了一窝兔子,兔子刚惊出来,就被猎狗盯上了。这像写童话。不过,还应该说是海蛇。刺激!"水手长乐开了花。

"看清了,认准那是海蛇?"我问。

"还能是绳子?带鱼?"

"再鞠个躬,我告诉你!"我说。

"这有何难?老师,教教学生。"他真的行了个大礼,嬉皮笑脸的。

"是蛇——鳗!美味的蛇鳗,一斤就要几百元。它们跟海蛇长相差不多,只是头和尾有差别。"

于是,我说了30年前初探红树林,月夜狩猎误把蛇鳗当海蛇的笑话。水手长听了后说,他当时也闪过一个念头:大鱼怎么不怕毒蛇,还敢去追它?

我说:"别动,站着。轮到我要谢谢你救了我。"说着,我也对他深深地鞠了一躬。

"别,别,折杀也!我只是练了练飞刀。看来功夫还没荒废,只是可惜了那把莎车买买提折刀。"水手长慌得连忙拉起了我。

大海恢复了我们三个大男人的童真。我又找到了在大自然中人与人之间的纯净友情,欢乐、醇厚……

"你手臂上有血!"

小安三步并作两步走到水手长身边。水手长左手臂上有一个血口,虽不太大,但有血在流。

"怎么搞的?"我问。

"没事,只是给鱼翅划了一下。海水一淹,算是消了毒。"

"那是什么鱼?长喙真像镖枪!"想起刚才,我还真有些后怕。要不是水手长飞起一刀,那鱼一头撞来,我身上肯定少不了一个大窟窿。

小安说:"回吧,出了事我可负不了责任。再说天也不早了。"

在大自然中探险,很多事是可遇而不可求的。所谓"机不可失,时不再来",就是这意思。

大海既温柔也暴烈,并非每天都有好海况;有了好海况,我们三个人也并非能这样聚在一起,这就是缘分吧!

我向小安说了这些道理,坚持要再看看。水手长当然百般附和。小安拗不过,只好同意。

其实,多年的探险生活让我感到,这片珊瑚礁中肯定还蕴藏着更多的故事。

凤 尾 螺

我已对这里有了大致的印象,便对他俩说:"我们稍稍拉开一点距离,各人观察一个区域。请注意,只要有什么动物靠近长棘海星,一定要及时通知我。"

水手长对我眨了眨眼:"遵命!"

小安憨厚地点了点头。

观察海底是莫大的享受,一点都不寂寞。五彩缤纷的珊瑚、海葵、海星,长的圆的各种贝类,飘拂的海草,穿梭其间的形态各异、绚丽多彩的热带鱼,还有蟹呀、虾呀,让你目不暇接,在哪个海洋馆能看到如此生机勃勃的世界?

在我观察的这片区域,长棘海星还是在干着"热烈拥抱"的把戏。一阵涌浪,随着水的波动,我发现珊瑚旁有红色的枝子。待我转了个方向,我看清了那是一棵红艳的树。奇怪,它似乎是平平地从珊瑚中伸出的,若是没有根,还真以为是躺在水里。树枝也怪,几乎是在一个平面,与其说是树枝,倒不如说是一张筛子——它的枝条都编在平面上,没有一片叶子。

我想起来了,海洋博物馆中有,是海柳。又因它全身都是火红火红的,渔民都称它为红树。

陆地上的树叶有趋光性,特别是亚热带阔叶林的树叶,总是与太阳保持一定的角度,以利于吸收阳光的能量。我想,海柳也是为了最大限度地获取阳光呢!用它做成的工艺品,在市场上很受欢迎。

海柳还有黑的、金色的。

我正想再在周围搜索时,突然接到了小安发来的信号。我招呼了右边的水手长。

嗨,有只大海螺正背着螺壳,从壳口伸出了肉肉的触手,慢慢地向长棘海星爬去,距离也就七八十厘米。

这不是凤尾螺吗？尽管顶着长长的壳,尽管它的身上沾满了海藻,隐去了一些黑色、橙色的鲜艳,但庞大的螺身,一旋一旋的螺塔还是清清楚楚的——凤尾的形象。

这个美丽、雄壮的大螺在干吗？它的左边有两只贝壳,右边有几条小鱼,后面像是一条章鱼。只要有大鱼蹿来,小鱼们立即隐藏到珊瑚、海草和海葵中。

它们都是在散步或玩耍？

再看那红色的长棘海星,仍然趴在珊瑚上,自在而安逸。动物对接近的危险应该是有感觉的啊!

凤尾螺缓缓而行……哎,似乎有目标,我感到它向长棘海星那边瞄了瞄。是呀,它那样若无其事地爬着,是气定神闲地散步,还是悄悄地接近猎物？

等待令人心焦。

我无法相信凤尾螺是去寻找长棘海星。你看长棘海星的刺,又密又长又尖锐,应该还有毒,谁敢惹它？啮齿动物的豪猪,不就是凭着全身披挂着长刺,连老虎、豹子都不敢和它叫板吗？

但真的,凤尾螺正一步步地向长棘海星爬去,虽然很慢,慢得让人受不了。

当它接近目标时,目标突然动了:长棘海星一收腕足,就要向外跨步。

晚了,凤尾螺已伸出了触手——也不短呢!一下就抓到了海星的一个腕足。海星像触电似的浑身一颤,将这一腕足缩了回来;但立即发动了其他腕足,快速地爬动——它有将近20只腕足呢!

凤尾螺还真是在狩猎呢!它能得逞?

凤尾螺奋起直追。海星像一个圆形战车,利用车轮般的腕足左右躲闪,是引诱凤尾螺,还是逃跑?动物也是"兵不厌诈"的。

追逐赛激烈、紧张地展开了。

战场形势也逐渐明朗,长棘海星只有招架之功,全无还手之力。

不知怎的,凤尾螺竟然从侧面开始了攻击。只要它的触手一碰到长刺海星的腕足,长棘海星就将它缩回。

长棘海星向后退了退,像陀螺一样转了起来。

凤尾螺突然同时伸出几只触手,从左右两边去抓海星。长棘海星慌了,不知该往哪边走。犹豫了片刻,它突然像刺猬一样缩了缩。

凤尾螺似是用左边一只触手拴住了长棘海星,又用右边的一只触手斜着按住了长棘海星的刺炳。接着,凤尾螺似乎又有触手伸出,因为我看到长棘海星又有另外几根长刺倒下了。

奇怪,凤尾螺好像是累了。虽然双方的动作从表面看都很慢,像是在进行太极推手,但那也都是在发内功。

更怪的现象发生了:凤尾螺按下的长棘海星的刺,似乎不再动了。

异常怪异的事情又发生了——

凤尾螺伸出了头——嘿,还真不小呢!——往长棘海星的腹下拱去。

长棘海星发了狂似的用所有的腕足紧紧抓住珊瑚。

凤尾螺只是在一个劲地往它的腹下拱。

一个护,一个拱,这种顶牛没有呐喊,没有尘土飞扬,但有一种震撼的感觉,都在运用内功呢!

几条热带鱼炫耀着身上华丽的彩衣,在它们身边游来游去。

长棘海星节节败退,虽然像是电影中的慢镜头,但确确实实是在败退。

正在海底狩猎的凤尾螺

凤尾螺猛一使劲——长棘海星仰面朝天!

长棘海星被顶翻了,四仰八叉地摊在珊瑚上……

凤尾螺从从容容地爬了上去,爬到长棘海星的肚子上,那喇叭形的螺口罩住了长棘海星的身子,螺身的重量将海星压成了肉饼。然而这个肉饼很奇怪,周边还时时冒出红刺。

虽然看不到它是怎样张口大咬的,但长棘海星被撕咬的状态还是清楚的,它浑身都在抽搐。

凤尾螺的大餐吃得很热闹——四周围满了热带小鱼,或款款游动,或驻足小憩,个个都打扮得花枝招展,身着五彩斑斓的礼服。

凤尾螺抹了抹嘴,打着饱嗝,悠闲地离开了餐桌,只留下了一堆海星的长棘。

等待宴会结束的小鱼儿们一拥而上,快速地扫荡着残羹冷炙……

我们三个人同时出了水,长长地舒了一口气。

水手长摇头晃脑,激动不已地说:"今天才发现,我是个十足的海盲!课本多么干巴!真是一物降一物!凤尾螺太聪明了,你不是有长刺吗?我就先解除你的武装……"

"长棘海星长了满背的长刺,似乎是筑了一道攻不破的防线,自以为天下无敌。凤尾螺就用触手把它按下去——刺短了还无法按——强势变成了弱势。战争也是这样,我就先瞅准你自以为是的强势——打蛇打七寸嘛。"小安也很兴奋。

"最绝的是凤尾螺用力将它顶翻,彻底解除了敌手的武装,还让它把最柔软的腹部暴露无遗!生存竞争的策略真是无比玄妙啊!"我说,"我似乎看到凤尾螺的触手按下长棘海星的长刺后,不大一会儿那长刺就变软了。"

水手长说:"很可能是凤尾螺的触手能分泌一种物质,将刺软化了。它可能还有打败长棘海星的办法。对,很有可能,我们再观察一会儿。"

小安说:"不行!你没看看什么时候了。"

太阳已一半在海星,一半在海面上,夕阳红和海的蓝融合在一起,海天一色,映照出变幻莫测的彩色世界。

潮水也似乎退到了最低点,海滩上一片迷离。

李老师正连连向我们招手。有几位战士站在她的身边,大概是来接我们的。

海上漂起白带子

李老师帮我泡了杯浓茶提在手里:"走,去看海上明月——经典的美景。坐在椰子树下吹吹海风——椰风海韵也是西沙经典的美。在经典的美中,看看我们能不能也成为经典。"

我笑了:

"有你陪伴我几十年在大自然中跋涉,这样的夫唱妇随、举案齐眉,分享着发现的快乐,共同承担着生态遭到破坏的悲愤、忧虑,还能不是经典?连司令、政委、小范、小赵都羡慕我们,要学习我们呢。生命来到这个世界上,原来就是为了享受生活的快乐。"

真的,坐在椰树下,头顶明月,喝着醇厚的香茶,那是怎样的一种高雅!茶是"雾里青",是天方茶叶公司老总郑孝和送的。过去,在山野探险,我总是带着黄山毛峰茶。前两年,老郑一定要我尝尝雾里青,它自有和黄山毛峰不同的品格。这次到西沙,我特意挑选出它带着——据考证,它在100多年前就已经搭乘瑞典的"哥德堡号"从广州起航,历经西沙群岛、南沙群岛,远航到了瑞典。在海上古丝绸之路上去品尝它,肯定另有风味。再者,因为它生长在皖南的仙寓山,参加野生动物考察时,那里的每一条小溪,每一座山峰,我都走过。是的,现在喝着它,就想起了古丝绸资料的使者,还有20世纪70年代,在皖南参加野生动物考察时的种种情景……

"看,快看月亮!"李老师碰了碰我。

那是月亮吗?

它怎么生出了光环——七彩的,红、橙、黄、绿、青、蓝、紫?有浓有淡,水灵灵地柔和,含情脉脉。天空展现出了一幅水彩画!

"月虹。西沙的月亮也起虹啊!"我感叹道。

奇景!我还是第一次看到月虹——不得不承认李老师的第一感觉很准确——大自然总是展示着它奇思妙想的创造。

雨后初晴的彩虹如飘带,月虹却是一圈彩环。

"还记得那年在西双版纳看到的绿云吗?"李老师问。

"那样美的绿云,终生都忘不了。"我说。

我想起了那年在西双版纳看到的绿云——傍晚,浮云遮去了夕阳,一会儿,天边竟飘起了一朵绿云:水灵灵的绿,含情脉脉的绿。

"还记得那朵绿云给我们带来的好运吗?"李老师问。

"今天晚上也有好运?"

"等着瞧吧!"

我们正在说话之间,嘎的一声,几只白色的海鸟从我们头顶越过,向大海飞去。我的心里顿时激灵了一下。它们飞得较高,月光下看不清它们的面目,它们的姿势有些像是海鸥之类的鸟。

不多久,又有几只白鸟从我们的左侧向大海飞去。

现在不是候鸟迁徙的季节,一般说来,水鸟也很少在夜里飞行或觅食。它们这样匆匆忙忙,要往哪里赶?

时间并不长。距离五六十米,朦胧中的大海上,出现了鸟群,隐隐约约,似是在月光下的海面上纵横飞掠……

鸟群下方海面翻涌,不是浪——浪是向前的;似是涌,像开锅的粥。长鲸出没?

奇怪!

"走,到瞭望塔上去看看!"我对李老师说。

李老师早已站起。我们急匆匆地小跑着前往瞭望台。

瞭望台是守岛部队的观察哨。我拉着李老师一步两个台阶地向上爬。

值班的战士正举着望远镜,注视着群鸟盘旋的海面。

"发现什么了?"我问。

"看得不太清楚。"值班战士回答。

"该不会是潜水艇吧?"

这里毕竟是海防前线,最近又是南海的多事之秋,不能说李老师突然冒出的这句话没道理。

"不可能。我已和几个岛都联系了,若是有潜水艇溜进来,早就有了报告。你看,甘泉岛离得很近,他们也会报告的。再说,看海面上的状态,也不像潜水艇来的样子。它得前进,但海鸟只是在那个范围盘旋。"

"不能是触礁,走不了了?"李老师问。

只听楼梯上传来一阵脚步响,小安来了。他扫了一眼室内的各种仪器。

"你是来值班的?"李老师问。

"看你们不在房间,月亮起虹,肯定是到海边去了。我到了海边,没看到你们,想到你们肯定是到这里来了。"说着,他接过值班战士递上的望远镜,对着那片海域仔细搜索起来,"不是军情,是海况。海涌是鱼群掀动的。鸟都是在向海面俯冲,正在捕猎。海面上漂着白色的带状物,现在还判定不清是什么。夜间聚集了这么多海鸟觅食,情况异常。继续观察!"

小安是十多年的老兵,说话既不拖泥带水,也没有"好像""大概"之类的词。

水手长也跑来了。他只是望了望大海,就说:"你们以为那里是潜水艇?我以一个海军战士的身份报告:不可能!潜水艇怎么可能闯到了珊瑚礁中,那不是找死吗?是鱼群,错不了。"

我让李老师先用望远镜看了看。她说:"好像是漂满了白带子。对呀,海鸟也是一个劲地往水面俯冲呢!它们能捕捉这么大的鱼?鼓起的涌浪很大,不可能是小鱼。还有,怎么漂了那么多的白带子?是大鱼吐出的泡沫……"

水手长没等李老师说完,就一把夺过了望远镜。他一会儿锁起眉头,一会儿又拍拍脑门;拍着拍着脑门,他的脸上浮起了笑容,那笑容越堆越高,直到把竖纹都挤成了横纹:"运道好!托李老师的福,千年难得的好景象,让我看到了。"

弄什么玄虚?这家伙又在装神弄鬼?

他向李老师抱拳作揖:"感谢你一句提醒,'白带子','白带子'啊!"

"快说!别卖关子!"我们都在催促他。

"是卵带,珊瑚虫射出的卵带——你们说的'白带子'。"

一番话让大家如堕五里雾中,说得大家更心急。或许这就是他刻意制造的效果。

可李老师就是不问,只是眼睛盯着他——又在施展她几十年当老师练出的内功了。

水手长刚要张口,我立即嘘了一声,连忙拿过望远镜。镜头中的海面确实漂浮着白色带状物,面积很大。海中的鱼群在这些白色带状物中搅动着,海鸟俯冲的目标也是这些白色带状物。

"你是想说,大海正在举行盛大的宴会:天上飞的,海里游的都在狂吃豪饮?"李老师问。

水手长没表现出丝毫的失落——李老师最愿看到的,很难得。

"当然!你们看,月亮打扮得多娇美,燃亮了七彩天灯,风柔柔的,浪轻轻的,如此良宵,怎能没有佳肴、美酒?"水手长好像变成了一个诗人。

"珊瑚虫的……成了美味佳肴?"李老师疑惑不解。

"珊瑚不是断了后代?禁得住它们这样扫荡?比长棘海星还要可怕!"

"那样小小的珊瑚虫能生出这么多卵……带?"

书上只说珊瑚虫雌雄异体,各自从口中射出精子、卵子,卵子在海水中受精后,很快就能孵出幼虫;当然,还有以出芽方式生殖的。难道它们还能在同一时间,集体生儿育女?在陆地动物中,似乎只有藏羚羊是在同一区域交配,怀孕后的母羊临产前集结成群,向北方迁徙二三百千米,选定一片水草丰沛的山谷,集中分娩。

这些问题都没难倒水手长,他又开始掉书袋了:"珊瑚虫还有一种奇异的繁殖行为,有篇短文说,在某个特殊的夜晚,月色娇美的时刻,珊瑚虫们突然感受到了冥冥之中传来的信息,于是全都产出精子或卵子,结成乳白色的带子在海面上漂荡。"

不错,这种状况,必然要引来各种动物掠食。

吃吧,你们尽情地吃吧!吃到腰圆肚胀,吃到把喉咙口都堵上,但总有吃不动的时候吧!

珊瑚虫们傻吗?错了,它们聪明绝顶!

"太高明的繁殖策略了。你们怎么大吃大嚼总还是要留下一些吧。这叫以多取胜!"我说。

轮到水手长惊讶了:"你也读过那篇短文?"

我说:"这是一些水生动物的繁殖策略,海参、贝壳、鱼……都是这样。一条鱼能生产几千、几万,甚至上亿的卵,总是能有一些存活下来长大的。像珊瑚虫这种繁殖方式,应该集中在较短的时间里。这倒是让你说着了,真是千载难逢。我说得对吧?"

"难怪说要走万里路,读万卷书呢。走路就是读书,读鲜活生动的书。李老师,我说得对吧?你和刘老师走了那么多的路……"

"别给我戴高帽子。"李老师说。

大家都在感叹小小的珊瑚虫,肉眼难以看到的珊瑚虫,居然有如此奇思妙想。谁说低等动物就没有生存的智慧？

小安跟着我们回到了房间。没坐一会儿，他拿出一份材料，说：

"这是我写的发现长棘海星的报告。麻烦你们带给保护区，还有一份给西沙实验站，请他们赶快采取措施。我听水手长说，生物学家曾经采取过办法，先是用刀砍，可后来发现，砍成几块的长棘海星都活了，反而是帮了它；后又采取注射毒药的办法，这太劳民伤财了！还说这家伙有生殖暴发期，条件适合时，能短时间内繁殖出一大批。危害太大了！保护珊瑚礁就是保护顶级的海洋生态。我想先和战友们商量商量，目前能做的是先保护凤尾螺，凤尾螺观赏价值高，也常常遭到捕杀。还要多向渔民宣传。"

我们很感动，一位战士对自然保护竟如此尽责。是的，驻守西沙部队的特殊素质、品格，难能可贵。他说，战友们做得比他好，救海龟，救鸟，向渔民做宣传……积极参加保护海洋生态，是评选"十佳天涯哨兵"的重要条件之一。从主官到战士，每个人都是保护海洋生态的哨兵。新兵一上岛，第一课除了讲战备、训练，就是讲保护自然。

我又想起了陈司令说的当代人民子弟兵的职责。

岛礁(解放军某部新闻中心供稿)

英 雄 岛

天下没有两片相同的树叶。世界上也没有两片相同的大海。

盼了好几天的机会终于来了。驻军医院要到琛航岛、金银岛、珊瑚岛等岛屿给守疆的战士做体检,但还要等气象站的预报。我们急忙去永兴岛上的气象站,门口滚动着的天气预报说明出海没有问题,但还要等各处小岛上的气象分析。他们每天都要将各种数据报给联合国气象组织的有关机构。

我们吃了午饭就登上炮艇。郭副司令和孙院长率队。

一下子来了这么多的女兵——其实就三位,艇上的战士个个露出了满面天真的笑容。我很感动,也很理解。军营似乎是天生的男人世界,担任炮艇值班任务的士兵,吃住都在艇上。西沙群岛除永兴岛有女兵外——那也是近十多年才有——其他小岛上都是清一色的男兵。

艇长将我们领到他的舱房,说我们是长者。舱房虽然很小,但很整洁,每个空间都得了充分利用。双人床,书架在桌子的上方——摆满了文学、艺术和与海军有关的书。桌上放着电脑、航行日志。旁边是文件柜,柜顶一支锃亮的萨克斯管,炮艇开动时,似乎还不时响起悦耳的鸣声。主人应是一位热爱文学艺术的小伙子。

炮艇一出港,就有了颠簸的感觉,我劝李老师回到舱房,等我在甲板上有了发现再喊她。

天空碧蓝碧蓝的,蓝得发翠,没有一丝云;大海也是碧蓝的,蓝得深沉。阳光灼热,海风习习,好不惬意!

风紧了一些,大海有了变化,刚才还只是溅起一两朵浪花,如星星一般,现在已是浪花朵朵了,如蓝绸上银菊怒放。细细看来,那蔚蓝的大海陡然幻化为了靛青。我的眼前竟然浮现出了青海湖的景色。我赞美过"青"字的准确和经典,竟然枉自猜测,青海湖的水色可能是"青出于蓝而胜于蓝"这句话的源头。

其实,眼前大海的色彩是变幻的,淡蓝、翠蓝、湖蓝、深蓝、靛蓝、瓦蓝,仅仅蓝色已是如此丰富多彩。

一个大浪打来,水花蹿得高高的,淋了一头一身,幸好我抱紧了照相机。一直在船头的艇长,伸手拉住我,劝我赶快进舱,说是打到海里就麻烦了。我指了指大海,意思是想看看,他就紧紧将我拉住。

圆脸的战士,手指着右舷4点钟的方向——

黑黑的颀长鱼脊像长堤拱出水面,又一低头潜入海中,阔大的尾巴一闪……

"鲸!"

正想去喊李老师,圆脸的战士已像走浪板那样去了。

女兵们出来了,李老师也出来了,或紧紧抓住护栏,或有人拉着。

然而这条大鲸鱼再也没有了踪迹。最后,一块椭圆形陆地出现在我们眼前。

"晋卿岛!"

岛上林木葱葱,有一端还拖了一个长长的沙洲。它是永乐大环礁上最南边的一个岛,岛上存有历代渔民建造的小庙两座。考古队曾在岛上掘到了铜钱,上有"圣宋元宝"字样。

晋卿岛礁盘很大,高出于海面的仅是很小的一块,面积只有0.2平方千米。但此岛是海龟的重要产卵地,龟门在岛的西岸。西沙著名的海参场,也在这里的礁盘上。

隐约之间,我们依稀看到渔村的房子,鲜艳的国旗飘扬着。

刚拐了个弯,前面的大礁盘上出现了绿色的大岛。岛屿出现在茫茫的大海上,总让人感到它是漂浮着的,被一种不确定的神秘笼罩着。

艇长告诉我:琛航岛到了。我问港口在哪里,他说马上就能看到。

到了琛航岛,我们才看到它还有一个三角形的卫星岛——广金岛。海门也突现在眼前,在绿茵茵的珊瑚礁中,一条宽阔的深蓝色的水道将炮艇引向了港口。

港口如一内湖,显然原来是珊瑚礁上的潟湖,只是筑了大堤与广金岛相连。潟湖是一个特殊的地理单元,在生态系统中自有它的作用。现在全部被岸堤所围,只有一条水道与大海相通。

好一处天然良港,也正因为此,它是永乐群岛的要地,也是永兴岛至其他小岛的枢纽站。

高大的椰林上空,高高飘扬着五星红旗。我看了一下手表,已航行了三个多小时,与永兴岛的距离有五六十千米。

海军战士列队而立,雪白的军服,显得无比英武。难道是欢迎副司令的?我转而一想,不对!在永兴岛上,傍晚官兵不穿军装时,你根本分不清官或兵。即使是着军装时,陈司令、政委都是独来独往,从未见过警卫员或文书跟随,官兵兄弟般的关系留给了我深刻的印象。

码头上早已锣鼓喧天,彩旗飘扬。

我正想问今天是什么节日,迎面走来了郭副司令:"等会儿和我一道,一定要和每个战士握手。"

"我们又不是首长!"

"岛上来的客人少,战士们十天半个月也难见到一个陌生人。只要有船来,岛上就是过节,载来的都是亲人。一定!"

航拍晋卿岛。西沙群岛东北面弧形礁盘上最南一岛,距琛航岛较近。海龟的重要栖息地,也是著名的海参场。(解放军某部新闻中心供稿)

航拍琛航岛。它和广金岛、金银岛、珊瑚岛等同在一个环形礁盘上。(解放军某部新闻中心供稿)

我心里一颤,似乎明白了,连忙整理衣衫,还用手指梳了梳乱麻一般的头发。

我握着每个战士的手,道一声"辛苦了",感到了他们血脉中的激动。

琛航岛的名字,是1909年广东水师提督李准率舰巡疆时,以琛航舰命名的,提醒人们不要忘记曾有的屈辱历史,激励后人牢记民族的振兴。

我们刚刚在房间洗完了脸,集合哨就响了。我们都换了干净的衣服,参加祭扫西沙海战烈士陵园的活动。

战士们抬着花圈缓缓而行。所有上岛的人,包括炮艇上的战士都在队列中。

陵园在树林中,左边门上书有"永乐群岛自卫反击作战烈士陵园",四周环绕着万年青,地上铺满了金黄的野菊,庄严肃穆。红花、绿树簇拥着高高的主碑——"革命烈士永垂不朽",背面是当年海战的概述。

1974年1月,我军自卫反击战中烈士纪念陵园。(解放军某部新闻中心供稿)

18位烈士的墓静静地卧在主碑的后面,每座墓前都有着姓名、年龄……他们永远屹立在这里保卫祖国。在主碑和园墙之间,挺立着18棵郁郁葱葱的青松。后来,在岛上服役10多年的小高说,岛上经历过好几次台风,很多椰树都被吹倒了,但这18棵青松从来都是岿然不动——昂首挺胸,像是在和一茬茬的战友们共同守卫着祖国的海疆!

郭副司令担任主祭,默哀、行礼,鞭炮声响起。每个人都参加了洒酒,上烟仪式……

历史将这份光荣给了琛航岛。18位烈士传承着民族的精神,警示后人不要忘记过去。

祭拜完毕之后,走到半路我又回去了。两个战士正在收拾地上的鞭炮衣,我也默默地加入进去。回来的路上,他们告诉我:每天都有战士来清理卫生,连队并未排班,都是自动来的——敬仰烈士,重温历史,感受着肩上保卫祖国的重担。

历史回溯到30多年前的那场自卫反击战——1974年1月19日。我们虽然没有经历那场战斗,但找到了当年新华社的报道,附录如下:

南越西贡当局悍然出动部队侵犯我西沙群岛
我渔民、舰艇被迫进行自卫还击

西贡当局这种肆无忌惮的挑衅行为,激起我国人民极大愤慨。我国人民决心保卫自己的领土主权。如果西贡当局不立即停止对我国领土的侵犯行径,必将自食其果。

新华社一九七四年一月十九日讯:一月十五日以来,南越西贡当局,竟出动军舰、飞机侵犯我西沙群岛领海、领空,强占我岛屿,向我正在生产的渔民和执行正常巡逻任务的海军舰艇开枪开炮,悍然侵犯我国领土主权,对我国人民进行猖狂挑衅。

一月十五日下午一时许,南越西贡当局派军舰对我在甘泉岛附近生产的四〇二号渔轮进行骚扰破坏,并向竖有我中华人民共和国国旗的该岛炮击,无理要求我渔轮离开我海域。

一月十七日上午八时许,西贡当局军队侵占我金银岛;下午三时又强占我甘泉岛,公然取下我国旗。

一月十八日下午,西贡当局的两艘舰艇蛮横无理地冲撞我四〇二号和四〇七号渔轮,在羚羊礁北侧,将我四〇七号渔轮驾驶台撞毁。

此后,西贡当局不顾我方多次警告,变本加厉地继续挑衅。一月十九日上午七时许,西贡当局的军队又强占我琛航岛。我岛上渔民义正词严向他们进行说理斗争,要他们离开我国领土。但是,他们竟然向我开枪射击,当场打死打伤我渔民多名。我渔民在忍无可忍的情况下,进行了英勇还击,打退了他们的进攻。十时二十分,西贡当局的舰艇向我琛航岛开炮。十时三十分,西贡当局的飞机四架轰炸扫射我琛航岛。与此同时,西贡当局的舰艇也向我舰艇炮击,我舰艇被迫进行了自卫还击。

长期以来,南越西贡当局对我南海诸岛怀有领土野心,非法占据了我南沙、西沙群岛中的一些岛屿。去年九月,西贡当局悍然宣布,将中国南沙群岛中的南威、太平等十多个岛屿,并入它的版图。今年一月十一日,我外交部发言人发表声明,严厉谴责西贡当局对我国领土主权的肆意侵犯,并重申我国对南沙群岛、西沙群岛、中沙群岛和东沙群岛享有无可争辩的领土主权。但是,西贡当局不顾我国政府的多次警告,竟然出动武装部队进一步侵犯我国领土,挑起武装冲突。西贡当局这种肆无忌惮的挑衅行为,激起了中国人民的极大愤慨。我国人民决心保卫自己的领土主权。如果西贡当局一意孤行,不立即停止对我国领土的侵犯行径,必将自食其果。

2002年的一天,肖德万将军——时任海军某基地司令员,参加过1974年1月19日海战的389舰的舰长——领着儿子、儿媳、孙子千里迢迢地来到他昔日战斗过的地方,顶着炎炎烈日,专程来看望当年的战友。

他先领着一家人祭扫了烈士墓。当晚,在夜深人静的时候,他独自一人来到了烈士陵园。

肖德万将军迈着沉重的步伐,披着清辉月光、满天星斗,静静地伫立在烈士碑前。他久久地凝神,眉头一会儿紧锁,一会儿舒开,泪珠不断地涌出,眼前涌现出当年惊天动地的海战——

我舰顶着敌人的炮火冲锋,身边的战友倒下了。突然,他看到我方一艘冒着熊熊烈火的炮艇,英勇地向敌舰冲去,爆炸声激起巨大的水柱……被烧焦的轮机班长郭玉柝的遗体,依然紧紧堵着舰体的漏洞。

冲锋号响了。五星红旗飘扬在琛航岛上……

夜已很深了,儿子、媳妇、守岛部队的主官,一次次来劝说将军回去休息。将军说:"让我一个人和战友们叙叙旧,说说话,听听他们爽朗的笑声。你们都回去休息吧。"

将军斟满了一杯酒,洒在碑前,再点上一支香烟奉上,坐到台阶上喃喃絮语;然后再洒一杯酒,再奉上一支烟,坐到台阶上,如此一次一次地……像是在和每位战友相谈……

将军向战友们说:"我肩章上的将星是你们用鲜血凝成的,它本属于你们啊!安息吧!"

——直到黎明。

那晚,烈士陵园四周的树上突然落满了白鹭——平时很难看到的情景——可没有一只鸟发出叫声。

历史、战士的鲜血,将英雄岛的荣耀赋予了琛航岛——军人的荣耀是至高无上的,它成了爱国主义教育基地。

我想起了《我是西沙人》中,一位战士写道:"当我穿上军装的那一刻,肩上就承担了保卫祖国的重任。我不再是个普通老百姓。"

士官侯占朝在这座英雄岛上服役了16年7个月,他把从17岁到34岁的青春年华奉献给了这个只有0.43平方千米的小岛。2009年,部队首长来到岛上调研时,见到了这位可爱可敬的战士,问他:"你长期生活在小岛上,就不怕被人遗忘了?"

他说:"至少有两个人会记住我,一个是我的母亲,因为我一直都在母亲的心中;另一个是我的祖国,因为祖国一直在我心中。"

最质朴无华的语言,往往最震撼人心!

灵 犬

今天的琛航岛,椰树环绕着军营,整洁、美丽。走在水泥路上,椰花清香沁人,像是在公园中散步。这些树都是1974年收复后栽种的。在珊瑚礁上种树可不是一件易事。

在住处的前面,一棵椰树留住了我们的脚步——

那是一棵双叉椰。海南的椰树都是一干通天。我们只是曾经在兴隆热带植物园看到过双叉椰、三叉椰,所标明的产地不是印度洋上的马达加斯加,就是南美洲。而这棵椰树从根部就分成了两支,比肩挨背……

陪同我们的小林说:"它还有段故事哩。那年坦克连的小高要回家结婚,刚巧交通船第二天就要出发,他想种一棵树作为纪念;连夜平地、挖坑,捧来一些土垫底,种下了椰苗,委托战友呵护。他假满归队后,更是百般照顾。没想到它居然长成了双叉椰,更没想到的是,几个月后妻子来信,生下了一对双胞胎。从此这个故事被不断演绎,竟成了神话一般。

傍晚,我和李老师去拜访广金岛。出了椰林,夕阳下的潟湖如一颗晶莹的蓝宝石;沿着东边的木麻黄树林走去,几百米外的大海一望无际,弥漫着晚霞的霓彩。

西天彩云,紫一朵、蓝一朵,如一群热带神仙鱼,游在满天石榴红中。

回来后,我回放所拍的照片,有两张居然现出美丽的佛光。

广金岛如一彩球。我们到了近前,见岛上全长着稠密的草海桐和攀攀扯

广金岛上的晚霞

扯的藤本植物,只得从海滩绕行。

银色的海滩在晚霞中如粒粒红宝石铺地,魅力无比,爱得人放轻脚步,屏声息气……

正是退潮时刻,岛西海滩上的小沼、水凼中不时响起鱼跳声。转到岛北,相隔近百米的对面即是琛航岛。从这里看,港口原是珊瑚礁上的潟湖的一切特点展示无遗。

潟湖是指由沙坝或珊瑚礁环绕形成的出口很窄的咸水湖海域。潟湖有大有小,著名的是澳大利亚的大堡礁。其实,在历史上,杭州的西湖也是潟湖。

刚往回走,发现沙滩上露出砗磲的一角,我们连忙去扒。我们费了很大的劲,才将它拽了出来,可惜只是半片,还断了一截,而且布了虫眼。这些虫眼是它活着时附生的寄生虫,还是它死后成了别的生物的食物?

但我们也有意外的收获。就在砗磲的沙坑里,我们发现了一个蛤,壳面有紫红色的花纹,扁口,左壳线粘在礁石上,右壳圆鼓鼓的,以宽大的绞合部与左壳相接。

我们刚回到大堤,有条小花狗迎着小高跑来,亲热地跟前跟后,往他身上扑。他弯下身去,在它头上拍拍:"对不起,让你久等了。"小高是坦克连的战士,我们新结识的朋友,个头与我差不多,总在一米八左右,喜爱文学。

永兴岛上也有狗,但不像琛航岛上这么多。刚到岛上那天吃晚饭时,我看到李老师一惊,差点将一碗饭扔了。我说没事,是狗。她在农村待过,自小就怕狗,那条黑狗刚才就在我腿边拱。我低头一看,每个桌肚下都挤着几条狗。

我说:"琛航岛的狗真多。"

小高说:你没听说狗是人类最忠实的朋友吗?我们岛上人不多,平时训练紧张,再说夜晚要巡逻,又没配备军犬,狗就成了朋友——不像城市,多把狗当宠物。这里的狗,每天都跟着自己的主人参加训练、执行任务。还是说个故事吧,对了,与你说的叫潟湖的港口还有关系呢……"

巡逻(解放军某部新闻中心供稿)

那年,保障班来了个新战士,姓欧阳,在发电房执勤。在发电房值班时间长,还要常值夜班,噪音大,活儿很累。没多久,这小伙子就养成爱睡懒觉的习惯,训练常缺席,人也发胖了。他在家里肯定是个乖宝宝。

班长想了想,将自己的一只白狗送给了他。这狗经过调教是个淘气包。每到出操时,它就跑到床边对着欧阳汪汪叫。有一次,欧阳气得蒙起毛巾被。可狗不依不饶,咬住毛巾被就拖,气得欧阳拿起鞋子就砸过去,狗总是灵巧地躲过了。

欧阳砸了鞋子砸枕头,砸了枕头砸瓶子,只要能拿到的东西,都砸了过去。那小白狗,一会儿跳起衔住鞋子,一会儿又斜身纵起在空中接住枕头,还抽空用嘴将鞋子甩到他的脚下……总之,是左腾右跳,表演起了各种杂技。

欧阳哭笑不得,气得下床赤脚就撵;撵着撵着,就撵到了训练场。

欧阳这才发现中计了。

小白狗却回头猛跑,不一会儿竟将他的鞋一只一只衔来了。

你猜怎么着?欧阳爱上了这条小狗,只要不是值夜班,小狗总是跟在他后面跑——对了,看到我们营房前的路面都标有200米、400米的标识了吗?那是比赛的跑道——400米比赛时,欧阳还得了个第五名呢!

欧阳嫌路短了,跑得不过瘾,练起了长跑,沿着港湾大堤跑。

但小白狗就是有一个缺点——不敢下海。

欧阳跑热了,就跳到海里游一阵子。他先是动员、利诱小白狗,最后发起狠来,要将它扔到海里。当然,他撵不到小白狗。

又是一天傍晚,欧阳在海里游得畅快。小白狗很规矩,坐在岸上伸着舌头看着他。

欧阳正快乐地游着,突然看到海面戳出了巨大的背鳍,像一个三角帆——鲨鱼!

欧阳紧张得使尽了吃奶的力气往岸边游,那"三角帆"像闪电般向他袭来。离岸边还有五六米,就在他拼命设法逃脱时,鲨鱼已张开了大嘴……

一道白光闪过欧阳的头顶,只听扑通一声,小白狗迎着大鲨鱼狂叫着跳去,张牙舞爪。鲨鱼被这从来未见过的敌人惊得愣了愣,随即就用尖利的牙齿在小白狗身上划开了一条血口……

就在这瞬息的时间差中,欧阳爬上了岸。

海面一片血红。小白狗再也没有露出水面……

欧阳坐在海边,看着小白狗消失的地方。深夜,战友们才找到了他。

欧阳悲伤地发誓:再也不养狗了!

待到他把故事说完,我们已走到营房前,默默地坐到海边,眼睛始终没有离开港口中粼粼的波光。

这个故事太哀伤了。小高说:"故事还没结束呢!"

刚巧司令部的庄总工程师在岛上,他找到了欧阳。两人忙活了半天,用钢筋弯了个大钩,从食堂要了一大块肉,又找来了尼龙绳。待一切都弄妥当后,欧阳将挂了肉的大钩扔到了海里,再把尼龙绳拴到柱子上……

一天,两天,三天过去了。他们下的钩子还是没有动静。

庄总要欧阳再换一块鱼饵,还说:"别气馁,鲨鱼在这里,对我们海边作业有威胁,一定要除掉!"

终于,在第四天的早上,欧阳老远就看到尼龙绳在晃荡。他快速跑去,一提绳子,却怎么也拉不动,只感到它的分量。

战友们来了,大家像是拔河一样,才把它拉到岸边。

这条鲨鱼足足有三米长!

鹦鹉螺的玄机

又一个傍晚,请了小高当向导,去领略北面的海岸风光。退潮了,裸露出大片褐色的海滩。

我们希望试试运气,赶趟海吧。

小高说:"北面的海货不多,海滩上很难走,全是大小不一的珊瑚礁石,就像走在乱石岗上。"

我很奇怪,这里的珊瑚这么毫无色彩?

小高说:"离岛近,很难看到活珊瑚了。珊瑚虫死后留下的珊瑚石,平常的也就这样。我看到一则报道,说是珊瑚的生态也出现了问题。但到了珊瑚岛,肯定能看到。"

李老师拾到了一只全身乌黑、像小茄子样的动物,皮也糙,倒是软乎乎的。小高说是黑参。她正喜滋滋时,小高又说它营养价值不高,渔民都很少拾。李老师还是乐不可支,放到小水凼中,想看看它是怎样行走的。

黑参半天都不动,李老师倒是在旁边礁石下发现了一只更黑的家伙,浑身似闪着琥珀的光泽,但形象丑陋,小小的身子长出了七八条长腿。

我问小高:"像不像章鱼?"小高说:"这里人叫它海蜘蛛。"

我有些失望,或许小高说得对,这边的生态状况不好。

前面有一条大沙堤,路况总要比这里好一些,干脆往那边走吧。

沙堤在岛的东北方向。

我们刚走了几步,就发现前面有一片耀眼的光芒。走过去一看,我们高兴得几乎跳了起来。谁知她已跑去,还喊了一声:"鹦鹉螺!"我连忙招呼李老师。

"别动它!"我大喊道。

我按着怦怦跳动的心:难道上天真的要让我们见到活的鹦鹉螺?这可是千载难逢的事呀!都说全世界的海洋动物学家中也没几个人见过。它活似鹦鹉的形态,有着橙色的火焰状的花纹,老远就能分辨出。

我的喊声肯定变了调,惊得李老师只是站在那里。等到我赶到,我也没马上就去拾它。

"它咬人?"李老师问。

"不是!如果是活的呢?"我激动得声音有些颤抖。

我俩就这样紧紧盯着静静地躺在沙滩小坑里的鹦鹉螺,愣怔在那里。

"不看怎知道它是死的还是活的?"李老师很果断,伸手就拾起了,翻开一看,"啊……"

那半边已碎了很大一块!

满怀的希望落空了。

但毕竟是在海边发现的!

一直站在原处没动的小高,这时走了过来:"不可能有活的鹦鹉螺到海边来,浪也打不来活的。那年有位搞海洋动物研究的慕容老师来到岛上,是我陪的,他说鹦鹉螺只生活在 100 米以下的深海。"

他看到我手中的鹦鹉螺,脸上现出了惊奇:"啊,里面的隔板还保存着,算是难得!我们平时拾到的都烂得只有一个空壳,连那位老师也没拾到过。这壳外面是灰白色的,内面像不像珍珠釉?它的隔板有 30 多个吧。看看,这凹面全都向着壳口。喏,这里还残存着一条管子样的索。就是这根小细管子把所有的隔板串起来了。前面壳口最大的小房间就是它住的地方。"

"平常它生活在海底,想到海面来,就得通过这根小细管子将身体里的水排掉,同时充满气体——它会制造气体——想浮到哪个高度,就排掉多少水。潜水艇就是仿照了它的这种功能……"

我们正听得津津有味时,小高却停下了话头。

是让我们消化?

"你只说了它到海上海下,它怎么向前、向后、拐弯呢?也有发动机?"李老师问。

"李老师说笑话了。它运动的方式最奇特,它要前进,就必须后退——从壳口喷水呀!急流勇退嘛!慕容老师说,它长有很多触手,90多只呢!栖息海底时,它用触手抓住海底的岩石,挪动时用触手慢慢爬。"

"嘻嘻!像山里的豪猪。它的刺向后披,碰到豹子、狗熊,立刻往后快速倒退——倒攻,把刺抖得哗哗响,豹子、狗熊,连老虎也只好节节败退呢!"李老师问。

"你们喜欢打猎?"小高问。

"不!不!只是结交了不少猎人朋友。那位慕容老师说过它的壳是怎么由小长大的吗?"

他沉默了一会儿才说:

"好像是说它后面有个什么分泌腺,能分泌出钙质,随着身体生长的需要……不过我也没想通,它怎么这么神通广大,既能长出这么多的隔间,又能喷水,还能制造空气?

"对了,慕容老师还说过这橙色的花纹、隔间与天体运动有关。他也是在一本书上看到的。不过,有件事记得很清楚,说是数学家、建筑学家非常迷恋它优美的螺线,有的旋转楼梯就是仿生学的成果。更玄的是说它的这种螺旋暗示了斐波那契数列。我问他这种数列是什么意思,他也不知道……海洋生物世界神奇得叫你无法想象。"

鹦鹉螺化石的剖面

我端详着手中的鹦鹉螺，壳并不太厚，手感很轻，生长纹像是从脐部辐射出去，又好像是沿着平面做背腹旋转，使整体成了螺旋形。

"看海上，3点钟方向……"

我顺着李老师的手指方向看去，海面上漂着好几个像是鹦鹉螺的壳。但太阳早已没入海中，暮霭中只是依稀看到确有色彩，实在难以断定那是不是鹦鹉螺壳。

我拿着鹦鹉螺壳走了很远。李老师说很臭，小高说："腐烂的东西病菌多，还是扔掉吧！想要，以后我再给你们拾个好的。"

我也不坚定。可后来，却懊悔不迭，为失去一个珍贵的标本留下了极大的遗憾。

海上丝绸之路考古

我们清早 6 点起航,沿着古丝绸之路去金银岛,因为体检医疗队要赶早去给战士们采血。

今天的大海特别温柔,像是刚刚睡醒的少女,轻波微浪都涂抹着胭脂,连海风都似乎弥漫着淡淡的馨香。

大家都拥到甲板上,享受着大海的温情。几位女兵不断拍着照片,偶尔还相互给对方拍。在相机快门一声声的咔嚓中,那脸上淡淡的西沙黑,被映得说不出地美丽,将妩媚中透出的坚毅表现得淋漓尽致……

我突然想起《我是西沙人》中的一篇作品《西沙情结》,写一位女医生三上西沙的历程。

当她从学校毕业,第一次到西沙医院实习时,心中惴惴不安,不知怎样应对艰苦的生活条件,更是担心没有实践经验,而医生的工作关系到人的生命。然而,战友们关心她,战士们鼓励她:"没事,打吧,一针扎不进再来一次,干什么都是熟能生巧!"一句话,缓解了她的心理压力。她就这样一步步成长了起来。

她发现来就诊的战士很想找人说说话,特别是小岛上来的——那里工作、生活的压力较大。她想到战士们曾经是怎样减轻了她的心理压力,于是,只要有可能,她总是高兴地听他们的倾诉:工作的艰难、爱情的挫折……然后给予疏导、减压,她成了战士们的"阳光姐姐"。

三年后,她回到了海南。再三年后,她又义无反顾地来到了建设中的西沙。军营发生了巨大的变化,她也有了变化。她有了家庭、孩子,特别是当她要离家,儿子的小手抱着她的脖子不松手时,作为母亲的愧意涌上了心头。但她想到战士们也有爸爸、妈妈,也有妻子、孩子,心里更有一种说不清对西沙的怀念,她又毅然决然地到了西沙……

我记得,孙院长曾向我介绍过她感人的事迹。他是在谈到在西沙战斗过的战友们,都怀有一种说不清、道不明的"西沙情结"时说的。

她在不在眼前的这些女军医中呢？我在李老师耳边说:"问问她们,有没有一位姓龚,就是那位叫龚天琴的军医。"

李老师上去和她们攀谈了一会,然后对我摇了摇头……

那么陈司令介绍的那位已到了轮换期——在西沙工作的医生三年一轮换——仍然要求留在西沙的那位女医生在不在其中呢？她在海南有家庭、孩子……

转而一想,我有些愚拙,因为坚守在西沙几年,甚至十几年的老兵又何止几位医生呢!

"金银岛!"李老师大声说。

金银岛其实是被永乐群岛大环礁甩在西面的一个小沙岛,沙堤很高,面积只有 0.36 平方千米。从礁盘上的浪花、海水的颜色看,东北面隐约有几个小沙洲。从航拍的照片看,它所在的礁盘很大,东阔西窄,很像一把漂在海上的大提琴。

舰上的铃声响了,金银岛已在面前,码头上锣鼓声欢快,彩旗飘扬。

下了舰,金银岛的主权碑屹立在左边海岸上。右边的抗风桐伟岸,枝叶繁茂,如一座绿色的堡垒。

原来是两棵抗风桐纠结在一起,树叶很肥厚、碧绿,灰白的树干,其胸径有六七十厘米。树上有标牌:一为金树,一为银树。原来金银岛是得名于此？以

金银岛

它如此蓬勃也无不可。

同时我转而又想,热带林木生长速度快,它们的树龄也不过就是三四十年,肯定是守岛战士亲手栽种的。可"金银岛"的称呼,早已有之,以树附会也算别出心裁。是战士们对财富的理解,抑或是寓意战士们有一颗金子般的心?

记得那年在贵州习水,考察了一棵胸径三米多的杉木王。这棵树位于路口,后来人们在树旁新建了一座"杉王庙。"一般说来,树木依庙栽种能受到保护,没想到那里却是因树建庙。

无论是杉木王或金树、银树,都是人与自然关系的写照,都是对生命的赞颂。

"金银岛"的名字就很有诱惑力。在走遍了小岛之后,我深切地感到树木对于守岛战士的意义。它使贫瘠的沙岛不再荒凉,使远离陆地的小岛不再寂寞,它的绿叶洋溢着生命的蓬勃!这使我想起《我是西沙人》中常常看到的一句话:"钱是纸,情是金。"

医疗队已在给战士们采血。

常指导员和小林领我们去南面海滩。出了营区就是树林,林木多是高大的抗枫桐。从它们的胸径多在八九十厘米推测,树龄应都是在六七十年。

有一个树木群落特别显眼,叶墨绿肥大。

小常说:"海莲,是海南海莲。这片林子是岛上的原住民。海莲是金银岛的特别树种,很可能是当年渔民带来的。刚才孙院长还对我们说,要带几棵树苗到永兴岛去……"

"哞——"

我们吓了一跳。左侧冲出一头黄牛,正抵角向羊撵去;羊先还扬角意欲迎战,可只虚晃一枪,扭头就跑。

"东岛有野牛,你们这里面有野羊?"我问。

小常笑了:"不是,不是。是我们放养的,为了改善生活。我们这里偏,遇到台风、季风季节,给养船常常不能及时到达。"

出了林子,灌木密密匝匝,欺得小路曲曲折折。

小常说:"为开这条路,我们忙活了一两个月,脱了几层皮。"

路右边是瞭望塔。战士们每天要来值班、巡逻,都得在林子里钻来钻去。不修路不行,修了路每隔几个月还要来修整一次,这里的树长得太快了。

我们终于到达了海边,一条长长的银色海滩耀眼夺目,有七八百米长;银沙筑成的高堤,犹如城堡,十分壮观。

银沙前,茵绿、浅绿、淡黄、墨绿、天蓝的海水铺展向天际。

我们的脚刚踏上沙滩,就见几只灰白的光点,犹如流星般在银滩上滑过。我抬脚就追。

"追不到的,刘老师,是小沙蟹!"小常说。

当然追不到,这些小家伙精得很,只是眼前的美景激发了我的顽皮劲。然而,收获还是有的。

我拾到了一个小砗磲。它是那样小,小得比我的拇指盖大不了多少;虽然只有一半,但外壳上车辙一垄一垄的,晶莹透亮,如白玉雕琢而成。

李老师对它更是爱不释手,但她走了几步路之后,她也拾到一个巴掌大的砗磲:洁白的壳上,印着点点滴滴的鲜红,如红梅——这已是一件艺术品了。

小常说:"那是珊瑚留下的纪念。你发现没有,这沙滩与别处的不同吧?"

经他这么一说,我才明白刚才的感觉。

"亮,更耀眼,好像闪着色彩。不错。这里贝壳碎屑多,很多贝壳都有珍珠釉。风浪把贝壳磨砺成了沙子,这种沙子在都市里是宝贝。"我说。

我想起1994年在台湾访问时,高雄那边也有一段贝壳碎屑的沙滩。有的游客还特意去捡有色彩的贝壳沙。

李老师真的寻起了贝壳沙。

不一会儿,她走到我身边,递来一只碗的残片,是青花瓷。

小常也连忙跑了过来:

"你中彩了!这是明代的青花瓷。过去海滩上浪打来得多,幸运的还能拾到较完整的酒杯、汤勺。"

"明朝的?它怎么……"我疑惑不解。

小常将手往远处一指:"这里是海上古丝绸之路,直到现在还是通向东南亚、印度洋的国际水道。等一会儿在沙堤上还能看到外国船只上丢下的垃圾。这些家伙太不文明了,我们每周都要来捡垃圾。

"明朝是我国航海事业大发展的时期,郑和率领的庞大船队七下西洋——比哥伦布发现新大陆还早——结交朋友,进行贸易,但从没有侵占别的国家一寸土地。可殖民主义、帝国主义总是想侵略我们的领土,直到现在也没停止,常有舰船闯来窥探、骚扰……

"明朝的商船也是从这里过的。西沙多暗礁,在天气恶劣的海况下,触礁沉船也是常事。你们看,那边就是著名的华光礁。关于华光礁沉船考古的事,电视上的报道你们肯定看过,从沉船中发掘出了成千上万件的文物呢,瓷器最多,有一万多件。金银岛附近肯定有沉船,而且是明代的,这里埋藏着很多的文物、宝藏!"

"那边,喏,忽隐忽现的就是华光礁?"李老师指着东南方问。

"那里有两个小沙洲。西南这边还有三个小沙洲。"小常说。

没走多远,我们就拾到了六七片瓷片。除了青花瓷之外,还有一片是红色的,残留着两片花瓣。

我有了新发现,站在骄阳下连连拍照。李老师大概是听到了快门声就走了过来。

"发现这样的精彩——花棍,也不招呼一声,想独赏?!"

一根漂来的毛竹上,长满了贝类——血紫色的外壳,雪白的内面,犹如一

美丽的西沙群岛

搭乘竹篙在海上漂流的乘客

朵朵盛开的紫木兰——木兰花是未叶先花——鲜艳得流光溢彩。

太奇妙了!想来是渔船上掉下了一根竹篙。它在海上漂荡,沿途招来了一个个"乘客"——它们想去看看外面世界的精彩。

谁知大风大浪将竹篙打到沙滩上,结束了它的漂流。"乘客"们在烈日的炙烤下,一个个都张开了大嘴,呼喊、渴望着甘泉的滋润。

它们是遭到了海鸟的啄食,还是哪位猎食者的残暴对待?

生命是美丽的,生命也是悲壮的……一路思绪绵绵……离开金银岛后,我很后悔,没有将那根生命之竹带走,送给永兴岛海洋博物馆。

月夜沙蟹

晚饭后,小林来了:"想不想去捉沙蟹?"

他的口音中有着浓重的广西味。我看不清他脸上的表情,是揶揄,还是……我知道沙蟹很难抓。30年前,我们带着两个儿子去普陀山。在百步沙,十来岁的小儿子小早费尽心思想要抓到一只沙蟹,可那些小家伙就像幽灵一样,眨眼间全钻进沙里。这种"老鼠逗猫"的游戏玩了好长时间,小早仍是两手空空。

是因为我们在沙滩上,因而童心大发?管他呢!于是我说:"当然!"

不一会儿,小林提了五六只塑料桶来了,还带了一把锹,又将一包剩饭、剩菜递给了我。难怪他去收拾饭桌呢!

晚饭后是营区最热闹的时候,穿过你来我往争夺激烈的篮球场,走过正在树荫下围着石桌下棋的战士……

"喂,小吴,把你的狗借我用一下!"小林喊。

下棋的小吴拍了拍蹲在他身边观战的小狗,又指了指小林:"好咧。熄灯前一定要送回来!"

这条狗身材修长,看样子就善于奔跑。它全身乌黑,只是尾巴稍有三四厘米是雪白的。小林叫了它一声"白尾儿",给它两块馒头,算是付了它的工资。那狗也就在我们身前身后地跑了起来。

到了沙滩,小林说:"你们先去凉亭边歇息,我马上叫白尾儿表演一个节目。"

真的,左边有一座漂亮的白色海景凉亭,看来是战士们休闲的场所。可上午来时,我怎么没看到?我和李老师坐在石凳上,捧着椰子喝椰汁,看着海天之间的晚霞,吹着海风,享受着惬意和舒坦。

小林领着白尾儿走了有百把米的距离,然后指了指一处,让白尾儿嗅了嗅。他又给它一块馒头,算是定金还是劳务费?口哨声骤响,那狗立即飞快地向这边跑来,开始寻找目标。

正在疾奔中的白尾儿突然用右前掌一拨,似是有一个灰点子一闪;它提起左前掌又是一下,只是扬起了沙……它看了小林一眼,口哨声骤然而起,白尾儿又闪电般跑起。灰点子不敢怠慢,眼看就要被追上了,它却左右蛇行起来,白尾儿伸出右前掌把它斜斜地打上天空,纵身上蹿,一口咬住了正往下落的灰点子。

不用指挥,白尾儿径直跑到凉亭,张嘴一吐,一只沙蟹掉到了地上。

"沙蟹有这样大的?"我感到不可思议。

这只沙蟹比我们上午看到的大了好几倍。

白尾儿竖起尾巴,像是摇摆胜利的旗帜,还伸出了右前肢。李老师竟然和它握了握手。奇迹!她平时最怕狗啊!

"这不算什么,只是第一个节目;待一会儿再看下面的。要劳两位老师起身了,只有'站票'。反正太阳也下山了,又有习习海风吹着。"小林又给了白尾儿一块吃的,算是颁发了奖金。他指了指沙滩上的一个蟹洞,洞口外有一小堆蟹儿扒出的沙子,沙子上还清晰地印着蟹爪印子。

白尾儿乐颠颠地提脚迈着小快步。沙蟹比它还要快,快得像是磁悬浮船,似是贴着沙面飞。但白尾儿在速度上的优势是明显的,它突然加速只一会儿就伸出右前掌猛然按住了沙蟹。等我们赶到,它才提脚——

嘀,沙蟹不见了,沙滩上只留下了一个洞!

我和李老师相视而笑。哈哈,小白尾儿,你也有着道的时候?这叫"道高一尺,魔高一丈"!

小白尾儿看了我们一眼,表情很复杂,是沮丧还是惭愧?抑或是莫名其妙?

我们被逗得开怀大笑。可小林不动声色,满脸都是讳莫如深的表情。

白尾儿突然伸出前掌刨起了沙洞。这不是白费劲吗?

它的爪子一掏,沙就往下坍,坍着坍着,连蟹钻的洞眼也看不到了。

可它很执着,只是改变了方向,斜向扒去;两爪并用,一个劲地刨挖着,就像拳击手练着组合拳……

嘿,沙蟹终于露出来了。只见白尾儿伸嘴就将它咬住,嘎吱一声,蟹壳破碎……

那刨出的沙坑竟有桌面大,三四十厘米深!它是怎么看出沙蟹地下工程窍门的呢?

"真是强中自有强中手!它是经过特意训练的吧?"我问。

这个鬼小林,只是笑而不语。看我又要追问,他才说:"趁着天没黑,赶快布阵。"说完,就往前走,说是那边的沙蟹又多又大。到了伸到海里的沙岬处,他提锹挖了起来。挖出了坑,他放进了一个塑料桶,桶口刚好和沙滩在一个平面。这才将四周理平,放了一些剩菜、剩饭在桶底。如此这般,每隔二三十米放一个桶。直到忙完了,他才说:"到凉亭吹吹海风,听我讲讲故事,待一会儿再来吧!"一轮明月悬在海上,远处时时传来浪声,近处礁盘上闪着一片粼粼波光,不知是星星映照的,还是轻波微浪的眼眸?

空气中偶尔飘过绿叶散发的芬芳,一切都在诗意的笼罩中。

小林开说了——

"当年,岛上的生活条件很艰苦。淡水、蔬菜、粮食全靠补给船。补给船先要把物资运到永兴岛,再由永兴岛运到琛航岛,然后由琛航岛往金银岛、珊瑚岛和中建岛配送。

"夏秋是台风季节,冬春是季风季节,个把月来不了给养船并不罕见。有一个故事你们听说过没?

"一位探亲归队的战士,在三亚看到有卖小鸭的。小鸭毛茸茸的,金黄色,配个扁扁的小黑嘴,很可爱。他灵机一动:何不买它几只带到驻守的岛上?

"小鸭是买了,可等了很长时间才有船。他高高兴兴地到了永兴岛,偏又遇上了大风,只好再等。好不容易到了琛航岛,还是没船去中建岛。中建岛最远,那里的港口水道水浅,进不了舰艇,小船又禁不住风浪。那位战士左等右等,总算到了中建岛。

"你们猜,那些小鸭怎么了?"小林问。

"全死了?"我说。

"没有。"

"只剩下一只?"

"怎么可能?战士把它们当成宝贝呢!"

"那是……"

"下蛋了!一色的青皮蛋!"

借用相声的一句行话:"包袱"抖得很响。

但我们笑不起来,有些苦涩!黑色幽默?

小林接着说——

"这逼得我们只好向大海要吃的,海鲜多嘛。可大风时下不了海,我们只好打沙蟹的主意。

"在陆地动物中,熊是捕鱼能手,狗不善此道,那就训练呗。你们看,这狗只要抓住蟹,首先是解除它的武装。

"狗吃过亏,开头抓沙蟹时,沙蟹一下就钳住了狗的嘴唇——别看它不大,钳起来力道可不小——疼得狗又是甩头,又是跺蹄,狂跳不止,可那沙蟹就是不松钳子……

"白尾儿不仅会抓沙蟹,还会到海里抓鱼哩!"

我们都说要欣赏它抓鱼的精彩。难道它也会像熊一样用掌将鱼打到岸上?

小林说:"天黑了,明天再进行这个科目吧!"

是呀,生存竞争中,每个生命体都将生存的技能发挥到极致,闪耀着无比精彩的生命光华。也正是残酷的生存竞争,才造就了生物世界的繁荣、昌盛。

我们陷入了沉思。

小林突然站起:"去看看战果吧!"

一直趴在边上听着的白尾儿,早已立起身子领路了。

到了第一个桶,嚄,桶底有了四五只沙蟹!在电筒的光照下,有的吐着愤怒的白沫,竭力往上爬,可桶壁太滑了,只是徒劳;还有一只正没心没肺地大吃剩饭、剩菜。

小林眼疾手快,将它们捉到手里的桶中,然后要我把剩饭菜再添到桶中。

四个桶的收获竟然已盖住了小林手中的桶底。

闻到饭菜的香味,这样的大餐还能放过?沙蟹们来了,谁知却中了"请君入瓮"的奸计!

猎人——渔民也是猎人——要么避开猎获对象的长处,充分利用它的短处设套;要么利用猎获对象的长处设套,使之聪明反被聪明误。

小林说:"现在还不是沙蟹最活跃的时刻,两位老师是回去休息一下再来,还是就在凉亭一边乘凉一边等待?"

我们的选择当然是在这里等待。

我们第二次再去看时,每只桶里都有十几只沙蟹。在沙岬尽头,我发现海水中有一个像大肚子壶样的礁石,在手电筒的光照下,呈灰蓝色,好像还随着海浪一摇一摆的,难道不是礁石是珊瑚?

我连忙招呼小林,他刚看到就走到海里,将那家伙一推,再搬起一倒,里面流淌出哗哗的水……不是礁石!

"老师运气好,我都多少年没看到这个了!"小林兴奋地说。

到了近前,我才看到它像农村自家做的装粮食的泥瓮,口小肚大,总有30多厘米高,大肚处的直径不会小于40厘米,凹一块,凸一块,端口不大,只有约10厘米的直径。端到手里,分量不重,内里空空。

"像火山锥呢。"

经李老师一说,我再把它放到远处一看,还真有些像我们在云南腾冲看到的火山群中的火山锥!

"是珊瑚?"李老师问。

"掂掂分量看,任何一种这样大的珊瑚,你都搬不起来。"小林回答道。

"还能是海洋中的一种藻类?"

"也曾有人认为它是植物,可科学家后来发现它是动物。我们的球鞋垫子是用什么做的?"

"海绵?不可能吧?别糊弄人!我在海南陵水那边捡到过海绵,不是这个样子——这个像是制造出的木桶。海绵有这样的能耐?"我说。

"它就叫桶状海绵。你捏捏看。"小林说。

"嗯,真的,有弹性。海洋生物这样奇妙?"李老师惊讶地说。

"直到现在,科学家还没发现世界上有比生命更奇妙的物质!"小林说。

是的,它长成桶状,很可能是为了吸引别的生物前来居住。居民中应该有它的食物,或能为它制造食物的生物——生存环境选择了进化。

"它是活的?"李老师问。

"死了。海边不可能有活着的。"

这一晚收获挺丰富,总有大半桶的沙蟹。小林还像筛糠一样晃着桶,留下大的沙蟹把小的全都放了。

路上,小林说:"近年规定,为了保护生态,守备部队没有特殊情况,严禁下海捕鱼。为了招待医疗队，这是经过批准的。

"过去这里的海产很多，鲍鱼、海参、龙虾、红石斑鱼，应有尽有。但那时常能碰到十天半个月没蔬菜，天天吃海鲜也很可怕，看到它就恶心。看来人的生态平衡，首先应该在饮食上保持平衡。

"然而，不断有某国的渔船偷偷摸进来，来了就放炮炸鱼，一包炸药就是几千斤鱼，还毁了珊瑚，生态遭到了极大的破坏。这种行径太可恶！等到我们追去，他们早已逃之夭夭。"

"你就是那位在金银岛服役几年没下岛的模范军人，为修这条路，晒脱了几层皮的小伙子吧？我看过那幅照片，照片里的战士脊背上翘起一片片脱皮。还有篇人物专访是写你的吧？"我问。

他没有回答。走了一段路才说：

"你随便了解一位战士，哪个不是经历了严酷的考验——我们每位战士，都是从在家里是父母的乖乖宝，到最终成长为一名保卫祖国的忠诚战士的——可大家都把这作为人生最大的财富。现在每年都有成家立业后的老战士再来西沙，重温这里感恩这里——充满了团队精神和浓厚亲情的大家庭。大家都说这是'西沙情节'！"

鸟巢会馆

地球是一个大大的生物圈,各种地理环境又构成了小生物圈,生物圈中其他生物和谐了,才有可能实现人与自然的和谐。

东岛有美誉:童话岛。

西沙人说东岛有三宝:水芫花、鲣鸟和野牛。水芫花是珍稀植物,据说海南的文昌市只有几棵,再就是台湾有一些。东岛是我国鲣鸟唯一的栖息地,唯一的自然保护区。也就是说,在我国要看美丽的鲣鸟,只有到东岛。野牛就更奇了,它不吃草;要看不吃草的野牛,也只有到东岛。

东岛离永兴岛并不远,在永兴岛东,距离永兴岛也就一个多小时的海程。但能否上得了东岛,那还要看缘分。

今年6月,我们在永兴岛等了好几天,大风才停息。一天清早我们兴高采烈地登上了巡逻艇。

那真是天蓝蓝、海蓝蓝。出港不久,我就发现"海蓝蓝"中有着不同的景象,远处的蓝色泛着黑色,到处都是深一块、浅一块的蓝。最为奇妙的是有一片海域很亮,似是阳光集束投射;再看天上,没有一丝云儿。

前一航段风浪不大,我正在和李老师商量拍摄鲣鸟时,巡逻艇突然摇晃起来。我原以为只是偶然碰到了迎头风,谁知它却摇晃得一发不可收拾。

李老师早已进舱躺到床上,我因惦记着鲣鸟,仍坚持留在前面便于瞭望的大舱中。有人开始呕吐了。房间内有个长长的白色塑料圆筒,看来和那天捕海鳗的笼子有些相像。它从左舷滚到右舷,再从右舷滚到左舷,挺好玩的。

突然听到铃响,我很高兴,以为已到东岛了。然而,那白色长圆筒滚到左舷时却不回来了。正奇怪之时,艇长通知:浪高3米,巡逻艇倾斜30度,返航。原来东岛的附近有一条大海沟,大海沟的涌更大。

躺在椅子上的战士趔趔趄趄地爬了起来,搬起甲板上的白色圆筒,嗖的一声扔到了海里。

我问:"是捕海鳗的笼子?"

"炮弹!臭弹!处理!"

他随口说的一句话,让我吃了一惊。好家伙,我们刚才不是一直在和炮弹共舞吗?!若是早就知道它是炮弹,我大概也没有兴致看它滚来滚去了。

巡逻艇进了永兴岛港了,李老师还以为是到了东岛。结果只是空欢喜一场。

9月,陈司令做了精心的安排。我们还在合肥时,他在电话中就说他在东岛蹲点调研,要我们上岛后第二天,就跟着顺便接他的巡逻艇到东岛。

今天,巡逻艇刚过了七连屿,蓝天中,一群群美丽的红脚鲣鸟已飞来迎接。雪白的羽毛,蓝色的面孔,红红的脚,不紧不慢扇动的翅膀——飘逸、潇洒。

已有的海上经验,使我们看到了涌的奇观。它没有海浪卷起的浪花,板着靛青色的面孔。好像只是由海底往上涌,鼓起的海水像一个个大馒头……看着看着,脑海里竟然浮起柴达木盆地中的雅丹地貌,那也是一个个兀立的土包——由风雕蚀成各种形象,有的如长鲸吸水,有的也如馒头一般……在这种迷宫中,最容易迷路了。

船上下颠了起来。

从卫星拍摄的照片看,东岛有几重颜色,外围形如太极图中的阴阳鱼,靛青中泛红,还有霞霓的光晕,再是蓝、绿、白……以此判断,礁盘很大,白色的是沙,围起的岛像一个梯形,由上升礁和珊瑚、贝壳屑及沙体复合组成,是西沙第二大岛,面积约1.7平方千米。

下了船,我们正在椰林中走着,迎面来了一列身着海军迷彩服的战士,一边走一边说笑着。若不是陈司令喊了我一声,我根本没发现他。他一脸的西沙黑,一身的迷彩服,迈着矫健的步伐,和普通士兵没有区别。

时隔三个月,很多想说的话都闷在两只大手的紧紧相握中。

到了东岛,我的第一感觉就是进入了热带森林。到处都是椰树、抗风桐、榄仁树、羊角树、银毛树、肥大的香蕉和攀缘在树上的藤本植物,高大、茂密,很难见到一块空地。

刚放下行李,我们就要去林中,连长和指导员都说现在阳光太毒。

李老师指着我俩的脸说:"看看,我们的脸上也盖了西沙黑的大印,不比你们差多少吧?"

逗得两个小伙子笑了:

"那就请我们的鸟博士领路吧!"

"哎,还有我呢!"人群中冒出了小吉。

"你不是跟司令走了吗?"李老师问。

"看到你们来了,想跟你们多学一些,司令同意了。"小吉说。

"是想看我们笑话吧?"李老师打趣道。

上次来时,只要我们闹笑话,他总在场。

鸟博士是士官小李,因为鲣鸟和他的爱情故事,我们已有神交。他很憨厚,只是笑着。

按惯例,我们先是绕岛一周。出了营房,就进入森林。林中小路像绿色的隧道,只有树冠筛下的丝丝缕缕的阳光。小鸟不时掠过,留下几声啁啾;蝴蝶绕前绕后……

视野豁然开朗:高大的抗风桐,灰色的粗壮树干,短粗的圆润的密密麻麻的树枝。奇怪!树冠光秃,没有一片绿叶。雪白的鲣鸟嘎嘎叫着,或三五栖在树枝上,或小群盘旋在空中。

鸟博士一定是看到了我满脸的惊诧,解释说:"虫灾。树叶都被虫吃掉了。我们正在采取措施,消灭害虫。别担心,新叶很快会长出来的。"说着,一指近处的一棵树,"你看,这新叶已经出来了。热带的树,几场雨一下,呼呼长!再说,这下面鸟粪层厚,别看是沙土,肥着呢!"

"鲣鸟不吃虫?"李老师问。

"不吃。岛上多是水鸟,水鸟不吃树上的虫。"

"只吃海鲜?口味挺挑嘛!"我说。

他笑了。

"每年都有虫灾,还是今年特别?"我问。

"都有,今年严重一些。"他说。

"树死了。鲣鸟不就没有了栖息地?"我问。

小李说:"说来也挺值得注意,每年到这时节,虫害就发生。但没多久,新叶又都郁郁葱葱地长起来了,好像还没见到哪棵树是被虫吃死的,有点像非洲大草原,每年要经过一次雷击火,大火烧死了一些植物、动物,可不久又是一个繁荣的生命世界。真有点'野火烧不尽,春风吹又生'的意味。"

"你是不是想说,虫在结茧成蛹时,新叶又长了出来,它们之间有着某种关系?"我问。

"能找出这种关系不是很有意思吗?"他的眼睛很明亮。

"是和小赵一道观察、共同研究的课题?"我问。

小赵是中国科技大学生物学硕士,2003年曾随导师在东岛研究鲣鸟,后来导师的博士论文,小赵的硕士论文,都是以研究鲣鸟为题。两年前,小赵已成了小李的妻子,夫妇俩有了爱情的结晶——美丽的女儿。

"这只是我的瞎想。你看,林下原来很少有草,抗风桐叶子给虫吃了,阳光能照到地上,林下的草就长起来了,粗壮的草茎成了鲣鸟筑巢的材料。这个小岛上生活着10万只鲣鸟,它们筑巢的建材就成了大问题,哪有那么多的枯枝?"他笑得很灿烂。

"你的意思是不是想说,这种虫就可以在这个生物圈中还起着一定的积极作用,不一定要全部消灭,只要控制就可以?"我问。

"还有一种现象,不知你们发现没有?"

"你是说,这种虫,只吃抗风桐的树叶,不吃别的树叶?"我若有所悟。

他憨憨地笑着。

"真是奇怪,这边羊角树的树叶长得碧绿、茂盛。要说这种虫不吃灌木的叶子,可土枇杷也是乔木,它的树叶也没被虫吃嘛!有意思!这种只吃抗风桐叶子的虫,真和抗风桐有什么特殊的关系?昆虫和植物之间的关系本来就很奇妙。"李老师说。

"李老师说的确实是个很有意义的课题。当然,在岛上,除了鲣鸟,还有一位角儿和抗风桐有着关系。"小李说。

"还有哪种植物、动物?还是人的活动?"李老师问道。

"等一会儿会出场的。李老师观察得很细致,一定能发现。发现是种快乐。"

"你说这话我爱听。"李老师笑道。

我问:"你知道这虫的名字吗?"

"标本已送到海南大学去鉴定了。"他说。

我想:这是一个特殊的生物圈,仅从几个物种的表现,还难以下结论,但仅仅如此,已非常有意思了。

没走几步,我换了个视角,林间突然有了新奇的变化。

"鸟巢!"李老师惊喜地喊着,相机的快门声像打击乐般咔嚓咔嚓地响起。

是的,茂密的抗风桐林,中间是抗风桐的树干,两边树冠自然地、均匀地披下,俨然是披顶,圆润的枝犹如线条般错综地勾勒在一起。

树上是一群群雪白的鸟儿,它们或窃窃私语,或相互梳理羽毛,或筑巢,或求偶,或孵蛋,或展翅在树冠上盘旋……

"太像北京奥运会场馆——鸟巢!嗨,大自然的杰作!那位设计大师肯定是受到了它的启发吧?"小吉惊呼,也端起照相机、摄像机,忙得不亦乐乎。

发现的快乐是无法比拟的。我们正是迷恋于发现,才乐于在大自然中跋涉。大自然总是引导人们热爱生活,为生活注入新鲜和灵动,使每天都成为崭新的一页。

大家流连于新的发现。我看了看手表,不得不催促前行。

我们沿着林缘,到了东海岸。海边的灌木——羊角树绿叶泛着银色。

一座小庙立在海角,外形是只大瓶,中间供了一位女神——观音菩萨。那瓶的设计构思巧妙,应是盛满吉祥幸福的甘露!

这里的海岸是礁石垒起的平台,与沙堤大不相同。东南海岸边,铺着墨绿的灌木丛。叶小,无柄,树枝带着红色。

"这就是水芫花!"小李说。

这些不起眼的小灌木,就是大名鼎鼎的水芫花?我转而一想,也就自嘲起来,植物也是物以稀为贵嘛!

李老师问:"怎么这边开的是黄花,那边开的是白花?"

小李说:"它们俩常长在一起,开白花的是水芫花,开黄花的是另一种植物。"

我仔细观察着水芫花,花不大,虽是单瓣的,但洁白无瑕;花形如荷莲,难怪渔民叫它海芙蓉。

从这里可清楚地看到,这片抗风桐树林占有全岛三分之一的面积。

珍稀植物水芫花

"10万只鲣鸟,都集中在这里栖息?"我问。

"密度很高。过去永兴岛也有鲣鸟,但随着人口的增加、植被的减少,20世纪50年代就没有了。东岛的鲣鸟,是西太平洋最大的群体,数量占全世界的十分之一;再不保护好,后人就看不到了。"小李说。

这儿又是一片草地,被称为大草坪。再往前,深草中闪着水光,几十只小型海鸟正忙着啄食。从地形判断,那片水域应是潟湖的遗存。

小李证实,它确是潟湖,只是保护得较好,植物才这样茂盛。

别看这个已沦为小水塘的不起眼的潟湖,它藏着这一海域上万年来的气候、地质变化的密码。但直到中国科技大学地球物理学家孙立广来了之后,才揭开了其中的奥妙。

孙立广教授在这个遗存的小小的潟湖中,发现了什么秘密呢?

他是研究极地环境的,著有《南极100天》,书中以优美的文字,展示了南极的奇异风光、科学家们辛勤的耕耘,充满了激情、幽默,受到了读者的热烈欢迎。有一天,他的身影突然出现在西沙群岛,因为南海是连接热带海洋和中国大陆的纽带。当然,对这一区域气候变化的研究,直接关系到我国对未来气候变化的预测。2003年,他在西沙的东岛、北岛、中建岛连续工作了数十天,采集了大量的标本。从这些标本中,他了解了南海世纪尺度下气候变化的数据,特别是西沙群岛的降雨变化情况,发现了它与传统热带气候变化机制理论——热带辐合带摆动理论——的预测结果存在差异。

是传统的理论错了,还是他们研究的结果错了?

2008年,他的课题组又来到西沙群岛。八年中,他们共采集了多个时间跨度超过千年的沉积柱。研究结果证明:位于赤道辐合带的西沙地区,在小冰期期间出现了降雨量增多的情况。这正是传统理论所不能解释的。

他们重建了过去千年热带太平洋地区降雨的空间结构变化,得到的结果证实了他们的假说——"在相对较冷的小冰期(公元1400年—1850年),热带西太平洋地区降雨增多,而热带中东太平洋降雨减少,表明该时段太平洋沃克环流较强;而在相对温暖的中世纪暖期(公元800年—1300年),热带西太平洋地区降雨偏少,而热带中东太平洋降雨偏多,表明该时段太平洋沃克环流较弱。"

他的课题组的论文《热带太平洋水文记录揭示的过去两千年南方涛动指数变化》,发表在国际著名学术刊物《自然·地球科学》上。这篇论文的提要,概括了其论述的内容和意义。

"这篇论文利用热带太平洋地区古降雨记录对过去千年太平洋厄尔尼诺涛动(ENSO)的变化进行了重建,并用世纪尺度ENSO的变化机制及其对北半球中高纬度气候的影响进行了分析,结果显示过去2000年热带太平洋ENSO活动强度受太阳活动控制并与北半球气候变化关系密切。这一结果为我们理

东岛上的潟湖

解世纪尺度气候变化机制提供了参考,并将有利于我们进行中长期气候预测。"孙教授是位热血可以燃烧的科学家。第一次相见,我就被他充满激情、胸怀坦荡的气质吸引了。他的研究方法,充满了科学家、艺术家的奇思妙想。

他是从哪里获得南海以往2000年的降雨记录的呢?说来难以想象,是从鸟粪层和砗磲中寻觅的。

在西沙的东岛,他从潟湖中钻取了很多沉积物柱,并从这些沉积物柱中存在的鸟粪土中重金属汞、铅、砷的变化,介形虫、有孔虫、植被的兴衰,认识到历史上厄尔尼诺现象发生时,降雨量偏低,气候变暖,鸟粪数量增加,得知东岛在历史上最少有五次沉降——有段时间浮出海面,有段时间又沉海底——1300年前它还在海底。最奇特的是,也有着9厘米厚的沙层,在这个沙层中没有动物、植物。这显然是一次大的风暴潮或海啸带来的灾难性的结果。

他还选择了砗磲作为研究对象。砗磲壳的生长,受着海水温度及其食物丰贫的制约。因而,它的壳就具有了树木年轮的意义。

他说,地球气候的变化,自有它的规律,如地质年代的冰河期、干旱期。为了研究人类活动对气候变化的影响,他利用鸟类中重金属的变化印证其与人类活动的关系。如唐朝铜的产量与鸟粪中铜的含量是相符的。安史之乱中,生产遭到了破坏,鸟粪中含铜量明显低了。

记得2010年,安徽省政府参事室组织参事们去上海参观世博会。那天,我们出来晚了,天黑,又下着雨,既无公交车又找不到出租车,更未带伞。我和孙教授,还有同是研究粒子的刘祖平教授一起,决定步行回住地。

雨越下越大,孙教授突然唱起了歌:

"是那山谷的风/吹动了我们的红旗/是那狂暴的雨/洗刷了我们的帐篷/我们有火焰般的热情/战胜了一切疲劳和寒冷……

三个六七十岁的老顽童放开嗓子高唱《勘探队员之歌》,满腔的激情,旁若无人,迎着风吹雨打,一路高歌……

直到数年之后,我们三位老顽童再相聚时,还情不自禁地唱起这首青春勃发的歌!

我正在遐想之际,一阵嗒嗒嗒像敲竹板的声音从林中传来。我循声看去——

嘿,树上一只黑色的大鸟,胸前抱起了巨大嗉囊,鲜红鲜红的,像一个大气球。

"军舰鸟!雄性,正在求偶,和红脚鲣鸟同时生活在这里。东岛的鸟类最多,有几十种。也只有在东岛才能看到它。"小李说。

"这就是凶狠的强盗鸟?那天看到它,胸口没抱个大红球嘛。有多少?"我问。

"群体数量不大,也就二三十只。"小李回答。

"它能和鲣鸟相安无事?我们亲眼看到过它凶狠地从鲣鸟嘴中抢食,鲣鸟见到它就逃。现在鲣鸟竟然与强盗为邻?"我有点不相信。

动物之间有很奇怪的关系。它们在海上你死我活地争夺食物,筑巢时却紧紧相邻。它们能不能叫求大同存小异,是不是相安无事,待会再看吧!

绕岛转了一圈,我有了大致的印象:岛不大,在森林中和林缘地带,有着草地、水塘、灌木丛……生境多样,物种自然丰富了。

"野牛呢?怎么没看到野牛?"李老师有些心急。

"野牛都隐匿在林子的深处,我们很难进得去。陈司令来了几天,都没看到。只是昨天晚上,我们才看到它们的眼睛在林子里闪着虹光。就看你们的运气了。"

小吉证实确是如此:"我们还在呆头呆脑地潜伏观察,陈司令指了指林子里的虹光,说那就是野牛在夜里的眼睛的光。他是在农村长大的。"

我对李老师使了个眼色,她也就不再问了。

关于在这个一望无际的大海中的小岛上野牛的来源,有着多种版本:一说是汉代伏波将军巡视南海时放养的,又一说是清代海军将领李准自荐在岛上放牧时留下的;我更愿意相信是早年渔民带到岛上的那个版本。不管哪种版本,反正这些牛至今还野生在这片森林中。

寻找野牛

下午2点多,我和李老师悄悄溜了出来,去寻找野牛的行踪。

一出空调房间,立即像走进了蒸笼,热气铺天——岛上官兵的生活条件早有改善,营房内都装了空调。

"仔细看清了目标区?"李老师问。

"只管跟着走好了。"

在野外考察,到了目的地,我们常常甩掉向导单独行动,这可以最大限度地保证发现快乐的原汁原味。虽然这常常让我们吃尽了苦头,但我们死不改悔。当然,这么做也有抓紧时间的意思。

西沙的气候变幻无常,在野外,很多意外的发现是可遇而不可求的。

"你抓到牛尾巴了?"李老师问。

"只能说是看到了一些影子。"我说。

"野牛一定是隐藏在核心区。那里的林子密钻不进去;勉强进去,我们没带长袖衣服,又没戴帽子,会有很多麻烦。"她说。

"谁说要进森林腹地了?"我反问道。

我们出了林子,也就快到海边了。我把大致计划说了一下,要她和我保持一定的距离:"这里刚好是片草地,我们沿着林缘走,尽量利用树、地形隐蔽,千万别往树上看鲣鸟。惊动了它们,那就太不幸了!"

我们早已浑身汗透。林缘地带的小树、杂草很不友好,总是抓你一下,扯你一下,我的手臂上已拉出了几条血痕。

鸟儿们在树上飞起落下,不时响起吧嗒、嘎咕声。凭着经验,我已能分清军舰鸟或是鲣鸟的叫声。但还有一种"咕咕"声,不知是什么岛发出的。或许是雏鸟向妈妈要吃的乞食声吧!我的心中不断涌起看一眼的欲望。但若是惊动了鸟儿,我们的计划只能是失败。既然鲣鸟、军舰鸟和野牛长期共同生活,它们之间一定有着某种默契。

我们走了很长时间,仍然没有发现野牛。

李老师有些焦躁,小声说:"不是说这儿的野牛不吃草吗?在这草地能找到?它吃什么?"

"它肯定不喜欢海鲜。密林中一定比林缘这边热,牛也怕热。我儿时放牛,一到中午它们就往水塘挣。"我说着指给她看左边的一丛草下的土。

"是牛的蹄印?"

"还能是海龟的?"

她刚要张口,我立即做了个噤声的手势,弯腰迅速向前走去。很好,离林缘四五米刚好有一丛小灌木。

李老师跟上来,伏在我的身边。我指了指前面四五十米远的地方。

她看了一会儿,疑惑地说:"不就是几只鲣鸟吗?对了,还有两种鸟。"

"鲣鸟一般不下地,它们落到地上,是要开会?耐心点。不寻常的举动,总是有原因的。"

"我忘了鲣鸟不吃虫……还能是犀牛鸟(最喜欢在犀牛身上吃寄生虫)?"她问。

"东岛是非洲大草原?再看看那儿还有什么鸟!"我说。

"白鹭!我还以为是鲣鸟呢……对,在湖北石首、江苏大丰麋鹿自然保护区,都看到它们在麋鹿、牛的背上啄食寄生虫……"

前面立着一片树林,像一道绿墙。我正在打量该往哪边探寻时,右边的树林中有了动静。

啊,一群野牛走出来了!身子上毛色酱黄、橘黄、浅黄不一;个头不大,很似北方的沙牛,犄角短粗。毛色浅的,显然是牛犊,成年、亚成体,很齐全。它们有20来头,个个体格健壮。看来,它们是野生状态下强壮的自然群体。它们迈着方步,队列整齐。

那头小牛犊拱到妈妈的肚下喝奶,还不时刨起蹄子,踢着小伙伴。

有两头牛把嘴伸向抗风桐。怎么?真的,它们用舌头卷起树叶,大口大口吃了起来。

"原来是吃树叶?"李老师叹道。

"难道那是草?"我反问。

"怪了!真是童话中才有,牛不吃草!"

"这里是个特殊的生物圈,只有从这一点出发,才能观察、理解它的特点。"

这里的抗风桐树冠也是光秃秃的,但树干下端,离地一两米处生出了新枝新叶。

李老师举起照相机,但没有按下快门。这次我们没带笨重的变焦镜头,野牛的距离显然是远了。

我还未来得及制止,李老师已猫着腰向前靠近。我心想,要坏事了⋯⋯

天空突然传来一声鸟鸣——这个可恶的哨兵!

那头肩胛高耸、浑身酱色油亮、体型最大的牛抬起了头,停住了脚步,四处张望了一下。它肯定是这个群体的头领:牛王。

李老师又趁机往前接近,急得我差一点喊出了声。真是个自以为是的家伙,你以为你是谁?这么多年在野外白跑啦!最起码要等它们情绪稍稍安定了吧!

还好,原来立在草地上的鸟还没动,只是瞪着警惕的眼睛,但它们马上就

不吃草的野牛终于出现了。

会有行动的。

我也管不了那么多,一边走一边用卡片照相机拍照。

聚集在地上的鹭鸟飞了起来。那头高耸肩胛、最为强健的公牛撤向了右边的林子,不一会儿就消失了。

我快走到李老师身边时,她突然向我做了一个停步的手势。

她又发现了什么?

奇迹出现了!那头公牛又领着牛群回来了。它们虽然走得很慢,但正巧是拍照比较好的位置。可没等我们拍两张,鹭鸟的叫声就响成了一片,接着是白花花一片飞到了牛群的上空。公牛撒开蹄子跑了起来,顷刻间无影无踪……

"李老师,拍过瘾了吧?"正在这时,一左一右走出了小吉和小李,小吉还追着牛群遁逃的方向摄像。原来是他们将牛赶了回来。

李老师埋头看着相机上的回放屏,我却是又高兴又有些沮丧——时间太短了,只能算是匆匆打了一个照面,它们自在的生活场景我一点都没看到。

"拍到了,有两张还可以。"李老师可不管我的脸色!

小李看了她拍的照片,大加赞扬:"能看到野牛已不容易了,更别说还拍到了照片,或许还有机会能拍到更好的呢!"

她受到了鼓励,忙不迭地问:"你们怎么找到了这里?"

小吉说:"一看你们房间没人,小李就说你们肯定是到这里寻找野牛了。他说见到刘老师在这里发现了野牛蹄印,还说你们上午对这边的环境看了又看。侦察是他长项啊!为了让李老师拍得好,我只好放弃了。"

"你们也看到野牛了?"我问。

"是小李发现的。沾你们的福气,来东岛少说也有十几次了吧,还是头一次看到它们呢。想要它接见你,还真难哪!"

小李只是憨憨地微笑,递过两瓶水,很有神采的目光在我俩脸上扫描着。

我问他:"这个群体不小,还有更大的群体吧?"

"有三四十头一群的，一共八群，总数在320头左右。后来，人们发现它们的个头愈来愈小，有位来考察的老师说是近亲繁殖引起的退化，就又从海南运来了种牛——这些种牛都经过严格的体检，特别是检疫；如果带来了瘟疫，肯定是灾难性的——群体才兴旺起来，发展到今天的规模。"

"它们专吃树叶不吃草，很可能是草太少。除了抗风桐的叶子，其他树叶它们吃不吃？"我问。

"没看到过。抗风桐的叶子大、厚，水分多，树干下不断长出新叶。要不然，野牛脖子绝对不像长颈鹿，能够到树冠上的叶子。"小李说。

我问："抗风桐新叶生长的速度，跟得上野牛的需求？"

小李说："开头，小树苗都被吃掉了，只是一个劲保护，因为野牛多了，对抗风桐就产生了威胁。抗风桐少了，鲣鸟、军舰鸟就失去了栖息地，生物链发生了问题。来岛上的老师说，一定要捕杀一部分，才能维持生态平衡，又能改善战士们的生活。"

他的话说明他在自然保护方面已有一定造诣，大自然是最好的老师。他在研究鸟，自然要扩展到整个生物圈——环境科学的顶端。

于是，我又问："你以为野牛的数量最好是多少，才能使这里生态得以平衡，才能使鸟、抗风桐、虫……这个生物圈达到最佳状态？"

他说："经过多年的观察统计，野牛数应该控制在250头左右；到了300头，就达到了极限。超过这个极限，生态立即显示失衡。"

李老师听到这里，很激动："你不仅是鸟博士，还是真正的生态学博士。东岛是个刻意挑选都难选到的生物圈，很少有外界干扰，部队的官兵都有较高的生态道德修养。如何保护这个生物圈的生态平衡，是博士生的研究课题。你写出来，即使只是你的观察、体会，对建设人与自然的和谐，也有很大的意义。你的论文让刘老师给你推荐发表。"

"他的妻子小赵已是硕士，还用得着我？"我说。

小李涨红了脸——是不好意思,还是内心激动?李老师的话一定是触及了他的内心。

"我是战士,首先要完成战士的职责。不过,领导很支持,有求必应。领导说两者是统一的,守卫海疆,更是守卫海洋生态,守卫海岛生态,应该建立一支具有高素质的生态部队。保家卫国,不就是要建设一个美丽的家园,让人们幸福生活吗?"

我突然想起来:"野牛的几个群体之间,能相安无事?"

小李说:"总的说来,野牛是个大的群体,大群体中又有家族式的小群体。营群性的动物,总是分等级维持内部的统一,只是到了繁殖季节,才有争偶的打斗。"

"你见过?"

"林子大,就像在围墙外看球赛,只听到野牛的吼叫声,角的碰撞声,蹄子敲击大地像擂鼓一样。我们不敢接近。我老家在重庆乡村,看过公牛打架的凶狠,一角能把对手的肠子挑出来。不过,我事后悄悄去看过,没发现有死伤的。"

我又想起一个问题,刚要张口,他却先说了:"你是想说它们的饮水问题吧?野牛自己解决。像现在的雨季,水塘里有水,虽然有咸味,野牛还是能饮的;到了旱季,水塘干涸了,就喝海水。一开始,我们也不知道它们会喝海水。我们正在商量着要不要造水池投放淡水时,有天晚上,巡逻队的战士看到它们在海边喝海水。奇怪吧?后来想想,农村喂牛常加点盐,对呀,牛也是需要矿物质的。当然,家牛是绝对不喝海水的。这很可能也是它们专吃水分多的抗风桐树叶的原因之一。这是它们对环境的适应,也是对环境的选择吧!"

在动物世界中,大熊猫对饮用的水是最挑剔的:静水不喝,腐水不喝,急流水不喝。

为了生存,生命对环境的适应是惊人的。

螃蟹上树

傍晚,我们正在海边漫步,观赏大海上架起的彩虹。突然,一阵暴雨袭来,慌得大家急跑。到了房间,我们还未来得及换衣服,李老师就举起手里的一个小螺炫耀起来。

我说:"不就是一只小螺吗?灰不溜秋的。"

她将螺口对着我:"看看,你见过这样的螺吗?只有你才是大发现家?"

真的,那螺里竟然有一只蟹——红的,点缀着无数的小白点,蜷缩着——像潜伏的花斑豹。

寄居蟹

我一把夺了过来:"寄居蟹!只听说过,还是第一次见到。你还真是个大发现家!"

小李说:"这得感谢大雨,不然它不会爬到路上。"

李老师说:"它怪惹人怜的。螺壳小了,只好委屈地缩在里面。"

小李说:"它这是受惊了才躲在那里。它才不委屈自己呢!随着身体慢慢长大,它会不断选择适合的螺壳。有一次,我见到一只寄居蟹竟顶着一个拳头大的蛙口螺。螺是它的防御工事,但它不去建造,只是在海边拣现成的。有些螺是最喜欢吃螃蟹的……"

"对对对,要不是刘老师看到,跟我讲,说什么我也不信海螺能吃掉螃蟹,螃蟹是披着铠甲的举刀横行的大将军呀!"李老师说。

"真的?难得看到。怎么趣事尽让你们碰到?!"小吉问我。

我只好将那天在珊瑚岛看到的说了一遍。

谁知我的话却引来了李老师的好奇和疑问:"哎,不是说鹦鹉螺也喜欢吃螃蟹吗?怎么螺都喜爱吃螃蟹?"

我和小吉只有沉默的份儿。待了一会儿,小李才说:"蟹、虾一煮就红,是吧?那是虾青素形成的。它特别有营养,海螺吃它们,是为了获取虾青素。虾青素是种类胡萝卜素,在体内能与蛋白质结合,呈青蓝色。据说有抗氧化、抗衰老、抗肿瘤、预防心脑血管疾病的作用。自然界的虾青素是由藻类、细菌和浮游动植物产生的,海洋里的动物吃了虾、蟹、贝类,再储藏在体内。海洋动物是新药的宝库。"

听他如此一说,我也想起了:"刚才在路上,我看到一只大蟹。蟹壳有茶杯盖大,黑红色的,正急匆匆往林子里爬。它也是趁着大雨从海里上来的?"

小李说:"它主要在森林中生活,叫林芝蟹。我们叫它垃圾蟹,因为它喜欢吃腐食。这种蟹东岛有很多,晴天巡逻时,走几步就能看到一只。"

李老师说:"我们走过那么多的森林,东北的大兴安岭、西藏的林芝、热带的西双版纳、亚热带的武夷山……还从未在森林中见过这样的大蟹,只是小溪中有种小溪蟹。东岛没小溪、小河呀!"她又指了指我,"你见过?"

我摇了摇头。森林蟹,应该说热带雨林蟹,对我们具有极大的诱惑力,这可是难得的好机会。一般说来,我对海蟹兴趣不大,因为我是在巢湖边长大的,蟹又多又肥。秋凉后,想吃就搓一根粗粗的稻草绳,一头放到湖里,一头放在门前的水桶中,只要点一盏灯,不一会儿,它们就顺着草绳爬上来,再咕咚一声掉到桶里。一晚上就能捕到十几只自投罗网的家伙。至今一想起毛蟹,说得文雅一点,我依然"口舌生津"。

"走,去看看。雨也停了。"李老师说。

我们赶紧换衣服。小李还要去征得连长的同意。小吉去准备其他事宜。

指导员笑呵呵地提着塑料桶来了:"沾两位老师的光。我刚调到东岛,也想去见识见识——了解岛上的环境。平时,战士们是不捉蟹的。"

小吉、小李都提了桶。也用捉沙蟹的办法?却没见到狗。直到博士递给我们大手套,我才明白。但我自恃捉过那么多毛蟹,坚决不戴。

雨是停了,但月亮还在云层中,天幕上只时而露出几颗星星。拂面的微风时时送来林中的清香。

手电筒照着林间小道,可是走了很长一段路,我们都没见到蟹的影子。

小吉说:"别老是下雨了,它们躲在林子里。李老师要往树林里钻了。"

小李说:"这边不行,惊了鸟,鸟会飞起来,影响孵蛋;惊动了野牛,容易出危险。别急!等一会儿,你们捉都来不及。"

指导员发话了:"跟着小李走。他守岛十几年,哪块石头都认得他。"

海浪的拍击声不断传来,接着是轰隆隆的声响。奇怪,风并不大呀!我想大概已到了岛的东南方,眼前是礁岩海岸……

"蟹!"李老师大叫一声。她已越过我的身边。

真的,她刚伸出手,那"横行将军"旋即举起大钳,钳上的齿又尖又粗,两只突出的眼珠竟然转了起来,吓得李老师的手停在空中,它就势溜了。

我们全都被它吸引到林子里。只听小吉突然说:"我抓到了一只。喂喂,别夹我的手!"

那蟹也胜利出逃。

"乖乖隆里咚,满地都是蟹,快到这边来。"李老师激动得不得了。

"注意,抓到后翻过来看,腹部有卵的是母蟹,放掉。"小李告诫大家。

真的,他刚放掉的那只,腹部桃形的白盖子外,满是黑黑的、晶亮晶亮的蟹卵。

接下来我们只听到将蟹掼到桶里的声音,再也听不到小李、指导员他们说话——都只顾捉蟹了。

我瞅到了一只大蟹,背壳红得发黑。我连忙去抓,可刚用两个手指掐住它,就感到疼痛难当。我本能地一松手,它还是狠狠用劲钳了我一下才落地,临行时还吐着白沫,瞪了我一眼,气得我上去一脚将它踩住⋯⋯

突然,我感到头上有响声,忙用手电筒一照——树干上有蟹正对着我骨碌碌转着眼睛,举着大钳。我刚好站在海岸坡上,又是想抬头的半途——处境极不利,只好先去应付它。等到我伸手去捉它,它却哧溜溜爬到了高处。我再想到脚下的蟹,却早已不见了踪影⋯⋯

我正在自嘲中,转而一想:我又不是来捉蟹解馋的——不捉蟹,只顾看了。

是的,两三只大蟹正往树上爬着,发出一阵沙沙声,转眼已到了树上。多亏它们长的那两只有柄的眼睛像雷达,转动一番,就各自选定了目标。上苍就是这样安排生命的各个器官,赋予它们生存技能的——

这是一棵羊角树,一只蟹用左边的大钳钳住了上方的枝子,往自己跟前拉——是一只果子,渔民叫它羊眼果或野荔枝。它长圆形,外面长了一个个眼子——蟹用左边的大钳钳住羊眼果送到嘴边,立即响起了咯吱声。没一会儿,它将左钳一松,枝子稍稍弹起,那里已没了羊眼果!

我静下心来一听,到处响起一片细微的沙沙声,很像春天蚕房里的蚕吃桑叶声。

小蟹在地下忙得不亦乐乎——寻找落下的羊眼果。

若不是亲眼见到,我很难相信蟹还会爬树,很难理解它为何要横行——利用对手视角的习惯性,以为它是向前的,其实已闪电般去了另一方向。

我悄悄地到了海边,这里确实是礁岩岸,海面在两三米的下方,几乎没有沙滩,我想找到蟹上岸的踪迹,可是只有一些隐隐约约的蟹迹,无法得出结论。我倒是看到了鱼群在浪峰中翻腾,都有半米多长,头很大。是觅食,还是嬉戏? 南海的海水就是这样纯净,手电筒光也能透过几米深的水。

嘿!手电筒光圈中游来了一只大海龟,它嘴边拖着的是什么——啊,不是水母——像是海绵呢,正在往肚里吞……

"李老师,快来!"我大声喊道。

生活在海岛森林中的林芝蟹

等到她赶到时,大海龟只留下了一个背影。她数落我喊得太晚了。这能怪我吗?

"刘老师,那边太陡。回吧,有大半桶的蟹了呢!"小李在喊。

李老师也只得跟着我怏怏地往回走。

小李正在筛选捉到的蟹,只要是不合他的标准,全都扔到桶外放了。

真是满载而归。

李老师想给一只正爬着的蟹拍照片,可她刚调好焦距,那模特蟹早已逃之夭夭。

路上,迎面走来一队身着迷彩服、荷枪实弹的巡逻队。他们只是向指导员敬了礼,报告了情况,却未向装蟹的桶看一眼。我这才想起东岛是海防前线,军事禁区……

小吉端来一盆香喷喷的蟹,小李和指导员都未来。我只留下了几只,余下的还请小吉去送给战士们。

我不知怎么突然想起十多年前,在青海囊谦澜沧江源的经历。那天在武警部队访问时,主人一定要留我们吃午饭。吃饭时,端上来一条细鳞鱼,鱼味鲜美。不一会儿,就只剩下刺了。主人说:"真巧,战士们才钓上来的,要不然还真没好东西待客呢!"说得我们心里很愧疚,但已经吃进肚子了。临别时,李老师将我们带的全部应急干粮——巧克力、饼干、萨其马通通留下。但直到今天,一想起这事,我们仍然愧疚难当。高原上的生活条件很艰苦啊!

这天晚上,我才真正尝到了林芝蟹的鲜美,一改多年积累的对海蟹的印象。

第二天,小李告诉我,他们平时只揪下蟹的一只大钳就放掉,因为林芝蟹还会生出一只大钳来;只是看到它们危及羊角树的生长,才动员大家去抓了几次,也是改善官兵的生活。

难怪都说东岛的伙食最好,这不仅维护了生态平衡,同时也是资源的可持续利用。关于对自然资源的保护和利用,一直有着激烈的争论。东岛提供了最好的示范:关键是摆正保护和利用之间的关系。

小李每天都陪着我们在林中观察鲣鸟,早上 6 点是去看鸟群飞出东岛觅食的时间,傍晚去等待它们的归来,考察离岛、归岛的路线……

中午,我看到一只鲣鸟正在巢中孵蛋,不禁想起一位朋友说的,东岛是神奇岛,那里的鲣鸟是用脚孵蛋的——鲣鸟的脚上有蹼,它用蹼盖在蛋上孵化——我也很惊奇。鸟类中,用脚孵蛋的只有企鹅,不过它是将蛋放在脚背上,利用下腹和厚厚的羽毛孵化。难道说鲣鸟用蹼孵蛋也是童话岛上的一绝?

鸟巢在 20 多米高的枝杈上,我转来转去,也看不清它是不是在用脚在孵蛋。小李问我在寻找什么,我只好如实相告。小李说它还是用腹部趴窝孵的。它的蹼没那么大,再者岛上夜里的气温还是较低的。但在中午,太阳烈,气温高,鲣鸟也可能只将蹼盖在蛋上。当然,这也够特殊的了。

砗磲现身

那天傍晚,在礁岩观音庙等待鲣鸟归来时,我的耳边好像少了一点什么。我细细一想,是海浪拍击礁岩的嘭嘭声和回音。

我走过去一看,退潮了,露出了大片的珊瑚礁。中秋节快到了,这应是难得的大潮。我想去礁盘上看看。小李用手机向连长做了报告。

李老师说什么也要跟着下海,到最后简直是死缠烂打。小李说他负责她的安全。

这里的礁盘早已诱惑得我心痒痒的,因为看到海岸平台上散落着很多小砗磲壳,大的如盘子,小的也有巴掌大,而且一直散落到二三十米外,竟和几块奇形怪状的珊瑚礁石融在了一起。直到去了七连屿,我才知道它们具有特别的意义——记录着气候的变化,但当时只是想到它们竟然被浪打到这里,或许原来这里曾是海。再说,我一直没看到活体的砗磲,便始终耿耿于怀。

我们怀着极大的期待下海了,小李却突然站住说:"在网上看到两位老师在崇山峻岭中跋涉了30多年,遇到过很多危险,都逢凶化吉。但这里是南海,别看礁盘一目了然,杀机却隐藏得很深。礁盘有硬礁盘、软礁盘,软礁盘下有陷阱,就像森林、草地中有沼泽一样。你们一定要跟着我走,不能乱跑。小吉,你负责刘老师。也请两位老师体谅我肩上的担子,出了任何事,我都交代不了。"

虽然他脸上仍然挂着笑容,但我已绝不敢轻举妄动了。更何况我还有珊瑚岛的经历。

礁岩下，有好几个海浪淘出的洞穴，里面有砗磲壳，多被淘得只剩下厚实的头了。有一个特别光滑，拾起对着阳光一看，如玉一般。这大约就是渔民说的海玉了。

李老师也拾得了两个："这要刻个图章，一定别致。"

我更是窃喜——好兆头！难道真能见到活的砗磲？

前面彩色撩眼，嘿，是条珊瑚鱼。李老师忍不住将它捧起，粉红的头，金黄的身子，一道道黑黑的横斑，蓝色的尾巴——西天晚霞染出的一朵云。

她连忙将它放回小水凼："别急，潮涨时你就能回到大海了。"

我转换了一个视角，北面的海滩是大片的银沙，那里还有沙洲，与褐色的礁盘形成鲜明的对比……

"贝壳！是虎斑贝吧？一定是！"李老师喊道。

我赶紧往她那边走去。它在珊瑚礁下，鸭蛋形，棕黄的壳上，布满了黑色的斑点——虎斑，釉光晶莹闪亮，如一颗宝石。

李老师刚伸出手去拾，小李说："是活的。虎斑贝又称爱情贝，雌雄终生都苦苦相守着。拿走这一只，另一只不久就会抑郁而死。在国外，将它们送给情人，总是一对，祝福永生相伴，白头到老。"

"能分出它是死的活的？这是男生还是女生？"李老师问。

"认不出来。可看它色彩，有生命的滋润。不信可以试试看，它比较重。"

李老师大约是想起了在珊瑚岛拾贝的经历，真的用手轻轻试了试："真的，很实在。"

刚放下虎斑贝，她就在周围找了起来。我已发现小李眼光在离这只虎斑贝20来厘米的礁石下瞟了一下——那里确还有一只虎斑贝。但他没说，直到李老师发现了，发出了一连声的欢呼，他才开心地笑了。

看到李老师那样钦羡的目光。小李说："这只比那只大，应该是母的。由于虎斑贝是贝壳中的珍品,欣赏、收获价值高,现在它们被捕获得越来越少了。在石器时代,它们是当货币使用的。不过,李老师别担心,东岛虎斑贝多,今天一定能碰到已死的。"

我正在审视向哪边走时,发现有蓝光耀眼,便循着走去——

"蓝珊瑚!活的!"我惊喜得心怦怦跳,轻手轻脚地走去,生怕脚步一重,水一响,它就飞了。

它在三四十厘米深的海水中,是一丛枝状珊瑚,枝头饱满、蓝蓝的、晶亮亮——我知道那是虫黄藻焕映的美丽的生命之光。

小李证实,那确是蓝珊瑚。这里虽有分布,但难得见到。

几个人围着它左右看。妙,还有一只指甲盖大的粉红色小蛤附在它的枝干上,另一面也有一只粉红色的小蛤,犹如蓝莓树上开红花。

看着看着,李老师弯腰从海中捞起一块小石头,漆黑漆黑的,只有一两厘米长,圆柱形。难道海底还有煤矿?

小李伸手就拿了过来,看了看,在手上掂了掂,庄重得像是发现了文物,随即宣布:"海铁树!真是海铁树!是浪打碎的海铁树!"这真是天大的惊喜!对于海铁树的神奇,我早有耳闻,都说它生长在深海,怎么也没想到在浅海的礁盘上能看到它。

我突然想起在海洋博物馆中看到的,说:"黑珊瑚吧?"

"不,肯定是海铁树。"小李说。

李老师说:"我看像阿山身上带的,才拾起的。你看,似乎有隐隐约约的树纹。"

"前年,一艘来港避台风的渔船上的渔民拾到过一根,那根有一米多长,杯口粗,沉甸甸的,像根铁棍,说是最少要上千年才能长到那样粗。东岛附近有深海沟,完全有可能生长着海铁树。李老师是福星高照,这一根长到这样粗,少说也有几百年了。留着钻个眼佩戴在身上,不仅延年益寿,驱邪迎福,它还能预报天气变化——只要闪闪发亮,一两天内肯定有雨,是个随身带的气象台。千万别让人打磨,大海雕刻出来的最自然。"小李说。

小吉也将它拿到手中看个不已。李老师喜不自胜地赶紧用手巾裹了几层,收到包中。

岛上的绿树已遮去了夕阳,满天的彩云像一群群珊瑚鱼,悠闲、飘逸。海上闪起五彩浪花。

小李说天不早了,该回去了,可我还怀着期待,心里默默地祈祷,只顾来回寻找。

小李无奈,但我们走的方向都是往岸边靠。他弯了两次腰,将拾到的交给了李老师。

"虎斑贝!嘻嘻,不好意思,我也拾到一块。看,比你拾的两个还要大!放心,是空壳。"李老师说。

我正想去看看,见到小吉向我只是招手,不说话。

离他还有七八步远,他迎了上来,拉住我的手:"闭上眼,不准偷看!"

我按捺着满怀的激动,乖乖地闭上眼。其实我已从他的神情、说话的语调,猜到他发现了什么,但他既然给了我快乐,我为什么不奉送一个快乐给他呢?

"睁眼!"小吉说。

真的是个砗磲!虽不太大,但也像一个橄榄球。它的外壳是淡淡的乳黄色,无鳞,双壳张口;敞开露出了淡黄色的身体,肥硕鼓凸,莹亮,闪着柠檬黄,像一朵花,正尽情地享受着阳光的照耀……鲜活的砗磲是如此之美!难怪它能制造海玉……

李老师、小李也走了过来。我也照套小吉的话,对李老师说:

"闭上眼睛,不许偷看!"说着就去拉她手。

"不看我也知道,肯定是砗磲!"但等到她看到了砗磲,那种惊喜还是难以描绘的。

"没想到它是这样鲜活、漂亮!河蚌的肉体没这么好看,听说还有紫色的、粉红色的。哎,博士,能不能看看它里面有没有珍珠?"

"十多年前,我见过渔民在砗磲中找珍珠,那个比这最少要大两倍,但没有找到。听说要是找到了,肉是什么颜色,珍珠就是什么颜色,特别金贵。李老师,你可试试。另外肉是海珍,特别鲜美。"小李说。

李老师大约是想起了酋长儿子的遭遇,或是《鹬蚌相争》的寓言,只是迟疑着。

小李向她要了两个虎斑贝,和小吉一人拿了一个卡在砗磲双壳中间。

"放心吧,它使出吃奶的劲,也夹不住你的手了。"小吉说。

李老师真的把手伸进去了,刚触到它的身子,砗磲像触电似的,迅即将双壳合拢,惊得她闪电般缩回了手。两个虎斑贝被紧紧卡住……

"虫黄藻也是生活在它的身子里?难以想象它能制造出海玉!珊瑚那样晶莹,也是虫黄藻的功劳了?海洋生物奇妙无比!"她的思维面对神秘的世界,是跳跃的。

我听孙立广教授讲,他正利用砗磲生成的海玉,研究以往气候的变化。砗磲的成长也具有树木年轮的特征。

"别打扰它了,还是让它自在地生活吧!"我说。

我们正往回走,身后响起哗啦啦的水声。我回头望去,只见波涛翻涌,三四个黑脊露出了海面——一群大鱼在觅食,是冲着砗磲的?转而一想,它有厚厚的壳做防卫,谁能吞掉它?它肯定也有天敌,只不过我们不知道罢了。

生命就是这样……

爱生气的鱼

我们刚从观察棚往回走,手机突然响了。

是阿山的电话:"大叔,今晚请你和阿姨喝粥。一定要来,机会难得!"

"你尽做干人情,在永兴岛你不请,等我们到了东岛你要请客,隔了几十千米的路,我们的嘴够得着? 谢谢了!"

"我是真心实意的。知道你在东岛,但不是故意馋你。你们要不来,喝不到终生难忘的、鲜美的粥,可不能怨我啊!"

"我又不是孙悟空会翻筋斗云,一纵身十万八千里。等回到永兴岛你再请吧!"

"我当然知道大叔不是孙悟空、猪八戒。可这种神仙也难喝到的粥,不是轻易能做得出来的——要看天时地利人和,也就是机缘。首先是要找到难得的食材。说吧,你来不来? 不来,就别怪我独享了……"

李老师一把将手机抢了过地去:"谢谢啦,难得你有这片心意! 赶快将粥熬好,我们20分钟之后就到。"说完,啪的一声,将手机挂断了。

我猛然醒悟:"这小子来东岛了?"

李老师用手指一点我的脑壳。

咳,我还是被他耍了——他知道我对美食有特别的喜好,说白了就是"好吃",一见美味就忘乎所以。怎么没想到他的渔船到了东岛呢?

手机又响了。还是阿山的声音:"哈哈哈哈! 还是阿姨心明眼亮,当班主任的就是厉害！"

李老师也嘀咕："喝粥也要这样隆重？"

我说："管他呢,不吃白不吃！广东、海南人对粥很讲究。"经阿山那么一勾搭,还真充满了期待。

到了港口,我们果然见到了阿山的船,他的妻子阿惠也来了。两人正坐在甲板上悠闲地喝着茶,吹着海风。

我们又坐了一会还不见动静,我耐不住了：

"粥呢？不是很隆重请我们来喝粥吗？玩戏法？"

"人说心急吃不得热汤圆,我这里也是心急喝不得热粥。你不是才来吗？别急,先给你看样东西。"说着,阿山就从船舱端来一个盆,水里趴着一条活鱼。

"认不认得？见没见过这种鱼？捉它要有高超的技术,一般人都不敢惹它。我留了好几天,就是等你们来的。"

鱼肚扁平,黑褐色的背稍隆起,头不大,两只眼圈（或是眼白）雪亮；尾短,呈圆锥形；鳞片有点异常。根据常识看来,是一种底栖鱼——喜欢趴在水底。

"惭愧,不识货。"我还是有点不服气,"海里的生物以海量计算,海洋生物学家也认不全。"

"你认不出才正常,要不,我这魔术就耍不下去了。"阿山说。

李老师说："别光耍嘴皮子不练！"

"说练就练。不过,要请阿姨配合一下。谢谢！"

阿山伸手神速地将鱼捞到桌上。他的妻子阿惠已递给李老师一根筷子。

"我不吃生鱼片！"

"有拿一根筷子请客吃鱼的吗？别怕,我也不吃生鱼片。戏法开始了,李老师用筷子敲鱼。"

那鱼很乖,静静地趴在小矮桌上。

"敲呀,帮忙要听指挥,魔术玩不成你要负责任!敲!"

噗的一声,李老师筷子敲下去了。

鱼一颤。

"敲,用力敲,不要停!"阿山命令道。

不可思议的事发生了。

那鱼将嘴张大,肚子鼓了起来,身上的鳞片——不,鳞片成了又尖又长的刺,正在竖起。

阿山一手夺过筷子连连敲起。

鱼肚子还在膨胀,背上、腹部两侧的刺直立起来了。

它成了个球,紧闭双唇,瞪着大眼,闪着愤怒的目光,所有的刺都如枪矛挺出;颈脖处像是围了白纱,露出了白色的前身;背上白斑星星点点,肚皮膨胀得银光闪亮……

受惊后的气鼓鱼

从前面看,活似娃娃脸,成了个非常滑稽可笑、可爱的形象。

我们左看右看,都是那样可爱。

我认出它了,小声对李老师说:"刺鲀。"

"是在南湾半岛看到的?"

阿山还是听到了,就说:"我们叫它气鼓鱼。它爱生气,谁惹它,它就气成这样。这里常将它皮剥下来,吹上气,扎住口,晾干做工艺品——鱼灯。"

"不,它是愤怒,应该叫愤怒的鱼!"李老师激动地说。

是的,正是因为在南湾半岛商店中看到鱼灯,我才想起了它的名字,也是听店主说,用这种鱼熬粥,鲜美至极。

阿山说:"我马上叫它变回去。"一边说,一边用手指捏住它的鳃。

鱼嘴一张,哧哧声响起。它背上的刺,慢慢下垂,直到盖到身上,成了鳞片模样——它又恢复了原形。

阿惠走来,拿起桌上的鱼往舱里炉边走去。

"我俩都不吃鱼粥。最喜欢喝白粥,原汁原味的海南米白粥。"李老师看阿惠还迟疑地站在那里,"你看,我还带了乌江榨菜来。"说着像变戏法一样,真的从包里掏出几包榨菜放到桌上。真有她的!

榨菜开胃,还能治疗轻度的水土不服,这是我们多年在野外探险摸索出的经验,所以总在身边放一些。

我怕阿山下不了台,连忙笑着说:"真的,我们只喜欢喝白粥。"

阿山是个聪明的小伙子,知道演砸了:"喜欢喝原汁原味的白粥,就喝白粥。我给大叔、阿姨说个故事吧!"

阿惠又将鱼放到了盆中。

"这个故事是阿爸讲的。"

那天海况很好,风平浪静。阿爸下完钓钩后,抛下锚,将船停在礁盘边歇息。他正在抽烟、喝茶时,突然看到一条鲨鱼从深海游来,全身银灰色,无鳞;不大,也不过两米多长,但咧到鳃边的大阔嘴,露出了一排尖利的牙齿。

这家伙凶猛,游起来像闪电一样,很贪婪。它来干什么呢?它是无利不挪身的家伙。

阿爸的船不大,可这样大的鲨鱼还是拱不动它。阿爸未带捕鲨鱼的工具,下的钩未必能钓到它;就是钓到了,钓绳也禁不住。阿爸觉得既然很安全,何不坐船观看,但他还是不自觉地往船里挪了挪身。

鲨鱼几个来回一游,阿爸就渐渐看出它是为什么而来的了——

左边的珊瑚丛下,正趴着一群气鼓鱼,津津有味地啃食一窝小蟹。这种鱼喜欢挤在一起。但通往那里的水道不宽,被珊瑚挤得窄窄的。这大概就是鲨鱼游来游去,做着战前侦察的工作的原因。

阿爸正思摸着,只见鲨鱼一摇尾,灵活得像蛇样,穿行在珊瑚丛中,向气鼓鱼群冲去。尽管它很灵巧,还是碰到了一枝珊瑚。

气鼓鱼猛然张嘴,吸取海水,身子鼓起,长刺挺立。

鲨鱼眼看对手摆出一个长枪挺立的圆阵,只一摆尾,张大口,灵敏地一扭头,将离这团刺几米远的另一群气鼓鱼统统吞到了口中……

原来在这群气鼓鱼旁边,还有阿爸没看到的一群气鼓鱼。鲨鱼肯定用的是声东击西的策略,因为气鼓鱼很警觉。

十多条气鼓鱼,它一口就吞下了!好机智凶猛、好贪婪的家伙!

阿爸看得鸡皮疙瘩暴起,心里祷告:你可千万别毁了我下的钩啊!

鲨鱼得意扬扬地卖弄着游姿,在珊瑚丛中游来游去,寻找着新的捕猎对象。果然,又吞进了好几条鱼。

突然,它浑身发抖了,抖得它直去撞珊瑚礁……

眨眼工夫,它又在海里打起滚来。鳄鱼才用打滚来撕扯猎物呢,鲨鱼的牙可是锋利无比,根本不需要这样。不,它太贪了,一口就吞下了那么多气鼓鱼,还吃了几条大鱼,上下牙都不嗑一下,肠胃能吃得消?

鲨鱼浑身哆嗦,翻滚得越来越厉害,一会儿左滚,一会儿右滚,打得珊瑚枝稀里哗啦往下掉,滚得翻江倒海……

它终于翻滚不动了,白白的肚皮朝天,躺在海面上。

奇怪!阿爸看到鲨鱼肚子这里那里、前面后面都在动……它在装死?

哈哈,一条气鼓鱼从肚子里钻出来了,又一条钻出来了……钻出来的气鼓鱼,反身就趴在鲨鱼肚子上,大口大口吃了起来……

不一会儿,好像是接到了信号,各处的气鼓鱼都游来了,欢欣鼓舞地参加了这场盛宴,连刚刚进行防卫的气鼓鱼也来了!

红色、青色、蓝色的鱼,也都匆匆赶来参加这场盛宴!

阿山说到这里止住了话头,问李老师:"你知道气鼓鱼用的是什么计谋吗?"

李老师很惊奇:"它也能吸海水,将身子胀成球?挺起浑身的刺展开攻击?这不成了孙悟空钻肚子的战法了?"

阿山鼓起掌。

"当老师的就是厉害!不过我和阿爸争论过,是鲨鱼自恃勇猛,造成了疏忽,还是刺鼓鱼将计就计,引得鲨鱼勇猛反被勇猛误呢?"

"这个故事肯定是你编的……当然,每种生物都有自己的猎食、防卫的特殊本领。"李老师说。

"要编也是我阿爸编的。大叔可以证明,我没说是我看到的。"阿山笑嘻嘻地说。

海底变色龙

妖艳的色彩,总使你感到其中藏满阴险、狡诈。

我们和阿山约好今天去钓乌贼鱼。一个"贼"字隐含了种种阴谋、不凡的本领。

我们到达港口时,阿山正在船上忙活。这船比那天去七连屿的船还要小,但有了去七连屿的经验,我们也就坦然上船了。

风浪不大,阳光在蔚蓝的海浪上跳动着,天空飘着几朵白云,大海也呈现出明暗相间的斑驳。

船到了七连屿的东边,上到了礁盘,阿山说:"阿姨,是把你送到小岛上,还是就坐在船上看?"

他出的是选择题。这里离小岛较远,但只留她一人在船上干等——一叶扁舟悬浮于大海——虽是充满诗情画意,但天有不测风云。

她问:"有没有鲨鱼?"

"不会的。这里水浅,就是鲨鱼来了,也掀不翻船,只要你不下海。老师要学生遵守纪律,老师得以身作则。"

李老师想了一会儿,最后一咬牙:"我就坐船上。你可要把锚下牢,我不会开船。"

我也顾虑起来,水边长大的人,总觉得到大湖大海才是耕耘的世界,而陆地上的人一到海上,就失去了脚踏实地的感觉。她一个人坐在这里苦等……

"你跟他走吧,别失去好机会。没事,我可以看海,拍照片。放心,真的没事。"李老师反而鼓励起我了。

阿山取出轻型潜水服,一边穿一边说:

"大叔,你也陪阿姨吧。不好意思,跑遍了渔村也没借到你这样大码子的潜水服。"

说千道万都迟了,管他是有意无意使招呢!我也有了珊瑚岛的经历,心想:如果早说,我起码可以带一套干衣服。

"没事,我就穿这身行头。"我主意已定。

我们下到礁盘上,海水齐腰深。

"你帮我拉浮箱吧!"阿山说。

"想捆住我,免得碍你手脚?美得你!"我说。

他一脸的坏笑。

我看饵料中有碎蟹壳,有些疑惑,他说蟹香乌贼老远就能闻到。

我们走了一小段,只见他东张西望,我问:"还不甩钩?"

"不急。钓乌贼主要靠鱼叉。"

突然,他小眼中光芒一闪,射定了一处,随手抛出一团饵料,快速走去。

阿山的目光使我想起了30多年前考察皖南梅花鹿时,队里请来了一位猎鹿队的队长。当他审视梅花鹿留下的蹄印时,也是两眼光芒一射,锁定蹄印,然后就说是公鹿或是母鹿、何时从这里经过……所有的信息便了然于胸。难怪打鱼又叫渔猎。

阿山为我指示了方向,我看清了,三四只长长的像鞭子一样的触手从珊瑚洞中伸出,正在抢食蟹肉;一条大绿头鱼游来,只一张口,蟹肉就没了,触手也不见了。

阿山往海里一潜,鱼叉对准洞口叉去,洞里冒出一股墨水。他用力再一拉,好家伙,一条乌贼被拽出来了。待到他将乌贼提出水,我还没看清,他已将乌贼的五脏六腑掏出,扔到了水里,又将乌贼在海里摆了几摆,直到没有了墨汁才将那它递给我。

"看看它的长相。"阿山说。

真的,我只见过墨鱼干,还未见过活的。它的长相实在不咋的。几条红红紫紫、蓝不蓝黄不黄的长足长在头上,口偏下,眼大,眼珠突出;两层肉厚厚的,捏一捏感觉有一块硬硬的椭圆形骨头;再看花里胡哨的触手,上面都有几个吸盘……整个就像是带着穗子的皮制的箭囊。

"你是怎么看到那洞里有乌贼的?"我问。

阿山说:"乌贼会变色,难以发现,但它藏身的洞穴口总是有一些异样……说不清楚,等一会儿你自己去看;看多了,自然就晓得了。钓鱼和我们学生时写作文一样,也像你们写书,光靠别人教你,写不出好作文,更写不出好书。要靠悟性,是自己体会的才管用。"

钓哪种鱼都有诀窍,你保守秘密也就罢了,怎么还教训起我了?

我举起乌贼,向李老师示意。她竖起了大拇指。

"我给你选了一处风水宝地,你去那边观察,保证有条大乌贼在礁洞里。要是把它放跑了,你可得赔。我要到别的地方去钓——昨晚客人订了40斤乌贼——这样就不会扰了你发现的快乐!"阿山不容分说,提脚走了,又玩起"蛙泳钓鱼法"(是我命名的)。我心里正在作气被他甩了。转而一想,我还求之不得哩!我们在野外,不也经常把向导甩了吗?!

乌贼的化石出现在2000多万年前的中新世。这类鱼的特点是体内有一块石灰质的内壳——30多年前朋友送我一只画眉,笼内放了一块雪白的乌贼骨,椭圆形,中药叫海螵蛸。朋友说它既能给画眉磨嘴,又能使其鸣声多变,还能增加画眉骨骼的钙质——既是独自观察,当然要把肚里所有关于乌贼的来世今生默思一遍。

有几条红色的大鱼在我身边窜来窜去,火焰一般,甚至蹭着我的裤子兜圈子。难道是嗅到了肉香?

每个猎食者,同时也是被猎食者。我抬眼看去,茫茫的大海上只有两个黑点,一条小船……想到贪婪的鲨鱼、海蛇,我心里不禁有些毛。如此一想,多年来所遇到的危险也纷纷浮现出来,特别是那次月夜狩猎野猪、狼的号叫……我站住不走了,想定定神:别自己吓自己,自己才是自己最大的敌人。

我举起鱼叉,对着胆敢游近的大鱼就刺,心里竟然浮起西班牙作家塞万提斯笔下的堂吉诃德,手持长矛大战风车的画面。以我的水平,当然是叉不到它们的,但毕竟把它们都赶跑了……

正当我用疯狂地舞动着鱼叉排除内心的恐惧,打得海水哗啦响时,第六感觉告诉我,附近有回应。

好在海水纯净、清澈,不久我就有了发现——

在一丛珊瑚旁,有一个石芝珊瑚。它像一个白色的盘子,长方形,旁边还有海草拂动……不,有点像海葵。有一片红色、绿色间杂着白色的东西似乎在动。海草的根部也有些异样。

有一只大海螺正慢慢向石芝珊瑚爬去,黑黄相间的螺壳很漂亮。我紧盯着那似乎在动的东西。看久了,它似乎在动,又好像根本不动。

我仍然没有动作。

嘿!石芝珊瑚动了起来,从盘子里突然伸出了几只触手,一下就把那只黑黄相间的大海螺罩住了——

啊!是一条乌贼!要不是它的体色正在转化成橙色,我还以为是盘状的石芝珊瑚长出了手呢!

我因为没有潜水镜,总是看得不甚真切,但我有耐心,竭力聚精会神地看着。

一条石斑鱼从珊瑚枝中游来了,刚一进入海草和珊瑚形成的水道,那撮异样的海草——是的,确实是乌贼!不小呢!

难怪叫它"贼"呢!真是阴谋家,伪装得那样天衣无缝,设伏偷袭!

它才是大海中真正的变色龙!

我虽然知道它身上有很多色素囊,储藏着红、黄、蓝、黑各种色素,可以根据环境立即分泌到全身,模拟环境,混淆视听。但它像数码打印机,真实而生动地复制的本领,竟然如此神奇而诡秘!或许数码打印机就是受到它的启发而制出的……

没容我想下去,刚才围着我转的一条大红鱼,箭一般从后面向乌贼发起了攻击。

乌贼一见大事不妙,立即喷出墨团,施放烟幕,消失得无影无踪。

红鱼游速太快,差点撞到珊瑚上。它急得跳了起来,雪白的肚皮在空中一闪,又跌入水中。

乌贼早已丢掉了猎物,钻出墨色水域,像魔毯般漂在海中,一起一伏地游动着。正当它悠然得意时,迎头又射来两条张着嘴的红鱼。

难道是红鱼合谋设计的前后包抄?

乌贼又喷出墨汁,在黑幕中遁逸了。

待到红鱼从黑幕中钻出来时,居然拖了个尾巴——乌贼将触手缠到了红鱼的身上,搭乘了免费快艇!

乌贼绝没想到,另两条红鱼从后面赶上来了。乌贼成了红鱼的靶子。

没事,它有烟幕弹呢!

突然,我想起多年前目睹野猪大战毒蛇的一幕:病歪歪的野猪不断地挑逗毒蛇,毒蛇消耗完了自己的武器——毒液——之后,最终落到了野猪嘴里。

果然,乌贼连连施放出墨汁,但墨团越来越小,墨色也越来越淡。眼看它已命悬一线了……

真是说时迟,那时快,乌贼趁红鱼一摆尾时,迅速松开了触手(搭载的缆绳),横向游走了。待那两条红鱼赶到时,它却立马喷水——嘿,往后退了!那开倒车的速度一点也不比红鱼的速度慢。就这神奇的伎俩,使红鱼扑了一个空。原来,乌贼也是把后退当前进的角色……

攻守双方渐渐远离了我的视线。

我分不清心里是为没看到结果而遗憾,还是为它们留下了更多的悬疑给我而高兴。

我听到李老师在喊,是因为我还在发愣?

嗨,她竟提了一条鱼——红光闪闪的鱼,挂在渔线的钩子上——向我炫耀!

真是"一切皆有可能",她居然钩到了鱼!那一定是一条傻瓜鱼,没长脑子的傻瓜鱼!她从哪里弄来的渔线、鱼钩?

但我还是举起手,伸出大拇指,喊了一声:"铁树开花啦!"我刚才只是一心钓乌贼,现在经她这样一炫耀,心想:我若是空手而归,岂不是笑话!

我虽然有了些经验,也发现了两条似是乌贼的鱼,却根本没有叉到它们。有一次我用力过猛,叉到了礁石上,震得虎口到现在还酸酸的。况且我没潜水镜,在水下很别扭。

不如钓鱼吧!

真的,我学着阿山的样子,终于钓到了二三十条鱼。这里的小石斑鱼真多!虽没浮箱,可这难不倒我。我将渔线叠成四股,一头穿住鱼鳃,另一头拴到腰上,将鱼拖在水里,钓一条穿一条。

看到阿山往船边回了,我也开始返程。

我一边走一边看风景,浓淡不一的茵茵绿水上漂着一只小船,垂钓者悠闲地坐在船头,海边闪着碎碎的浪花——很入画啊……

走着,想着,我突然像被谁拉了一把,差点仰面朝天跌到海里。

我回头一看,又惊又怕——

一条大乌贼的触手,正抱住了我拖在水中的鱼。它把我的猎物当成它的猎物了。我岂不成了它的义务猎手？

看不到鱼了，只能看到一个被触手团团抱住的大肉球。

触手肉乎乎、麻癞癞的，鼓凸出一个个红的、蓝的、黄的、紫的肉结，像是牛筋编成的绳索。那色彩，犹如热带花卉，全是大红、大紫、大绿，魔幻一般。异常妖艳，妖艳得使人浑身顷刻暴起鸡皮疙瘩！

它的身子像是阿山的浮箱拖在我后面，简直是一个颜色桶……

我惊得浑身冒冷汗。

它，不是乌贼——乌贼的触手没有这样恐怖，我更没找到两只长长的触手……

天哪，难道是章鱼？

以我的知识，只知道乌贼和章鱼都是头足类，不管它们是叔伯兄弟还是表兄弟，反正是沾亲带故的。它俩最大的区别是乌贼有五对十只触手，有两只特别长，而章鱼只有八只触手，所以渔民又叫它"八脚鱼"，更没有两条长的。

我一想到可能是章鱼，小腿肚就开始发抖，汗毛都竖了起来。这倒不仅因为它有发达的大脑——世界杯足球比赛时，电视可没少播德国那条巫婆样的小章鱼，它能预知比赛结果——更恐怖的是，它有又粗又长的可怕的触手，触手上还有吸盘——就像章回小说中写的"捆仙绳"，只要逮着猎物，猎物再想逃脱，那是做梦！连鲨鱼、大鲸和它相遇，也退避三舍！

据说最大的章鱼有四五米长，触手拉直了有九米多长啊！别说给它吃掉，即使被它的触手抓住，那也会体无完肤！

我的第一反应是，迅速解开拴在腰上的穿鱼线，万不得已时扔掉就跑。好在我钓到的鱼已成了它的食物，它要吃完也还有一会儿。再一想，若是今天没钓到鱼，我岂不成了它的猎获对象？

虽然腿有些发抖，我还是努力向小船走去。

第二个措施是，立即招呼阿山。距离虽然不远，但我不敢大声喊叫，生怕惊动了章鱼:一是怕它放了鱼来找我,再是怕它跑掉了。是的,短暂的恐惧之后,现在我异常担心它吃得太快,或是受了惊吓逃逸。它毕竟是一条渔民想要猎获的大章鱼!

我不是有鱼叉吗?

我不是没有刺它一叉的念头。可哪里是它的致命处呢?打野猪、猎熊,若是一枪不中要害,它就要循着弹道来找你拼命。猎人朋友不止一次向我说过,狩猎凶猛动物时,只有一次机会必须一招毙命。况且,这里是大海,是它恣意妄为的家……想来想去,我只好强抑住一次次的冲动。

但几次招手,阿山似乎都没看到。倒是李老师看到了。她明白了我的手势,喊起了阿山。

"快到刘老师那里去!"

她大约是看到了我的神态,急问:"怎么啦?"我直指着身后,做出惊恐的模样。

我在心里只嘀咕着一句话:"章鱼,你千万得吃慢点!"

我不断回头,那家伙竟然又变了一种模样,斑驳陆离、妖艳古怪的色彩,真像魔鬼般恐怖。我心里越是怕,越是克制不住回头望,甚至几次都想把绳子一丢,赶紧逃命……

阿山快速地跑来了,溅得水花乱飞。

阿山到了近前,一看那阵势,也未敢轻举妄动。大概是他也从未见过这样恐怖的大章鱼……

直到站稳后,他才对我说:"你站着别动!要是它抬起了触手,你就立马跑!别管我!"

经他这么一说,我反而镇静了下来。

"你把鱼叉对着它举一举,晃一晃。"阿山说。

我照办了。

不好，章鱼将鼓凸的大眼转向了我。

只见阿山眯起了小眼，突然，射出一道光芒，随手飞出了鱼叉……

鱼叉正中章鱼脑门，它抱着石斑鱼的触手突然松开了，舞动着，像是甩起无数的鞭子，嗖嗖声响起……

鱼叉也像狂风中的树枝！

按阿山的指示，我应该赶紧跑。可不知是吓的，还是怎么了，我只是愣愣地站在那里……

终于，鱼叉随着章鱼沉入了海中。

阿山走上前去。我看到他擦了擦额头。可他戴了潜水镜，看不清是沁出的汗还是海水。我也往回走了两步。

待了一会儿，眼见章鱼不动了，阿山才跨了几步，从海中捞起鱼叉……

好家伙，鱼叉还被它紧紧缠着，成了粗粗的一根花棍。

李老师不断发问，急得在船头、船尾来回走。我们一声也没回答。

当她看到阿山很吃力地将章鱼甩到船上时，惊得大张着嘴，半天也未回过神来。

原本是应兴高采烈、欢天喜地的大胜利，可三个人竟相对无语。像是经历了一场惊心动魄的战斗，现在已精疲力竭了。

一直到阿山喝完两瓶水，他才笑眯眯地对我竖起大拇指："服了你，大叔！没吓瘫了，还抓了一条大章鱼！我在海上闯荡了二十多年，都没抓到过这样大的章鱼。真的！"停了一会儿，他又说："你不愧在山野里跑了几十年，没乱来；要是给它缠上了，非脱层皮不可！"

我也笑了："傻人有傻福嘛。"

我帮他将浮箱抬上了船——嘿，这一会儿工夫，就钓到了这么多的乌贼，少说也有四五十斤！

我上到船上，李老师一把抱住我："吓坏了吧？"

"吓是吓了,但没坏。坏了你还能抱住?"

阿山刚上船,就大呼:"红石斑!阿姨,你怎么钓到了这样大的红石斑?一斤多重呢!就这条鱼,在海口最少值200元!我们也只是十天半个月才能碰到这个财神!"

李老师说:"我傻。先坐在船上看风景,越看越傻。是呀,你们叫我坐船上,我就傻坐,还不傻?钓鱼吧,我从未钓过鱼。昨晚我想到你们要我傻等,今天早饭时就悄悄到食堂要了团面。那天女兵班的小姑娘说傻瓜鱼好钓。这鱼傻,特傻!我是先用面团钓傻瓜鱼的,下去就上来一条。面团用完了,我放下空钩它们都咬。鱼傻,长得更丑,真没劲!既然有了傻瓜鱼,就用傻瓜鱼做饵子吧。嘿,傻瓜鱼还真来吃傻瓜鱼!可气不可气?气得我将钩子甩得远远的。鱼又咬钩了,拉上来的竟是这么一条漂亮的鱼,谁让我傻……"

这个绕口令,说得我们哈哈大笑。直到笑够了,阿山才大声宣布:"返航!"阿山脱去潜水服时,胳膊上那块伤疤好像还在警示着章鱼的厉害。

天,蓝得像是一块蓝色的幕布;大海蓝得像是无际的蓝缎,在微风中起伏。船尾的浪花欢快地跳着,唱着。

鲣鸟红豆的故事

那天上午,我们又在瞭望棚中观察鲣鸟。

鲣鸟每年有两个繁殖期,一是1月至5月,再是8月至12月。动物繁殖期的行为,可以揭示出它们的很多奥秘,一向是动物学家最为关注的。

小李确定以这棵树上的鲣鸟为观察对象。因为它已在筑巢,再是因为在这同一棵树上,还有军舰鸟在求偶——这位粗心鲣鸟的妈妈怎么以强盗为邻呢?更重要的是,这位鲣鸟妈妈,是小李相交了好几年的老朋友。他称它为"红豆"。

红豆的丈夫回来了,红豆挺出长嘴,立起身子,注视着它嘴里叼着的树枝……

突然,邻居军舰鸟起飞了,巨大的黑色翅膀遮起一片阴影。它一扇翅,便已到达鲣鸟的上方;双翅一挟,头一低,俯冲而下。

鲣鸟吓得口一松,树枝落下……

军舰鸟在高速的飞行中,已用嘴叼住了半空中的树枝,随即向上,落回自己的巢。在红豆愤怒的叫声中,它已将树枝搭在自己的巢上……红豆的丈夫无可奈何地又飞走了。

东岛就这么大,枯枝并不多,相对于几万只鸟筑巢的需求,那是太少了。鲣要寻到一根建巢的材料,所付出的艰辛是难以想象的。因而,它们只要寻到了一根巢材,总是要向伴侣炫耀一番。

红豆的巢才刚刚搭起,在一粗壮的树杈处,还未成形,透着光,只有五六根树枝。

军舰鸟有足够的理由实施抢劫。

左边传来沙哑的嘎嘎声,一只鲣鸟正举着长嘴,直指天空,前额裸露出鲜艳的红色,表明是一只雌鸟。天空有一只雄鸟,对它睬也不睬,越过它的头顶飞走了。在雄鸟的下方,有好几只雌鸟都挺着长嘴在叫⋯⋯

小李说这是求偶的行为。鲣鸟的求偶有整套的仪式,小赵把它归纳为:"指向天空""鞠躬""击喙""配偶间相互梳羽""巢材炫耀"⋯⋯每种仪式都表明了恋爱的不同阶段。当然,它们有时也会像拳击手一样,组合使用这些招式。

时间不长,小李要我看——红豆趁军舰鸟不在,悄悄地将它刚抢走的枯枝又取了回来,仔仔细细地装在自己的巢中。它又去叼了两根回来,大约是算作利息吧。

小李说弱小的鲣鸟会运用智慧巧取。那个只会强取的傻家伙回来后,总是糊里糊涂的呢。小李还说,他们还观察到这番较量的结果,常常是鲣鸟已在巢中产卵了,军舰鸟的巢还没搭成;甚至产了卵,也因为鲣鸟抽走了巢材,蛋掉到了地上。所以,军舰鸟在岛上一直不兴旺。

他的话触动了我一直想问的问题,于是说:"你是什么时候对鸟产生兴趣的?一般人只是喜爱听如音乐般的鸟的鸣叫声,或是欣赏它的色彩华丽的羽毛,至于它们生命中其他的事,很少有人会想去探个究竟。"

他说:"我是在乡村长大的。小时,总是有种鸟儿的鸣唱伴我上学,唱得非常悦耳、婉转多变,比广播里的音乐还要好听。

"时间长了,我才看到它很娇小,橄榄绿的身子、红艳的前胸,特别是一对银色的耳,飞起来像朵花。它秋天就走了,来年春天又会飞来。

"那是2003年,中国科技大学曹垒博士带了几个研究生到东岛考察。领导特意请曹博士做了一场报告。

"听了她的报告,大家才明白鸟和人类的关系。想想看,如果没有了鸟,世界将多么寂寞?没有了鸟,天空也就没有了花朵,森林就失去了卫士,森林中的害虫也就肆无忌惮。鸟在地球上和人一样,也是生物圈的一员。生物圈失去一环,生态就会失去平衡……我和战友们大开眼界。我们这才知道研究鲣鸟、保护鲣鸟的意义。后来战友们就制定了《爱鸟公约》。

"会后,我问专家们,小时陪我上学的那种鸟叫什么名字。他们听了后,

每一位战士都是鲣鸟的保护者,守岛官兵签订了《爱鸟公约》。(西沙海洋博物馆供稿)

说一定是银耳相思鸟,还一再表扬我对鸟的描述很细致。他们还说,安徽黄山还有一种红嘴相思鸟,嘴红得像红豆。

"后来,领导就派我去帮助他们工作,说这关系到岛上的生态文明建设,和守卫海疆一样重要。是他们开启了我走向鸟类世界的大门。"

我早就听说过小李和硕士研究生小赵的爱情故事,曾委托范干事帮我了解。小范问他时,他只说他们在一起有共同的兴趣,感到很幸福,这就够了。我有了小范直奔主题的前车之鉴,从他们共同的兴趣谈起,终于有了头绪。因为都是在观察鲣鸟时断断续续谈的,现在只能做一些必要的链接和想象,讲述一下这个动人的故事。

小李每天领着他们在树林中钻,搭建瞭望棚。课题要求他们夜里去观察,小李还负责护卫……渐渐大家都熟悉了。小李开始懂得很多鸟类的知识,注意起鲣鸟行为的含义。

工作逐渐步入正轨,曹博士回校了,留下研究生小赵和她的师兄独立工作。几个月之后,一场台风袭击东岛,刮断了椰树,有的甚至被连根拔起,打落了抗风桐的枝叶。最惨的是鲣鸟,破碎的蛋壳、死鸟满地都是,特别是雏鸟的损失最为惨重。

连长说抢救鲣鸟是头等大事,战友们全部上阵。

小赵和师兄简直傻了。不仅是鲣鸟损失惨重,他们研究的对象全都没有了。小赵是研究鲣鸟繁殖行为的,繁殖有季节性,科学讲究的是连续性。一切都得从头再来。她一边捡着鲣鸟的尸体,一边流着眼泪。小李也心痛。

小李发现有一只鲣鸟还活着,只是受了伤,好像就是定点观察的C巢的那只正在孵蛋的雌鸟,连忙招呼小赵。

小赵很担心它活不了——头上有伤,腿好像也断了。

小李将它头上的血迹擦干净,发现只是上额头破了,伤口不深。

小李说,他老家门前有个喜鹊窝,一场雷暴雨,将一只喜鹊刮掉下来,摔断了腿。奶奶用根棍子将它的腿绑起来。小李天天给它喂食,半个多月后它就能站起来了,解了绑腿的树棍,它竟飞走了。

小李安慰小赵说,没事,生命是非常顽强的。救鸟护鸟的事,连队经历得多,都还有些经验。

军医室已有好几只受伤的鲣鸟。军医检查过这只鲣鸟后,说它头上的只是皮外伤,腿伤也不严重,但还是用夹板做了固定。

一切的研究工作又重新开始,小李忙得饭都顾不上吃。等小赵单独夜间观察时,他总是帮着上树,做记录,填表格。

受伤的鲣鸟在小李和小赵细心的护理下,伤势渐渐好转。那天,揭开鲣鸟头上的纱布一看,奇了,伤口处竟然长出一个红红的肉球,艳红艳红的,还不太小呢!腿上的夹板一解,它竟然站了起来,拍拍翅膀就往门口走,慌得小赵一把把它抱了过来。

小李说:"放开,看它往哪里走? 天空才是它的家。"

鲣鸟又往门口走去,到了外面,它扇了几下膀子,接着一展翅就飞了起来;虽然很低,毕竟是飞起来了。它只飞了一小段,就又落下了。小李一把拉住要去追的小赵,他有一种异样的感觉,说:"别急,等等看。"

没一会儿,鲣鸟又飞起来,飞高了,越过了灌木丛的树冠,飞越了高大的椰树……

两人放开脚步,跟在后面跑了起来。

那鲣鸟一直飞到抗风桐林,消失在绿叶中。

两人在林中寻找,好久都没找到。小李突然往它原来所在的C巢区走去。刚走到树下,小赵就笑了,很甜蜜。小李发现这是台风之后她第一次露出灿烂的笑——是的,那只鲣鸟正停歇在原来的巢址。

可是巢没了,新生的孩子也没了,轮流哺雏的伴侣也没了。它呼喊着,一声声地呼喊着,忧伤而凄凉,是呼喊自己夭折的孩子,还是原来的伴侣?

没有回应。

它不再呼喊了,只是歪着头左瞧瞧,右看看,好像是在审视从哪里开始新的生活。

俩人都很感动,半天没说一句话,只是看着那只鲣鸟……

小赵说:"该给它取个名字了。"

小李说:"原来不是一直叫它C2吗?"

小赵说:"不,我想给它取个人性化的名字。它的坚强,它对生命的理解,已让它取得了这个资格。"

小李有感觉,但只是沉默。

小赵说:"就叫'红豆'吧!你看呢?"

她脸上飞起红晕,深情地望着身边的兵哥哥……

王维的"红豆生南国,春来发几枝?愿君多采撷,此物最相思"的诗句立即涌上了小李的心头,小伙子抑制着翻江倒海的激情,庄重地点了点头。

红豆每天早出晚归,去大海上觅食。它需要大量的食物才能恢复生机。

小赵终于等来它淡蓝的脸变得鲜艳了,粉红的额头闪烁着光亮,那颗红豆般的肉球更是艳红欲滴——它全身都洋溢着勃发的青春。

红豆开始表演求偶的仪式。它站在树杈上,只要有雄鸟飞过,就举起淡黄的长嘴,对着天空,大声地呼喊着。

小李说:"这声音不怎么好听。"

小赵说:"你也不是鸟呀!"

终于，有一只雄鸟落到红豆的身边。它俩时而挺起长嘴互刺，时而点头哈腰，像是鞠躬行礼，继而互相梳理羽毛……

红豆衔来了枯树枝，却不落下，只是摇摆着头，在天空盘旋，让对方看，等到炫耀够了，才落下来。

鸟巢在它们共同的努力中建造起来了，红豆终于产下了一个蛋。鲣鸟每窝只产一个蛋。动物以复制自己的DNA为天职。为了使这位独生子能延续自己的生命，父母将付出多大的辛劳！

40多天后，它们的宝宝出生了。雏鸟像个雪白的小绒球，再配上黝黑的嘴、乌亮的眼睛，如天使般可爱。

红豆夫妇每天天一亮就得出海，轮流带回飞鱼、鱿鱼饲哺小宝宝。小赵和小李记录了它们每次觅食、饲哺的时间。晚上，还要爬到树上，利用特殊的技巧为雏鸟称重量，制出生长表。俩人配合得非常默契。

有一天，红豆衔着飞鱼刚飞回到岛的上空，只见军舰鸟挟紧双翅，一蹬树枝，展开两米多长的巨翅，像离弦的箭一样迎头射向红豆。

红豆本来个头就小，这时更像一个侏儒将遭遇巨人的袭击。

军舰鸟再扇双翅，已到达红豆上方。它立即展开俯冲，企图给红豆致命的一击。若在非繁殖期，鲣鸟会吐出捕获的飞鱼，趁强盗在空中追取猎物时，自己逃逸。

红豆本能地微微一颤，但母亲的心使它没有扔掉带给孩子的食物。就在军舰鸟刚要痛下杀手的一刹那，它拐了个弯。

军舰鸟怒不可遏，迅即折转身仰头再追。还未等红豆看清，它已伸直坚强有力的翅膀斩向对手。只见白色羽毛翻飞，小赵紧张得闭上了眼睛……

红豆神奇地从巨翅中钻了出来。

军舰鸟愤怒至极，又以迅雷不及掩耳之势向红豆冲去。

红豆一挟翅膀,像一颗空对地的导弹,一头扎向大海。

若不是军舰鸟机灵,它也会坠入海中。

红豆从十多米处钻出水,得意地看了看军舰鸟,意思像是在说:有本事下来,我陪你在海里玩玩。

军舰鸟气得再爬高,然后向海面俯冲,可红豆哩,一见它冲下来,立即潜入大海。待到敌人离去,它又在远处露出海面,优哉游哉地游水。军舰鸟每次只敢一击,不中,就得立即飞起,最少有两次危险得几乎擦着了海面,然后迅速抖落掉身上的海水。红豆玩这种藏猫猫游戏,姿势娴熟而优雅。

尽管军舰鸟能续航几百千米,但也禁不住这样的疲劳战折腾,以及自尊心的受损。它飞走了。

它为什么不敢到海里追击红豆呢?

大自然是公平的,她给了鲣鸟一对带蹼的脚、不沾水的羽毛,赋予它在海中游泳、潜水捕食的本领。而军舰鸟已有了庞大的体形、能高速飞行的长翅膀,就未被赋予不沾水的羽毛和有蹼的脚。

雏鸟正从妈妈口中掏食(西沙海洋博物馆供稿)

军舰鸟稍有不慎,就会坠海淹死!

是的,最强大的动物也有致命的弱点,最弱小的动物也有生存发展的本领。否则,世界上只有强盗!

大约是千百年来生存竞争留给鲣鸟的遗传密码,它们只要一碰到军舰鸟的抢劫,总是先吐出食物,保全生命;即使受惊时,也会本能地吐出食物——战斗机遇到敌机时,也是立即丢下副油箱,以减轻负重,轻装上阵——有一晚,小李去观察时,一不小心,惊动了树上的鲣鸟,它立即将食物丢下,要不然还真的无法拍到鲣鸟吐食物的清晰照片哩!

警察告诫大众,当遇到带刀持枪的强盗,要以保住性命为第一,财物可以丢弃,因为财物还可挣来,生命对谁说来都只有一次。

小赵看着红豆凯旋,降落到巢边,它的孩子欢快地迎了上去,发出了埋怨的叫声。撒娇呢!红豆看看孩子完好无损,又用嘴帮它梳理了羽毛。雏鸟叫得更响,不断扇翅、点头,用嘴啄着母亲的嗉囊。

红豆张开了嘴,小家伙立即将嘴伸进妈妈的嘴中,用劲地吸食……

小赵看着看着,眼里噙满了泪水。

红豆一直要将孩子抚育到能独立飞向大海,在波涛汹涌的大海上捕猎。这需要两百多天,甚至一年的漫长时间哪!

原想在东岛和战士们共庆中秋节,但台风将临的消息,使我们只得提前离开。在巡逻艇上看着渐渐离去的东岛,我们思绪翻涌。

李老师说:"我明白为什么自古以来就有人到海上寻仙了。" 我说:"仙境,应该就是生态美好、人与自然和谐的地方。生物圈中人与自然相濡以沫,实际上是追求人与自然和谐的理想。东岛就是仙境,予人以智慧、启迪。只要我们不懈地努力,理想就一定能成为现实。"

是的,东岛的官兵是当代最可爱的人!

海博士王三奇

机遇从来不等待你,只有你等待机遇,才能成就一番事业。

创造历史的人,是不应该被遗忘的。现实是历史的延续。

好人,更不应该被人们遗忘。

凡是到过西沙的人,上至国家元首,下至平头百姓,没有一人不去参观海洋博物馆的。解说员开宗明义:"海军西沙博物馆始建于1989年。早在20世纪80年代初,我们部队就有个外号'海博士'的志愿兵王三奇,他喜欢收集各种海洋生物,采集并制作标本,很受官兵欢迎。受他的影响,很多官兵也跟着他学习制作标本,引起了水警区党委的重视,就专门腾出了房间搞展览。1990年1月,第十四届中央政治局常委、中央军委副主席刘华清为海洋博物馆题名……"这就是王三奇与博物馆的渊源。

从此,海洋博物馆成了蓝色文化标志性建筑,成了爱国主义、海洋意识、生态道德教育基地。驻守西沙的官兵,没有忘记王三奇。

一位战士和一座宏伟的海洋博物馆的渊源,激发了我寻找王三奇的强烈冲动。

王三奇早已复员转业了。在小范的帮助下,我们终于找到了他的行踪。在离开西沙回到家中的一个多月之后,我们再次匆匆赶到海南。我们和王三奇约定在文昌的一个小镇的汽车站相见。车站在小镇的中心,来往的人很多。李老师埋怨我没有约定"接头暗号",因为我们从未谋面。

看到一辆黑色轿车刚停下,主人就走了出来——他个子不高,很精干。

我向他走去,伸出了手:"海博士,您好!"

"嘿嘿,怎么认定就是我?"他笑着说。

我笑了,指着他的脸:"西沙黑,还盖着西沙人的大印。再看你走路的样子——鸭脚,只有长期生活在船上的人才迈这样的步子。和你已是20多年的神交了——20多年前就读过关于你的报道,新华社、《人民日报》……"

我俩哈哈大笑,真是一见如故。

他是1976年参军的,后来有幸成了驻守西沙的战士,服役20多年。大海的魅力,吸引着这位从内陆湖北来的年轻战士。沙滩上五颜六色、形态不一的贝壳,大海中多姿多彩的游鱼,天空的飞鸟……他看到了一个奥妙无穷的大海,一个神奇的生命世界。他对这个世界产生了浓厚的兴趣。

兴趣是通向科学、艺术的大门。

他想让没来过大海的人能看到大海,于是他开始收集贝壳,采集标本,学习制作标本……连他自己也没想到后来能进大学课堂,建起海洋博物馆。这完全是因为部队首长的重视和支持。

这也正应了一句名人的格言:"机遇从来不等待你,只有你等待机遇。"

他和海洋生命的故事,毫不夸张地说,是一部传奇。我们只能选择一些片断来与大家分享。

1985年,海南大学生物系老师来西沙考察,王三奇为他们介绍了西沙的海洋生物。老师们又看了他收集、制作的上千种标本后,无不称赞他自学成才的成绩,决定破格录取。部队首长热情地将他送到了海南大学生物系的课堂。

开始,为了观察海洋生物,王三奇自制了一个简易的小船。后来部队为他配备了专用船只,又添了潜水服和必需的设备。

他经常搭乘渔船去闯荡,仅南沙群岛就去过七八趟,从而认识了不同海域生物的差异。有一次,两位渔民对拾到的一只大砗磲壳争论不休:一个说是在南沙拾到的,另一个说你根本没到过南沙,吹牛,这就是西沙的。最后他们请他做裁判。

王三奇拿来一把小刀,将砗磲壳刮了刮说:"这是南沙产的。你们看,这中间夹了金丝,工艺厂称它是金丝玉,又称金包玉,是砗磲海玉中的极品。为什么呢?因为南沙的水温比西沙的水温高。"

那次在东岛海域,渔民看到海中三四十米深处有一只大砗磲,高兴得不得了。可谁也不敢潜到这样深的海里。王三奇决定试试。大家都劝他别冒生命危险,因为他的潜水装备安全线只有30米。

王三奇做了充分准备后,还是下去了。凭着高超的潜水技术,他终于把100多斤重的砗磲取了上来。这个大砗磲在香港回归祖国时,作为礼品赠送给了香港,祝香港人民吉祥如意。

王三奇说,海洋生物最为奇特,因为海洋太大太深,人类至今对它的认识还有很多盲区;随着对深海的探索,人类还在不断发现新的物种。

在长期探索海洋生物世界的过程中,他和渔民结下了深厚的友谊。渔民们有难处常来找他,他也请渔民碰到珍奇异宝给他报个信。

有一年,渔民来告诉王三奇他们在海上的奇遇。他们正在捕鱼,突然海里蹿出一条大鱼,直跃到三四米的空中。大鱼有着雪白的肚皮,三角形的翅膀,又宽又长;巨大的方嘴,嘴两旁还各有一只手一样的东西,尾巴很长……它正在飞,展开了五六米长的双翅;双翅一斜,大片阴影从船的上空掠过,再降落在海中。海上骤然响起炸雷声,溅起十多米高的水花,凭空落下雨瀑,渔船差点被掀翻。以此推断,它有一两吨重。

久经风浪的渔民都吓得躲到了舱里——侥幸它没砸到船上。

有胆大的忍不住,走出船舱来看。那降落到水中的怪物,正一边扇动翅膀"飞",一边用嘴旁的两只手,把鱼抓起往嘴里送。它"飞行"的姿势优雅,看似是缓缓地抬起翅膀,再慢慢地放下,却向前游了很远。胆大的看出它像蝙蝠……正看着,又有一条像蝙蝠样的大鱼从海中跃出,在到达上空三四米地方,突然浑身一哆嗦,嘿!身后掉下了一只小蝙蝠鱼,那小家伙落到水里,头一抬,就游出了水面,像是个跳水运动员。

一船渔民吓得不轻,直到跟王三奇说时,还不时地结巴。后来,他们再也不敢去那里了。

王三奇一想,对他们说,这肯定是蝠鲼鱼,又叫蝙蝠鱼,俗称魔鬼鱼。当代已有一种飞机和它的身形很相似,这就是仿生学的成就。关于那从天上掉下的小蝙蝠鱼,王三奇问得很详细。当把细枝末节都问清之后,他想起树蛙,总是将卵带挂在池塘或小溪上空的树枝上,蝌蚪一出世,就自然地落到了水中。于是他说:"那应该是蝙蝠鱼生下的孩子。蝙蝠鱼之所以会飞跃,很可能是雌鱼特殊的分娩方式——临产时借助跳跃用力娩出孩子。"多奇妙的生殖方式啊!他也是头一次听说。

王三奇问清了在哪个海域,问他们敢不敢跟他一道去把它钓上来。是的,这样的大鱼只有钓。

几个人一听去钓蝙蝠鱼,都摩拳擦掌,因为有海博士坐镇,哪有不敢的!

王三奇和渔民们做了周详的准备。但在那个海域游了四五天,也没有再发现蝙蝠鱼,但捕获了大量的龙虾。这是王三奇的功劳。平时,渔民们总是到珊瑚礁的洞中去寻找龙虾藏身之所,然后引出捕捉,实在引不出的,则用钢钎制成的钩子掏出。

王三奇教了他们新的法子:晚上,在礁盘和深海的交接处,亮着灯等候。当那耀武扬威的虾兵乐滋滋地从深海里爬到礁盘上寻找食物时,来一个捉一个。别看它们是一副挺着利剑、伸出长钳、勇往直前的样子,其实它们很温顺,只要用手指捏住,就无法挣扎了。王三奇一晚上就捉了20多只。

王三奇也有收获,他看到了龙虾在迁徙过程中,竟然是排着队前进的,全都首尾相接,俨然是一支训练有素的队列。

正因为他对海洋生物的了解,渔民们也最愿带他一同出海。

有一天,两位渔民来说,他们看到了一条特殊的鲨鱼。听老辈人说,这种鲨鱼最喜欢吃珍珠贝。过去有人专门捕猎他们,从它们腹部获取珍珠。一条鲨鱼肚里的珍珠要用箩来装。海水珍珠比淡水珍珠大,闪耀着彩虹的光芒,特别名贵。现在这种鲨鱼已经很少了,多少年都没发现了。但它特别凶猛,现在没人敢去碰它。

这样奇异的鲨鱼引起了王三奇极大的兴趣。他曾听人说过,一直在草原生活的蒙古人,对珍珠情有独钟。但他们远离大海,于是就驯养猛禽海东青。待到春天,天鹅从南方回迁时,他们就放出海东青,驱使它们在空中猎取天鹅,再从天鹅的嗉囊中采集珍珠。天鹅喜欢吃珍珠贝,又是飞高冠军,可以翻越喜马拉雅山。在猛禽中,只有海东青能从高空袭击天鹅。

他和那两位渔民驾船去了。他们果然发现了那条怪模怪样的大鲨鱼,但两位渔民都竭力劝阻他下海。王三奇搬来两筐鱼,要伙伴们只管往海里扔鱼,东一处西一处地扔。大家不明白为啥,但还是照他说的做了。动物中最优秀的猎手也不愿花大力气捕食——近在咫尺的鱼,引得鲨鱼东奔西窜。海面上不断掀波涌浪。

伙伴们看出奥妙了,鲨鱼的行动渐渐缓慢了,有时竟懒洋洋地对待扔来的鱼;直到再扔下的鱼,它连闻也不闻时……

王三奇说,鲨鱼只要吃饱了,就很懒,不会伤人。

他穿好潜水服,带着一把雪亮亮的长刀,扑通一声下海了。

可他刚靠近,鲨鱼就游开了。他再接近,鲨鱼竟一甩尾走了,走得无影无踪。

王三奇讲述这个故事时,还是满腹的遗憾。

从三奇的只言片语中,我们知道他的妻子在武汉服侍年迈的老母,只有生病的女儿在家。为了给女儿治病,他已用完了所有的积蓄。但我非常想去他家看看,犹豫了很长时间,最终小心翼翼地提出了请求,没想到他竟然爽快地答应了。

回到海口的下午,我们约定在街口等。他家在一个小区的六楼。

他的女儿热情地迎接了我们,我和李老师几乎同声说:"三奇,你的女儿长得可比你漂亮多啦!"

三奇笑得满脸洋溢着幸福。

他的女儿说话不多,但一双大眼特别传神,不愧是海南大学艺术系毕业的。

鹦鹉螺化石

三奇的家就是一个小型的海洋生物博物馆,墙上挂的,桌上放的,几乎都是标本。这些是他的贡献,也是他的成绩,更是他的人生。

三奇善解人意,首先取出了鹦鹉螺的浸制标本,放在桌子上。鹦鹉螺保存得很好,肉体饱满,色彩鲜明。世界上只有英国、日本有它的活体浸制标本。我们围着玻璃瓶小心翼翼地看着,生怕造成任何的闪失。

三奇说,鹦鹉螺是古老的动物,四亿年前的化石已有发现,属软体动物,头足纲,但它至今变化不大,只是很特化,和现代章鱼、乌贼有亲缘关系。

它生活在100米的深海,很难见到它的活体。这个是王三奇有一次跟渔船去南沙得到的。渔民钓鱼时,竟然钓上来一只怪螺。他们认不得就送给王三奇看,他将它买下了。

整个螺体像鹦鹉,这种火焰式的橙色花纹使它看上去很漂亮。

最有趣的是,它在身体内部建起了一个个小舱房。有时我也傻想,它是怎么能从小长大的呢?虽然书上说是它的螺尾能不断分泌出碳酸钙,制造新舱,但这还是让人感到神秘。

它住在螺口最大的壳舱。我数过,一共长了94只触手,有两根最长最粗。当其他触手都缩进去时,这两只长触手就充当螺盖,保护自己。它休息时,会放出几个触手在壳舱外当哨兵。

想想看,它在猎取食物时,只要将94只触手全部伸出,那还不是天罗地网?还有哪种小鱼、小蟹跑得掉?

鹦鹉螺化石显示,最大的鹦鹉螺有10米多长。在脊椎动物尚未出现之前,它还能不是海上的霸王?

它在海底是靠触手慢慢爬行的。只是在夜间,它才偶尔浮到海面上,壳口朝下,背朝上,放开手脚,享受皎洁月光的沐浴。因而,它还引起天文学家的奇想,因为在其化石形成的年代,据说它的壳舱只有20多个,现在竟进化到30多个。再根据化石形成的年代推算,它的壳舱数量竟然和那时月球绕着地球

航拍浪花礁,位于东岛环礁之南,是个完整的环礁。礁盘很大,有沙洲发育。(解放军某部新闻中心供稿)

转的时间有着某种关联!

你们一定已在西沙海洋博物馆中看到了鹦鹉螺的横切面,它的结构,在仿生学上最大的成就,就是造出了潜水艇。

鹦鹉螺的造型、花纹还引起建筑学家、数学家的好奇和猜想。

生命真的非常非常奇妙,妙到人们只有这样说:生命的奥妙就在于生命!

我们刚一进屋,发现迎面的墙上乍看像是挂了一艘扬帆远航的海船。其实,那是一条鱼的标本。

最吸引人眼球的是它长筒形的身子、高高耸起的背鳍和圆锥形的长嘴;身长有一米多,背鳍高七八十厘米,宽阔,如一面旗帜,又像一片挂帆。

三奇说它就叫旗鱼。它的身子是蓝色的,有着灰白色的斑点;长嘴异常坚硬。这条鱼不算大,最大的能长到五六米长。它是在西沙浪花礁被钓到的。

有一天,渔民来修船——船帮被凿了一个大圆洞,漏水了。一问,渔民说是被鱼撞的。没过两天,渔民又送来一个伤员,大腿上有一个贯通的大伤口,血流得很多,止也难止住,说是给鱼刺的。军医看了眉头紧锁,说需要立即输血,动手术,否则难以保命。官兵们排着队献血。可小岛上无法动手术。送到永兴岛吧,路太远了,伤员熬不到那里。伤员的哥哥又悲又急,说是"死马当活马医"吧。救死扶伤是医生的天职。指导员、连长都对军医说:"你干吧,出了事,我们担。"军医终于将这人从死亡线上拉了回来。后来,渔民还给守岛部队送来了感谢的锦旗。

我想这极有可能是旗鱼干的事情,只有它才具有强壮的长喙。而敢于向船发动攻击的,总是游速特快、性情勇猛的鱼,旗鱼便是其中之一。

还有个故事也可证明。

第二次世界大战时,一艘航行在大西洋上满载石油的英国船,突然遭到了莫名其妙的攻击,船体的钢板被冲开了一个洞,一股海水射进了船舱。船员以为遭到了德国潜艇的攻击,警报轰鸣。那时正值德国纳粹疯狂袭击英国运输线的时候。但船员们没看到鱼雷,更未听到爆炸声,原来船是受到了一个特大的旗鱼群的袭击。它们个个都挺着长剑,发起了冲锋。当其中一条鱼再行攻击时,只听咔嚓一声脆响,它的长剑断了。船员用绳索套住了它的尾巴,才将它捕了上来。经过测量,它身长五米多,体重六吨多。

旗鱼有洄游的习惯,那时正是它在浪花礁洄游的季节。

做好了准备工作后,渔船就直接往浪花礁驶去。

浪花礁在东岛的南边。环礁礁盘很大,接近海面,远远地就能看到飞卷的浪花,水下还有沙洲。退潮时,沙洲显现。它又在航道上,所以常有船在此触礁,至今还可看到沉船。但它水产丰富,是重要的海参产地,也是海龟产卵的地方。

到了浪花礁,选了钓场,大家开始下钓。饵料是鱿鱼。

美丽的海菊蛤,依附在红色的笙珊瑚上。

在南海钓鱼,最大的好处是水很清。能看到几米深的水下。可钓了一天,它们就是不咬钩。珊瑚礁中的鱼类丰富,乌贼、飞鱼都是它们爱吃的。大家亲眼看到四五条旗鱼赶来了一群飞鱼。飞鱼在海中是弱者,依靠集群力量来保护自己。四五条旗鱼分工合作,有围堵的,有冲阵的,战略战术清晰、高超,飞鱼总是利用能在海面飞行的特长,跳出包围圈。

但旗鱼技高一筹,不断穿插,终于将飞鱼群冲散,分割成小群,再一个个聚而歼之。最后它们终于将这群飞鱼吃得所剩无几。

好,一条旗鱼终于上钩了。几个人按事先制定的方案,提钩的提钩,护船的护船,两把鱼叉同时插到了它的身上……

当把它提到船上时,大家都累瘫了。

三奇说采标本是一门大学问,很有讲究。一开始,他见到好看的、稀奇的就要,渐渐地就变得挑剔起来。在同一种动物中,总是要挑选最美的,最能代表南海生物多样性特点的。它们都是生命,美丽的生命是大自然赐予的。展现生命的美丽是博物馆的重要任务。

是的,三奇进入了最高的境界,文化、艺术、科学只有相融相通,才能焕发出更加灿烂的光辉。

三奇一边说着,一边从柜子里取出一样标本,顿时满屋生辉,我们的眼睛不禁一亮——

是一只蛤的标本。蛤大,有七八厘米长,壳为雪青色,厚实;壳面凸起呈球形,右壳比左壳大。壳面有淡色的放射主肋,还有好几条稍小的肋;肋上有弯曲的棘状凸起,会使人想到刚刚破蕾绽放的菊花的花瓣。

我问:"这是海菊蛤吗?"

他说:"正是美丽的海菊蛤。这样大的个体是经过几年才找到的。还有……"

我说:"你还是让我们先认认吧!"

当然,它的个体大不算稀奇。稀奇的是它依托着珊瑚,它也生活在浅海或潮线下,是用右壳固着在珊瑚上的。最奇的是,它的壳外还附着牡蛎、贝壳、海螺、小海菊蛤,以及我们认不出的海洋生物。我们粗粗数了一下,已多达八九种!它就是一个小型的生物群落啊,充分展示了南海生物的多样性!生物的多样性是生态良好、繁荣昌盛的标志!

是的,这确确实实是一件大自然创造的艺术品,它反映了采集者的审美情趣、艺术、科学的造诣!

我想起在珊瑚岛上看到海螺猎获螃蟹的情景,问他:"海螺在海底一直都是用触手爬行的吗?"

"你肯定看到了有的螺还有另外的运动方式。有一次,我在潜水观察时,看到一只螺居然跳了起来,非常惊奇,因为书本上说它只会用触手爬行。仔细看后,我才发现它确是用螺盖弹起,跳两下就落到了一只螃蟹的背上。它的嘴像锥子一样,钻碎了蟹壳,将它吃掉。看来,在实践中学习还是很重要的。"

于是我将那次的奇遇说了一遍,引得大家唏嘘不已,感叹生存竞争的奇妙!

诗人朋友程立章听我说了王三奇的故事之后,渴望和他相识。临别前一晚,立章请三奇和他的女儿用饭,朋友尹平做伴,当然也是给我们饯行。

晚上,大家都放开了酒量,把一瓶茅台喝得干干净净。

几天来,三奇反复说,他最大的愿望,就是要建立一座更为宏大的南海海洋博物馆。有人说,如果有天堂,图书馆就是天堂。海洋博物馆是文化财富的银行,是生命的图书馆。我想用它唤起民众的海洋意识,认识海洋的博大富饶。21世纪是海洋世纪,可是有多少人知道大海?又有多少人知道西沙、中沙、东沙、南沙群岛在哪里?又有多少人知道我国还有300万平方千米的蓝色国土?又有多少人知道那里的美丽和富饶?

国土是民族生存的根本。

南海仅仅贝类就有几千种,即使建立一座贝壳博物馆,也会让民众大开眼界。

不错,南海的水产,比起我刚到西沙时少多了。但是,如果我们不让大众知道南海的生物世界,又怎能激发大家投身于保护事业呢?文化是精神层面的,可它又是以实实在在的物质为基础的。

文化是民族的血脉,是人民的精神家园。

我们听得热血沸腾,连不胜酒力的我也连连举杯!

我知道他为此奋斗过。用他的话说,闯过了南海的大风大浪,没想到在市场的大海中却"呛了水"。然而,他"呛了水"之后,依然不屈不挠地向着理想进军。

他仍然是一位战士。

海南的发展目标是建成国际旅游岛。我在世界上几个大的滨海城市,都见过宏伟的海洋馆。海南岛不是更应该有一座宏伟的南海海洋博物馆吗?

文化引领时代风气之先,是最需要创新的领域!

我相信南海海洋博物馆一定能耸立在海南。

我将为王三奇的美好理想而呐喊!

附录

刘先平四十多年大自然考察、探险主要经历

1974—1980 年

- 参加野生动物科学考察队和筹备建立自然保护区的考察，主要区域在皖南的黄山和皖西的大别山。
- 1980 年以前，这里一直是刘先平的生活基地，至今每年至少会去考察两三次。美丽奇绝的自然风光、深厚的人文底蕴，曾吸引了诗仙李白等长期在此漫游。目睹了生态的恶化、珍稀动物的灭绝、人与自然的矛盾，他于 1978 年重新拿起笔来呼唤生态道德，孕育了描写在野生动物世界探险的长篇小说《云海探奇》《呦呦鹿鸣》《千鸟谷追踪》及散文集《山野寻趣》等。1978 年完成、1980 年出版的《云海探奇》，被认为是中国大自然文学的开篇之作、标志性作品。
- 那时的野外考察异常艰难，在山里行走，只能凭着"量天尺"——双脚。根本没有野营装备，只能搭山棚宿营。使用的还是定量的粮票、布票……

1981年

- 4月，考察云南西双版纳热带雨林及访问昆明植物研究所。为热带雨林繁花似锦的生物多样性所震撼，从此走向更为广阔的自然，将认识大自然作为第一要务。5月，到四川平武、黄龙、九寨沟、红原、卧龙等地探险，参加对大熊猫的考察。之后，前后历时六年，参加保护大熊猫、金丝猴的考察。著有长篇小说《大熊猫传奇》、考察手记《在大熊猫故乡探险》《五彩猴树》等。

1982年

- 在浙江舟山群岛考察生态和小叶鹅耳枥（当时是全世界唯一的一棵）。

1983年

- 10月，在大连考察鸟类迁徙路线。11月，在广东万山群岛考察猕猴，到海南岛考察热带雨林、长臂猿、坡鹿、珊瑚。

1985年

- 7月，在辽宁丹东、黑龙江小兴安岭考察森林生态。

1986年

- 8月，在新疆吐鲁番、乌苏、喀什等地探险及考察生态。

1988年

- 在甘肃酒泉、敦煌等地考察生态。

1997年

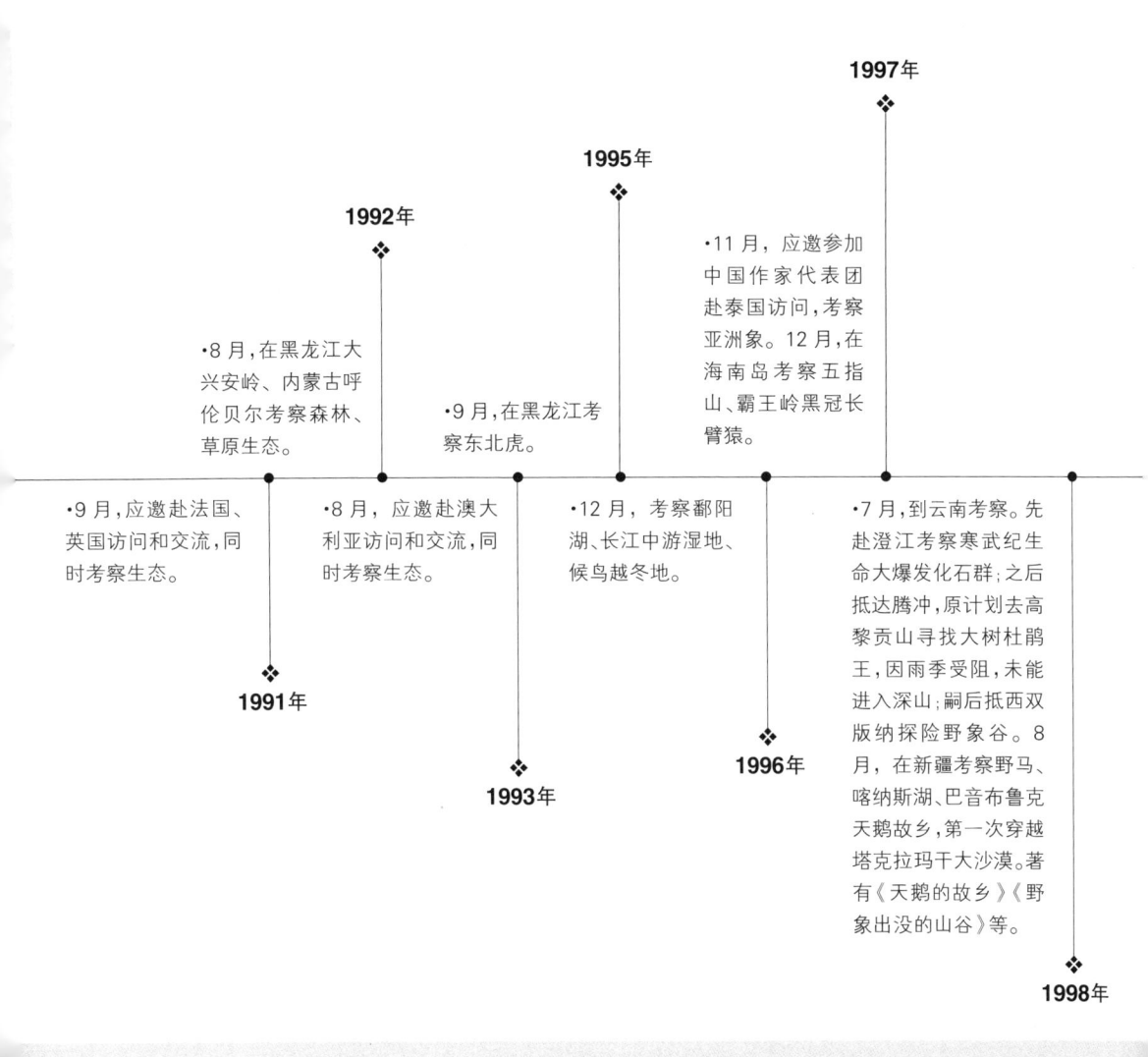

- 11月，应邀参加中国作家代表团赴泰国访问，考察亚洲象。12月，在海南岛考察五指山、霸王岭黑冠长臂猿。

1995年

1992年

- 8月，在黑龙江大兴安岭、内蒙古呼伦贝尔考察森林、草原生态。

- 9月，在黑龙江考察东北虎。

- 9月，应邀赴法国、英国访问和交流，同时考察生态。

- 8月，应邀赴澳大利亚访问和交流，同时考察生态。

- 12月，考察鄱阳湖、长江中游湿地、候鸟越冬地。

- 7月，到云南考察。先赴澄江考察寒武纪生命大爆发化石群；之后抵达腾冲，原计划去高黎贡山寻找大树杜鹃王，因雨季受阻，未能进入深山；嗣后抵西双版纳探险野象谷。8月，在新疆考察野马、喀纳斯湖、巴音布鲁克天鹅故乡，第一次穿越塔克拉玛干大沙漠。著有《天鹅的故乡》《野象出没的山谷》等。

1991年

1993年

1996年

1998年

1999年

• 4月，在福建考察武夷山等地的自然保护区及动物模式标本产地、小鸟天堂，寻找华南虎虎踪。7月，应邀赴加拿大、美国访问和交流，考察两国国家公园。8月，一上青藏高原，主要考察青海湖。9月，在贵州探险，考察麻阳河黑叶猴、梵净山黔金丝猴。著有《黑叶猴王国探险记》《金丝猴的特种部队》。

2001年

• 8月，应邀赴南非访问和交流，考察野生动植物。

2003年

• 4月，在四川北川、青川考察川金丝猴、大熊猫、羚牛。8月，应邀访问英国、挪威、丹麦、瑞典，由挪威进入北极圈。著有《谁在跟踪》。

2005年

• 7月，横穿中国，由北线走进帕米尔高原，寻找雪豹、大角羊、野骆驼。路线是：甘肃河西走廊→罗布泊边缘→从北线再次穿越柴达木盆地到花土沟油田→回敦煌（原计划进入阿尔金山国家级自然保护区，未成行）→库尔勒→第三次穿越塔克拉玛干大沙漠→托木尔峰→伽师→帕米尔高原→红其拉甫。10月，在重庆金佛山寻找黑叶猴，到沿河土家族自治县再探黑叶猴。著有《走进帕米尔高原——穿越柴达木盆地》等。

2000年

• 1月，考察深圳仙湖植物园。5月，考察江苏大丰麋鹿国家级自然保护区。7月，二上青藏高原，探险黄河源、长江源、澜沧江源。由青海囊谦澜沧江源头和大峡谷至西藏类乌齐、昌都、八宿（怒江上游），再至云南德钦、丽江、泸沽湖。沿三江并流地区寻找滇金丝猴。10月，在广西考察白头叶猴。11月，至海南，再次考察大田坡鹿、红树林生态变化。著有《掩护行动——坡鹿的故事》。

2002年

• 3月，考察砀山。4月，在高黎贡山寻找大树杜鹃王，终于得偿心系二十一年的夙愿。一探怒江大峡谷，但因大雪封山，未能到达独龙江。6月，在湖北石首考察麋鹿。7月，再去江苏大丰考察麋鹿。8月，三上青藏高原，探险林芝巨柏群、雅鲁藏布江大峡谷、珠穆朗玛峰国家级自然保护区。著有《圆梦大树杜鹃王》《峡谷奇观》《麋鹿回归》等。

2004年

• 8月，横穿中国，由南线走进帕米尔高原，考察山之源生态、风土人情。路线及主要考察对象为：青海柴达木盆地、察尔汗盐湖→可可西里→雅丹地貌→花土沟油田→翻越阿尔金山到新疆若羌→第二次穿越塔克拉玛干大沙漠→帕米尔高原。10月，随中国作家代表团访问南非、毛里求斯、新加坡。著有《鸵鸟小骑士》等。

2007年

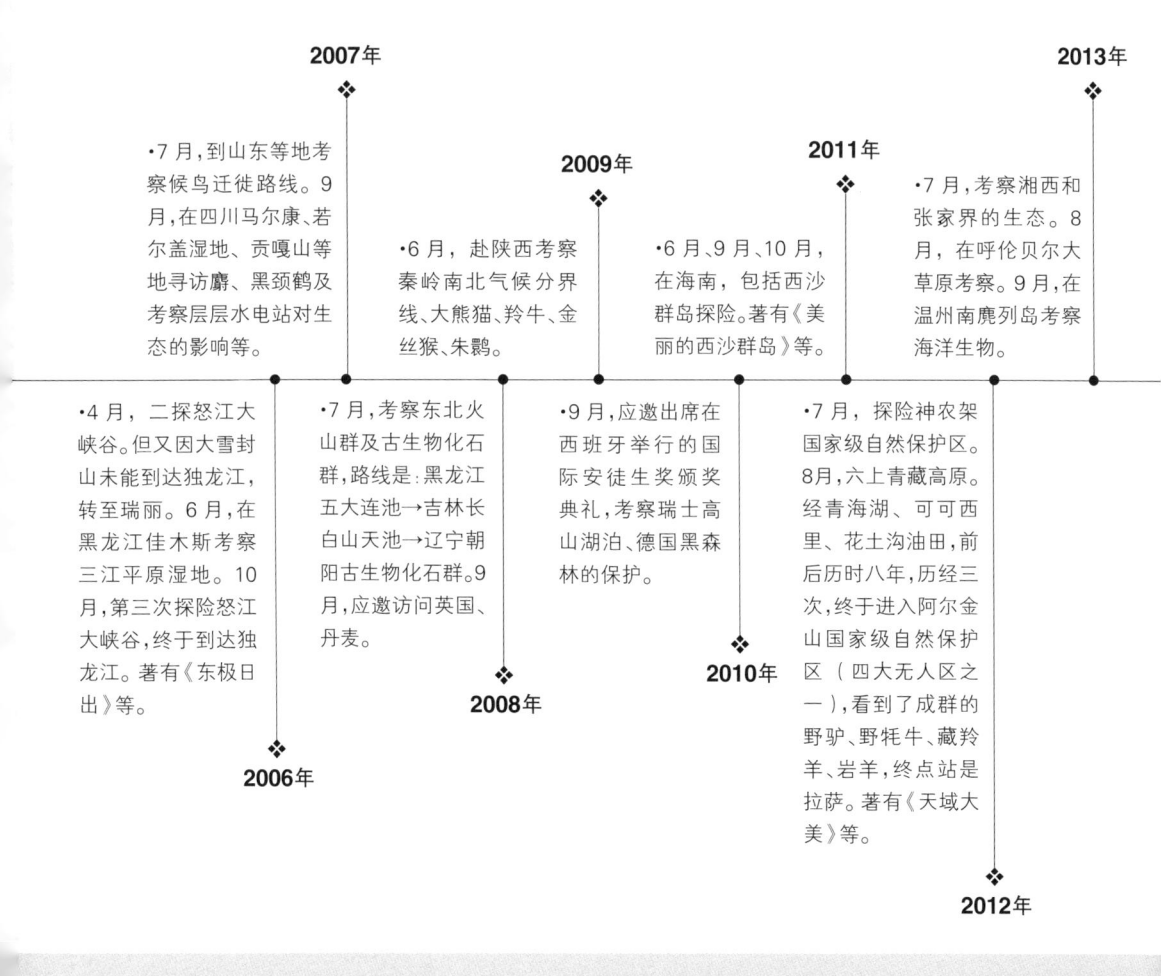

- 7月,到山东等地考察候鸟迁徙路线。9月,在四川马尔康、若尔盖湿地、贡嘎山等地寻访麝、黑颈鹤及考察层层水电站对生态的影响等。

2009年

- 6月,赴陕西考察秦岭南北气候分界线、大熊猫、羚牛、金丝猴、朱鹮。

2011年

- 6月、9月、10月,在海南,包括西沙群岛探险。著有《美丽的西沙群岛》等。

2013年

- 7月,考察湘西和张家界的生态。8月,在呼伦贝尔大草原考察。9月,在温州南麂列岛考察海洋生物。

- 4月,二探怒江大峡谷。但又因大雪封山未能到达独龙江,转至瑞丽。6月,在黑龙江佳木斯考察三江平原湿地。10月,第三次探险怒江大峡谷,终于到达独龙江。著有《东极日出》等。

- 7月,考察东北火山群及古生物化石群,路线是:黑龙江五大连池→吉林长白山天池→辽宁朝阳古生物化石群。9月,应邀访问英国、丹麦。

- 9月,应邀出席在西班牙举行的国际安徒生奖颁奖典礼,考察瑞士高山湖泊、德国黑森林的保护。

- 7月,探险神农架国家级自然保护区。8月,六上青藏高原。经青海湖、可可西里、花土沟油田,前后历时八年,历经三次,终于进入阿尔金山国家级自然保护区(四大无人区之一),看到了成群的野驴、野牦牛、藏羚羊、岩羊,终点站是拉萨。著有《天域大美》等。

2006年

2008年

2010年

2012年

2015年

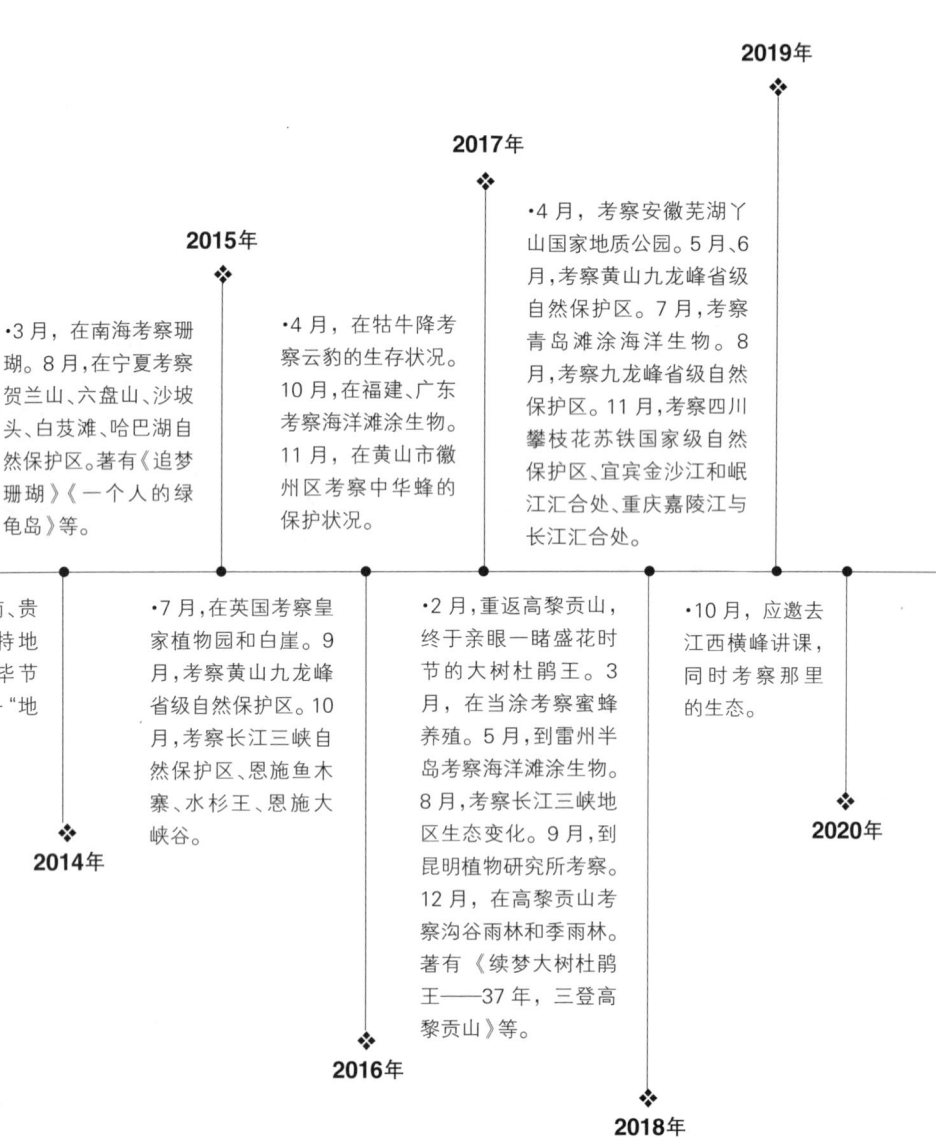

• 3月，在南海考察珊瑚。8月，在宁夏考察贺兰山、六盘山、沙坡头、白芨滩、哈巴湖自然保护区。著有《追梦珊瑚》《一个人的绿龟岛》等。

• 4月，在牯牛降考察云豹的生存状况。10月，在福建、广东考察海洋滩涂生物。11月，在黄山市徽州区考察中华蜂的保护状况。

2017年

• 4月，考察安徽芜湖丫山国家地质公园。5月、6月，考察黄山九龙峰省级自然保护区。7月，考察青岛滩涂海洋生物。8月，考察九龙峰省级自然保护区。11月，考察四川攀枝花苏铁国家级自然保护区、宜宾金沙江和岷江汇合处、重庆嘉陵江与长江汇合处。

2019年

2014年

• 3月，在云南、贵州考察喀斯特地貌的森林和毕节百里杜鹃——"地球彩带"。

• 7月，在英国考察皇家植物园和白崖。9月，考察黄山九龙峰省级自然保护区。10月，考察长江三峡自然保护区、恩施鱼木寨、水杉王、恩施大峡谷。

• 2月，重返高黎贡山，终于亲眼一睹盛花时节的大树杜鹃王。3月，在当涂考察蜜蜂养殖。5月，到雷州半岛考察海洋滩涂生物。8月，考察长江三峡地区生态变化。9月，到昆明植物研究所考察。12月，在高黎贡山考察沟谷雨林和季雨林。著有《续梦大树杜鹃王——37年，三登高黎贡山》等。

• 10月，应邀去江西横峰讲课，同时考察那里的生态。

2016年

2018年

2020年

292